Was wir nicht wollten

1. Auflage 2018

ISBN 978-3-7641-7086-8

Lektorat: Kathleen Neumann
Umschlaggestaltung: Suse Kopp
unter der Verwendung von Fotos von © iStock/eugenesergeev,
© MillionClouds/Christian Yakowlef

Druck und Bindung: CPI books GmbH
Gedruckt auf Papier aus geprüfter nachhaltiger Forstwirtschaft.
www.ueberreuter.de

Daniel Höra

Was wir nicht wollten

Eine (fast)
wahre Geschichte

ueberreuter

Kapitel 1

Schon mal eine Leiche gesehen? Ist ziemlich fies. Vor allem, wenn sie nicht mehr vollständig ist. Na ja, wenn ich ehrlich bin, war die Leiche zugedeckt. Man hat gar nichts so richtig erkennen können. Nur die Umrisse des Körpers unter der Plane und einen Turnschuh, der ein Stück abseits lag, als würde er nicht dazugehören wollen, als würde er sich schämen.

Ich bildete mir ein, in dem Schuh würde noch ein Stück vom Fuß stecken, weil etwas Blut dran klebte, aber das war Quatsch. Es war einfach nur ein leerer Schuh, der gewaltsam vom Fuß gerissen worden war. Wirkte irgendwie traurig, dieser einsame Schuh.

Die Polizisten, Sanitäter und ein paar Erwachsene aus der Siedlung schickten uns weg. Schade. So oft bekamen wir eine Leiche ja nun auch nicht zu sehen.

»Wieder einer«, hörte ich einen der Polizisten sagen.

Koko und ich sahen uns wissend an. Ja, wieder einer. Der Bahndamm hinter unserer Siedlung war beliebt bei Selbstmördern. Die sprangen dann hinter den Brückenpfeilern hervor, direkt auf die Schienen, als würden sie den Zug erschrecken wollen.

Scholle versuchte mit seinem Handy ein Foto von der zugedeckten Leiche zu machen, aber einer der Sanitäter schrie uns an, wir sollten endlich verschwinden. Na gut, taten wir dann auch. Der nächste Selbstmörder würde sowieso nicht lange auf sich warten lassen.

Es war nicht so, dass wir auf den Tod lauerten wie die Geier. Das ergab sich einfach so. Und bei uns war eben zu wenig los, als dass wir so eine Gelegenheit nicht wahrgenommen hätten. In der letzten Zeit ertrugen scheinbar immer weniger Leute ihr Dasein. Voller Hoffnung waren sie gestartet, mit der Aussicht auf eine strahlende Zukunft. Mit Häusern, tollen Jobs, liebevollen Partnern, Autos, Kindern, Antiquitäten, teuren Küchenmaschinen und so weiter. Und dann wurde nichts daraus. Sie schafften es nicht, ihrem Leben einen Sinn zu geben. Und das machte sie fertig. Warum muss man anfangen zu grübeln, wenn man älter wird. Ist das so eine Art Naturgesetz? Und macht das irgendetwas besser? Ich glaube, die meisten vergessen irgendwie, dass sie mal jung waren, so als wäre das nur eine peinliche Episode ihres Lebens. Ich war dreizehn und nahm mir vor, niemals so zu werden.

Wir kletterten den Bahndamm hoch, über die Garagendächer und sprangen runter auf den Asphalt.

»Schon traurig«, sagte Tomislav, den wir Tomi nannten, manchmal auch Balkanese, weil seine Eltern vom Balkan kamen. Tomi allerdings war hier geboren.

»Ach komm«, sagte Koko spitz. »Du hast den doch gar nicht gekannt. Du weißt gar nicht, was für ein Mensch das war. Jetzt tu doch nicht so.«

Tomi lächelte breit. »Es könnte ja auch mal jemand aus der Siedlung sein.«

»Ach, Quatsch«, meinte Koko. »Bei uns bringt man sich höchstens durch Suff um.«

»Und was ist mit Frau Berberiß?«, warf Scholle ein.

Frau Berberiß war das einzig namentlich bekannte Selbstmordopfer bei uns in der Siedlung. Sie war fast eine Berühmtheit. Allerdings hatte sie es nicht ganz geschafft, sich umzubringen, nur teilweise. Das lag daran, dass sie nicht wie die anderen hinter dem Brückenpfeiler hervorgesprungen, sondern direkt von der Brücke vor den herannahenden Zug gehüpft war. Schien ihr wohl sicherer. Hat leider nicht geklappt, die Stromleitungen waren im Weg, sodass sie wie von einem Trampolin abprallte und in hohem Bogen neben den Gleisen landete. Als sie Wochen später aus der Klinik kam, konnte man sie kaum mehr erkennen. Die Stromleitungen hatten ihr das Gesicht weggeschmolzen, weswegen sie von da an immer mit tief ins Gesicht gezogener Kapuze durch die Siedlung schlich und mit sich selbst sprach, bis man sie eines Tages abholte, um sie in die Irrenanstalt zu sperren.

»Ja, okay«, sagte Tomi. »Aber die zählt nicht. Ich meine, jemand, den wir richtig kennen.«

»Einen von uns, meinst du?«, fragte Betty und strich sich ausgiebig eine rote Haarsträhne von der kräftigen Nase.

Scholle sah sie erschrocken an. »Du spinnst ja wohl.«

»An deiner Stelle hätte ich mich schon längst umgebracht, Qualle«, sagte Tomi zu ihm, worauf Betty hämisch lachte.

»Hört mal auf mit dem Quatsch«, sagte Koko. »Niemand von uns bringt sich um.«

»Es gibt Situationen, da willst du eben nicht mehr leben«, warf Tomi ein.

»Was soll denn das für eine Situation sein?«, fragte Scholle. »Der Mensch will immer leben, das ist seine Natur.«

»So wie die Schweine deines Vaters. Die wollen auch leben, aber das kümmert euch ja nicht«, erwiderte Tomi.

»Ach halt den Mund«, sagte Scholle nur. Sein Vater war Schlachter und Scholle musste sich dafür jede Menge Spott von Tomi anhören. Manchmal auch von uns anderen.

Tomi suchte sich ein neues Opfer. »Oder dein Freund lässt dich sitzen und du willst sterben«, sagte er zu Betty.

»Halt die Klappe!«, rief sie. Dabei hatte sie gar keinen Freund. Noch nie gehabt. Und sie würde sich garantiert auch nicht wegen eines Typen umbringen, eher würde sie ihn ermorden.

Scholle lachte, was Betty nun wiederum gegen Scholle aufbrachte.

»Du bist das Allerletzte – du bist die zarte Bestie – mit den groben Händen – in denen Schweine verenden«, rappte Betty in Scholles Richtung, worauf Tomi kicherte.

Das mit dem Rappen war so eine Macke von uns. Das hatten wir im Winter in Tomis Keller gemacht, weil wir dachten, das wäre unser Ding, aber eigentlich hatten wir uns nur gegenseitig gedisst. Und irgendwie konnten wir es nicht lassen, aber es war nicht böse gemeint. Ganz im Gegenteil. Ich war allerdings nicht so gut darin. Ich dachte immer zu lange nach, während die anderen einfach loslegten.

Ich sah zu Scholle, der ruhig dastand, während er in seiner Hosentasche kramte, um eines seiner übergroßen karierten Taschentücher herauszufummeln. Er war Allergiker, wobei es im Hochsommer gar keine Pollen gab, aber Scholle war eben auch ein großer Schauspieler.

»Du bist die rote Betty – mit der großen Klappe – doch ich bin einfach Scholle – mit der großen Kappe«, rappte Scholle zurück, bevor er sich lauthals schnäuzte.

Koko und ich lachten. Na ja, Scholle war auch nicht so begabt.

Jetzt fing Tomi an. Er war der beste Rapper von uns.

»Ihr seid solche Bitches – macht so kleine Stitches – niemand nimmt euch ernst – wenn ihr es nicht langsam lernt.«

»Was machen wir denn jetzt?«, fragte ich in die Runde, wobei sich meine Frage genau genommen an Koko richtete, die so was wie unsere heimliche Anführerin war.

»Zum Bahndamm können wir heute jedenfalls nicht«, sagte Scholle mit fester Stimme, als hätte er eine unangenehme Wahrheit verkündet, die nur er aussprechen könnte.

Der Bahndamm war unser zweites Zuhause, dabei war er nur ein verwildertes Stück Land neben den Gleisen. Da hingen wir für gewöhnlich nach der Schule rum und in den Ferien sogar den ganzen Tag. Das war unser Revier. Leider nicht mehr lange, weil ein Bahnhof entstehen sollte. Wir hatten schon ein paar Arbeiter dort umherschleichen sehen, die kleine Stangen in die Erde gesteckt hatten. Nachdem sie weg waren, hatten wir die Stangen umgesteckt, aber das schien sie nicht zu stören, denn am nächsten Tag waren sie wieder da gewesen und steckten ihre kleinen Stangen mit einer Begeisterung in die Erde, als hätten sie sich ihr Leben lang darauf vorbereitet.

Unsere halbe Kindheit hatten wir am Bahndamm verbracht. Wir waren genauso verwildert wie dieses Gelände. Manchmal legten wir uns direkt neben die Gleise und warteten darauf, dass ein Zug kam. Das war ein tolles Gefühl, wenn so ein Ungetüm zwei Meter von dir entfernt an dir vorbeidonnerte und du dich an einem Stein oder an einer Wurzel festhalten musstest, damit dich der Fahrtwind nicht mitriss.

Wie oft hatten wir dort Feuer gemacht und Kartoffeln geröstet. Und bald sollte das alles verschwinden und zu einem langweiligen Bahnhof umgebaut werden. Mal ehrlich, wer brauchte denn so was? Und wo sollten wir auch hin, gerade jetzt, da die Sommerferien begonnen hatten? Wegfahren tat eh keiner von uns, weil unsere Eltern kein Geld hatten. Zwar arbeiteten meine Eltern hart, aber sie verdienten nicht allzu viel. Es reichte gerade so, um über die Runden zu kommen. Bei den anderen war es ähnlich.

»Dann gehen wir eben zu Tomi in den Keller«, schlug Betty vor.

Da hingen wir eigentlich nur bei schlechtem Wetter rum. Hörten Musik und spielten Karten.

»Die Sonne scheint«, verkündete Scholle energisch, als wäre es uns anderen noch nicht aufgefallen.

Koko sah von einem zum anderen. »Wie wäre es, wenn wir mal etwas Sinnvolles tun?«, fragte sie schließlich.

»Machen wir doch immer«, konterte Tomi.

»Nee, ich meine was Richtiges«, fuhr Koko fort. »Was Echtes. Nicht nur rumhängen, Karten spielen, schlechte Witze erzählen, Leute ärgern. Ist doch alles Kinderkram. Ich meine was wirklich ECHTES. Den Bahndamm werden wir nicht mehr lange haben, Leute. Gewöhnt euch schon mal daran.«

Sie hatte ja recht. »Man muss die Dinge zu Ende denken«, sagte sie oft. Einer dieser seltsamen Koko-Sätze, die sie regelmäßig raushaute.

Zwei Jahre zuvor war sie mit ihrem Vater in die Siedlung gezogen. Aus Berlin, was uns sehr beeindruckt hatte. Wir kannten sonst niemanden aus dieser Stadt. Da wohnten nur seltsame

Typen. Hieß es jedenfalls. Über ihre Mutter hatte sie nie etwas erzählt. Die gab es einfach nicht in Kokos Leben und wir fragten auch nicht weiter nach.

Wie aus dem Boden gewachsen hatte Koko vor zwei Jahren am ersten Tag der Sommerferien am Rand gestanden und uns beim Bolzen zugesehen. Anfangs hatten wir sie ignoriert, das machte man eben so bei Neuen.

Doch ich merkte, dass auch die anderen immer wieder heimlich zu ihr rübersahen. Koko erinnerte an eine dieser Schauspielerinnen aus einem alten Schwarz-Weiß-Krimi, die meine Eltern so liebten. Einer dieser Filme, in denen die hübsche und geheimnisvolle Schönheit den Helden am Ende austrickst, mit seinem Geld und seinem Stolz in den Zug steigt und ihn völlig gebrochen zurücklässt. Und genau wie diese Frauen war sie auch angezogen: Sie trug eine beigefarbene Kaninchenfelljacke und eine graue Stoffhose mit Schlag, wodurch sie wie die junge Marlene Dietrich wirkte, von der meine Mutter ein Foto an der Wand hängen hatte. Und wie die Dietrich trug auch Koko ihre halblangen Haare in leichter Wellenform. Fehlte nur die Zigarettenspitze im Mundwinkel.

»Hey, langer, dürrer Typ mit Brille und leicht unsicherem Gang«, hatte sie plötzlich gerufen und in meine Richtung gesehen.

Tomi war mitten beim Dribbeln stehen geblieben und hatte mit offenem Mund erst zu ihr, dann zu mir gesehen.

»Sie hat dich angesprochen«, hatte Scholle erschrocken gesagt. Er hatte seinen enormen Bauch rausgestreckt, während Betty gefährlich die Augen zusammengekniffen hatte.

»Meinst du mich?«, hatte ich verdattert gefragt, worauf Koko nickte.

»Du solltest mit deinen Augen nicht ankündigen, in welche Richtung du schießt.«

»Häh?«, hatte ich gemacht. Sie war näher gekommen und ich entdeckte auf ihrer Wange eine weiße sichelförmige Narbe, die wie ein Halbmond geformt war und ihrem hübschen Gesicht etwas Verwegenes gab.

»Also, meine Schöne, du hältst dich für eine Expertin, ja?«, hatte Tomi gesagt, doch Koko war gar nicht darauf eingegangen, was ihn ziemlich verstörte und mit offenem Mund zurückließ, denn er bildete sich auf seinen Charme ziemlich was ein.

»Wirklich, du guckst genau in die Richtung, in die du schießen willst. Dann braucht dein Gegner nur zu blocken und schon hat er den Ball.«

»Wir spielen hier nicht zum ersten Mal«, hatte Scholle gewichtig gegrunzt.

Koko wandte sich ihm zu. »Und du, kräftiger Junge mit zurückgekämmtem Haar und etwas hölzerner Mimik, du machst die Augen zu, wenn der Ball kommt, deshalb fängst du ihn auch nie.«

Scholle hatte daraufhin empört geschnieft.

Tomi stand noch immer mit offenem Mund da. Nur ich freute mich, dass die Neue unsere gewohnte Ordnung gehörig durcheinanderwirbelte. Manchmal braucht man eben einen kleinen Schubs von außen.

»Kannst du überhaupt Fußball spielen oder nur große Töne spucken«, hatte Tomi gefährlich leise gefragt.

Statt einer Antwort schnappte sich Koko den Ball und donnerte ihn auf Scholles Tor. Genau auf die Zwölf! Dummerweise waren bei Scholle wieder die Augen zu und so landete der Ball zielsicher in seinem Bauch.

»Uff!«, machte er nur und ging zu Boden, wobei er den Ball umklammerte wie etwas Kostbares.

»Hey, alles klar?«, fragte Tomi besorgt und beugte sich zu ihm runter.

»Uff!«, machte Scholle noch einmal.

»Spinnst du?«, fragte ich empört und drehte mich zu Koko um.

»Ich hab doch gesagt, dass er die Augen zumacht, wenn der Ball kommt. Was ist das hier? Fußball oder Softball?«

»Na ja, aber das war ja wohl nicht nötig«, sagte Tomi.

Betty sah aus, als würde sie Koko jeden Moment an die Gurgel gehen. Hätte mich auch nicht gewundert, sie prügelte sich gern mal.

Koko ging zu Scholle rüber, hockte sich neben ihn und redete leise auf ihn ein. Scholle nickte ein paarmal, dann stand er wieder auf, kreiselte seinen Kopf, klopfte sich den Dreck von den Beinen und dann spielten wir weiter, als wäre nichts geschehen. Zwar hielt Scholle auch danach keinen Ball, aber wenigstens ließ er die Augen offen. Als es dämmerte, hockten wir uns schweißgebadet und außer Atem auf die Bank neben dem verrotteten Klettergerüst. Jeder Block hatte so ein Klettergerüst für die kleinen Kinder. Unseres sah aus wie ein riesiger eiserner Pilz. Völlig verrostet und schief geworden über die Jahre erinnerte das Gerüst eher an ein mittelalterliches Folterinstrument. Kinder hatte ich dort niemals herumturnen sehen.

»Das hat Spaß gemacht«, hatte Koko gesagt. »Das sollten wir öfter tun.«

Wir anderen hatten genickt und irgendwie war klar, dass Koko ab sofort zu uns gehören würde. Und wirklich, es war, als würde sie schon ewig in der Siedlung wohnen, sie war wie eine alte Freundin, die man eben eine Weile nicht gesehen hatte und die jetzt wiedergekehrt war.

Und von diesem Tag an war Koko unsere heimliche Anführerin. Nicht weil sie älter war als wir Übrigen, sondern weil sie Koko war.

»Was Neues, was Echtes«, nahm Tomi den Faden auf und spann ihn weiter. »Wir könnten Leben erschaffen, so wie Frankenstein.«

»So ein Schwachsinn«, murrte Scholle.

»Ja, dass du das Leben verachtest, liegt ja wohl in der Familie, Schweinemörder.«

Scholle winkte ab.

»Leben erschaffen, finde ich gar nicht schlecht«, warf ich ein. »Ich habe von Weihnachten noch so einen Experimentierkasten, damit kann man Krebse züchten.«

»Bleib mir bloß weg mit dem Gewürm«, schimpfte Betty.

»Einen Baum pflanzen«, sagte Scholle nachdenklich.

»Ja«, sagte ich. »Ein Garten wäre toll.« Meine Oma hatte einen und wir haben sie an den Wochenenden hin und wieder dort besucht. Ich erinnerte mich an den Geruch von feuchter Erde nach dem Regen, an frisch gemähte Rasenhaufen, in denen ich herumtollte. Ich dachte an die Stiegen voller Kirschen, Erdbeeren und Bohnen. An die Nachmittage bei Kaffee und Kuchen mit Sahne unter dem großen, ausladenden Pflaumenbaum. Das waren schöne Zeiten gewesen, doch war Oma seit drei Jahren tot und genauso lange gab es den Garten nicht mehr.

»Was meinst du damit?«, fragte Betty und rieb mit der Spitze ihres groben Stiefels im Dreck herum. Ich hatte Betty noch nie in anderen Schuhen als diesen Arbeitsstiefeln gesehen. Und dazu immer diese Armeehosen mit großen Taschen, in denen sie Messer, Steine, Bindfäden und Thunfischdosen aufbewahrte. Auf mich wirkte sie immer wie ein Mensch, der gerade in die Wildnis aufbrach.

Bevor ich Betty antworten konnte, sagte Koko: »Das ist eine super Idee. Wir legen einen Garten an. Einen richtigen Garten mit Blumen und Gemüse. Wie in der Sendung.«

Ja, diese Fernsehsendung! Da waren ein paar coole Leute dabei. Denen hatten die Fernsehleute ein Stück Land gegeben, Spaten, Samen und was man so brauchte. Und jetzt konnte man jeden Tag eine Dreiviertelstunde lang verfolgen, wie sie sich da abmühten, schwitzten, buddelten, gossen, ernteten. Und das Erstaunliche war: Sie schienen wirklich Spaß zu haben. Eigentlich waren das so Großstadttypen, die nie selbst für ihr Essen gesorgt hatten, aber jetzt mussten sie. Genial!

»Ist doch Scheiße!«, brach Tomi als Erster das Schweigen.

»Hast Angst, dich dreckig zu machen, oder?«, fragte Scholle listig und fügte rappend hinzu: *»He, Digga, das nennt man Arbeit – doch dazu hast du keinen Schneid – kannst nur …«*

Da fiel Scholle nichts mehr ein, weshalb Betty ihm zu Hilfe kam. *»… du kannst nur labern, statt anzupacken – kannst nur gut aussehen – also geh kacken.«*

»*Kleiner Schlachterboy, du bist doch nur Bettys Toy – ich bin hier der Macker und ihr seid nur die Fucker*«, rappte Tomi zurück.

»Nee echt mal«, sagte Betty jetzt und tippte sich mit dem Zeigefinger gegen die Stirn. »Ich bin kein Maulwurf.«

»Ich glaube, Koko ist nicht ganz dicht«, verkündete Tomi.

Ja, Koko war nicht normal. Sie war schräg, entgleist, bekloppt. Aber sie war auch wunderbar, überwältigend, liebenswert und voller aufregender Ideen. Normalerweise hätten wir anderen jetzt weitergesponnen und wären vom Garten auf irgendeinen Quatsch gekommen, aber Koko meinte es wohl ernst.

»Lasst es uns versuchen. Kann doch nichts schaden.« Sie warf Tomi einen herausfordernden Blick zu und meinte: »Gartenarbeit ist nichts für Weicheier.«

»Moment mal«, protestierte er, doch Koko redete bereits weiter.

»Gartenarbeit ist richtig heftig, fordert Konzentration und Kraft. Man muss ziemlich schnell sein und auf Veränderungen reagieren. Und man muss wissen, wann man was anzupflanzen hat, wie man düngt, wie man richtig umgräbt, wässert, Schädlinge bekämpft und so weiter. Da muss man dranbleiben. Ich meine, wenn man einfach alles so wachsen lassen würde, dann würde nichts funktionieren. Chaos! Das ganze Leben ist Chaos, aber man muss versuchen, es in den Griff zu kriegen, und so ist das mit dem Garten auch. Das fordert einen und macht einen stärker.«

»Da ist was dran«, sagte Betty und strich sich ihre roten Haare, die wie ein Vorhang vor ihren Augen hingen, weg.

»Ich sehe ihn richtig vor mir«, orakelte Scholle, den Blick in die Ferne gerichtet.

»Wir lassen unsere eigenen Kartoffeln wachsen«, sagte Koko. »Die rösten wir dann am Bahndamm, so brauchen wir wenigstens keine mehr von unseren Eltern zu klauen.«

»Wir könnten auch Gras anpflanzen«, schlug Tomi vor, wurde aber sofort von Betty unterbrochen.

»So ein Scheiß, du bist ein Idiot, du blöder Balkanese!« Dazu musste man wissen, dass Bettys Schwester im Gefängnis gewesen war, da sie sich dummerweise beim Dealen hatte erwischen lassen.

»Aber Tulpen wären doch okay, oder?«, warf ich ein. Eigentlich stand ich gar nicht auf Tulpen, ich wollte mich nur mal etwas einbringen. Ja, natürlich Tulpen, du Idiot, beschimpfte ich mich in Gedanken. Warum nicht gleich Rosen. Die kannst du dann Koko schenken, damit auch ja jeder Bescheid weiß.

»Tulpen sind prima«, bestätigte Koko.

»Wenn wir das richtig machen, könnten wir nicht nur ein paar Kartoffeln ziehen zum Eigenbedarf, sondern richtig viele, die wir dann verkaufen«, meldete Scholle sich zu Wort.

»Du bist auch ein Idiot«, sagte Betty schroff.

»Wie willst du das denn anstellen, Koko?«, fragte Tomi. »Wir haben doch keine Ahnung von so was.«

»Hmmhmm«, räusperte sich Scholle demonstrativ und zog damit die Aufmerksamkeit auf sich. »Meine Eltern«, begann er, doch Tomi winkte ab und sagte:

»Dein Vater tötet Tiere und stößt mit seinen Mörderfreunden hinterher darauf an.« Tomi wäre gern Vegetarier gewesen, schaffte es aber nie. Er aß zu gern Fleisch, weshalb er ständig seinen Spott über Scholles Vater auskübelte.

Aber Scholle ließ sich selten aus der Reserve locken, das war unter seinem Niveau. »Meine Eltern haben einen Garten«, fuhr er ungerührt fort. »Und dort …«

»… scheißt dein Vater auf die Erdbeeren, damit sie angeblich besser wachsen«, führte Tomi den Satz zu Ende.

»Lass ihn doch mal ausreden«, kreischte Betty jetzt mit ihrer seltsam hohen Stimme, die sie immer bekam, wenn sie sich aufregte. »Seine Eltern haben doch einen Garten.«

»Du hast unsere Erdbeeren auch schon gegessen«, sagte Scholle mit hochrotem Gesicht zu Tomi.

»Ja, und ich hatte drei Tage die Kotzerei«, erwiderte dieser.

»Stimmt, mir war auch nicht gut«, sagte Betty nun, worauf sich alle, außer Koko und mir, abwechselnd anschrien.

Ich sah zu ihr rüber. Koko hielt sich bei den Streitereien immer raus. Sie betrachtete uns dann wie eine Königin ihr Volk, mit einem milden Lächeln auf den Lippen. Ich dagegen war so eine Art Friedensstifter. Regelmäßig versuchte ich, die anderen abzulenken, ihnen klarzumachen, wie sinnlos doch so ein Streit unter Freunden wäre. Manchmal brachte es was, manchmal schrien sie dann gemeinsam mich an. Einige Leute behaupteten, ich sei konfliktscheu und harmoniebedürftig. Quatsch! Ich mochte eben einfach keinen Streit. Na gut, ein bisschen stimmte es wohl. Aber wenn schon, das Leben war zu kurz für Krieg, oder? Da gab es diese holländische Anthropologin Katje van Ripwinkel, die ich sehr verehrte und die ungeheuer klug war. So hatte sie zum Beispiel einmal gesagt, dass wir Menschen in einer Gruppe immer eine bestimmte Rolle einnehmen würden. Egal ob in der Familie, im Freundeskreis, in der Regierung oder bei der Mafia. Jeder würde das machen, was er am besten konnte. Ich konnte eben gut vermitteln und war als Anführer eher ungeeignet. Man musste seinen Platz in der Gemeinschaft nun mal kennen, was nicht hieß, dass man sich nicht auch verändern konnte. Aber wozu?

»Wie wäre es, wenn wir uns eine Stelle aussuchen, wo man einen Garten anpflanzen kann«, schlug Koko vor.

Alle verstummten, sahen sie an und nickten. Wir waren uns einig und wir würden uns eine Stelle suchen, wo man einen Garten anlegen könnte.

»Aber nicht am Bahndamm«, sagte ich. »Die verjagen uns da wieder.«

»Wir gehen zur anderen Brücke, da sind sie nicht«, schlug Betty vor.

»Da wächst überall Unkraut«, bemerkte Scholle. »Da müssten wir erst die Erde roden.«

Tomi lachte meckernd. »Brandrodung, was, Scholle? So wie dein Alter. Alles weghauen ohne Rücksicht auf Verluste. Echt, Mann, du bist so edgy.«

»Ich dachte eher daran, dass wir den Garten direkt in der Siedlung anlegen«, sagte Koko, woraufhin wir anderen verstummten. »Wenn wir bei uns Blumen pflanzen oder auch Gemüse, dann hätten doch alle hier was davon«, sagte sie.

Koko gelang es immer wieder, mich in Erstaunen zu versetzen. Manchmal meinte ich, hinter ihre Persönlichkeit blicken zu können, sie verstanden zu haben, aber sie war wie ein Chamäleon, das ständig seine Farben änderte, und überraschte mich immer wieder. Niemand außer ihr wäre auf so eine dämlich-geniale Idee gekommen.

Blieb nur die Frage, wo in der Siedlung wir den Garten anlegen sollten. Auf der Wiese zwischen unseren Häusern? Auf dem mageren Grünstreifen, der parallel zu unserer Straße verlief?

Also ich hatte da so meine Zweifel.

»Neben den drei Garagen«, sagte Koko. »Da ist doch dieses kleine Stück Erde. Dort legen wir den Garten an.«

Wir schauten in Richtung der drei Garagen. Es stimmte, an der Stirnseite war ein Fleck, den die Siedlungsverwaltung nicht betoniert oder bepflastert hatte. Als hätten sie es schlichtweg vergessen. Das Stück war etwa drei Meter mal drei Meter groß und lag neben der Teppichklopfstange. Dort war der Boden mit grauen Gittersteinen belegt, zwischen denen der Rasen eingesperrt war. Dieser steinerne Boden umfloss das Stück Erde an drei Seiten wie ein trübes Meer. An der vierten Seite türmte sich die Garagenmauer hoch. Hier kam so gut wie niemals jemand vorbei. An der Teppichstange hatte ich auch noch nie jemanden seinen Teppich verprügeln gesehen. Beste Lage also für unseren Zweck.

»Wir lockern die Erde auf, tun Samen rein und dann sehen wir, was passiert«, sagte Koko, als wir fünf am Rand des Feldes standen.

Ich fragte mich, wie Koko das wieder hinbekommen hatte. Sie begeisterte uns tatsächlich für diese alberne Idee. Für mich war sie eine Künstlerin, eine Art Malerin, nur dass sie nicht mit Farben malte, sondern mit Ideen. Das war ihre Kunst.

»Nee, so einfach geht das nicht«, gab Scholle zu bedenken. »Man muss schließlich wissen, was man pflanzt und wann. Und einfach umgraben ist nicht, das will richtig gemacht sein.«

Tomi schlug Scholle kräftig auf die Schulter. »Gut gebrüllt, Fleischhauer.«

»Meinst du, hier wächst überhaupt was, Koko?«, fragte Betty

»Das ist Superboden hier«, kam Scholle Koko zuvor. Er setzte sein Expertengesicht auf. »Fett und nährreich. Ihr werdet sehen, da wächst was in Nullkommanix.«

»Wir legen ein paar Beete für Gemüse an und ein, zwei für Blumen«, schlug Koko vor.

»Gute Idee«, sagte Betty anerkennend.

»Hier vorn können wir Zwiebeln anbauen«, sagte Scholle, worauf Tomi und Betty lachten.

»Du brauchst doch gar keine, du kannst doch auch von alleine prima heulen«, meinte Tomi.

»Ach, halt die Klappe!«, sagte Scholle beleidigt. Dabei konnte er wirklich prima heulen. Hatte ich schon ein paarmal erlebt. Es war kein richtiges Weinen bei Scholle, eher ein taktisches. Er heulte im Voraus, wenn er Schiss hatte, Ärger zu kriegen.

»Die Samen könnte vielleicht Scholle aus dem Garten seiner Eltern besorgen«, schlug Betty vor.

»Ja, für Bratwürste«, rief Tomi und lachte über seinen eigenen dämlichen Witz.

»Ich dachte eher an Gurken, Kartoffeln, Möhren, Kohlrabi und so was«, sagte Koko.

»Wir könnten auch Erdbeeren anpflanzen«, schlug ich vor.

Selbst Tomi war jetzt mit Eifer dabei. »Paprika!«, rief er.

»Quatsch, die wächst hier doch gar nicht«, sagte Scholle tadelnd.

»Zucchini!«, rief Tomi.

»Bleib mal nüchtern«, sagte Scholle.

»Bin ich«, sagte Tomi. »Kannst einen Bluttest machen.«

»Man muss da genau vorgehen, nichts dem Zufall überlassen«, sagte Scholle oberlehrerhaft.

Wir überlegten noch eine Weile, schlugen uns gegenseitig Gemüse- und Obstsorten vor und steigerten uns regelrecht in die Idee hinein.

Allerdings gab ich unserem Projekt insgeheim maximal zwei Tage, dann wäre es ohnehin zerstört worden. Von kleinen Kindern, betrunkenen Erwachsenen oder Jugendlichen.

Ich drehte mich zum Schlafzimmerfenster von Bobbo und seiner Mutter um, weil ich meinte, eine Bewegung aus den Augenwinkeln gesehen zu haben, und tatsächlich bauschte sich die Gardine leicht, als hätte gerade eben noch jemand dahinter gestanden und uns belauscht. Aber vielleicht hatte auch nur der Wind sie bewegt. Ach egal, man sollte keinen Gespenstern hinterherjagen, bläute Koko uns immer wieder ein.

Kapitel 2

Unsere Siedlung lag am Rand der Stadt H und bestand aus einer Reihe Viergeschosser, die sich wie ein Haufen müder und zerlumpter Soldaten aneinanderlehnten. Jeweils vier Häuser waren zu einem Block zusammengetackert. Insgesamt gab es vier Blöcke, die hintereinanderstanden. Dazwischen jeweils eine magerbrüstige Wiese, die man nicht betreten durfte und auf der wir aber immer Fußball spielten.

Alte Mühle hieß unsere Siedlung. Alt war schon richtig, eine Mühle gab es allerdings schon lange nicht mehr. Es sei denn, man hatte den verrückten Edelmann Don Quijote vor Augen, der gegen Windmühlen kämpfte, weil er sie für feindliche Ritter gehalten hatte. Auch bei uns kämpften die Leute mit eingebildeten Gegnern. Die hießen dann der Staat, Arbeitsamt, »die da oben« oder einfach das Leben, das sie generell überforderte. Manche kämpften auch gegen ihre Kinder, weil sie meinten, diese würden sie vom richtigen Leben abhalten.

Die Siedlung war in den Sechzigerjahren des vorigen Jahrhunderts erbaut worden für Leute mit wenig Geld und wenig Geschmack. Mittlerweile war sie etwas heruntergekommen. Auch ihre Bewohner. Na ja, bei uns im Block ging es noch, in den anderen dagegen wohnten nur Kretins. Leute, die nur ein Auge hatten oder einen Kropf oder irgendwie verrückt waren. Mit deren Kindern war man für gewöhnlich auch nicht befreundet. Man blieb in seinem Block. Da gab es ja auch genug Leute, mit denen man sich anfreunden konnte. Scholle, Betty und Tomi wohnten im vierten Block, Koko und ich im dritten, allerdings nicht in denselben Hausaufgängen.

Der erste Block, vorn an der Straße gelegen, war der Schlimmste. Da wohnten die Roten Khmer. Üble Menschen! Das hing wohl mit der Reifenfabrik zusammen, die ganz in der Nähe war und ihre Abgase je nach Windrichtung in unsere Siedlung pustete. Die vom ersten Block bekamen immer am meisten ab. Sie waren so eine Art Filter für uns andere. Ich hatte die Schläger die »Roten Khmer« getauft, weil ihr Anführer Freddy immer so die Augen zusammenkniff und dadurch wie ein Albino-Asiate wirkte. Er hatte lichtempfindliche Augen, hieß es. Und obwohl er selbst eine Brille – getönte Pilotenbrille – trug, verprügelten er und seine Leute bevorzugt Brillenträger.

»Das haben die echten Roten Khmer auch gemacht«, hatte ich Koko einmal erklärt, nachdem die Schläger mich wieder einmal erwischt und geohrfeigt hatten. »Das war in Kambodscha in den Siebzigerjahren gewesen.« Ich hatte ein Buch darüber gelesen. »Die haben einfach alle Brillenträger umgebracht, weil sie dachten, Brillenträger wären schlaue Leute und ihnen haushoch überlegen.«

Dabei fühlte ich mich nicht mal schlauer als die Brillenlosen. Ganz im Gegenteil und was sollten schlechte Augen denn auch mit Gehirnschmalz zu tun haben? Aber selbst wenn es so gewesen wäre, es hätte ja nichts genutzt. Wann immer Freddy oder einer seiner Schergen mit einem aufgemotzten Moped neben einem hielt und knurrte: »Ey, nimm mal dein Nasenfahrrad ab«, kam man dieser Aufforderung eben nach, ohne sich zu beschweren. Dann bekam man ein paar geschmiert, Ohrfeigenschauer nannten sie das, und durfte weitergehen. Bis zum nächsten Mal, was sie einem auch noch hinterherriefen: »Bis zum nächsten Mal, Spargel.« Mit einem fiesen Lachen. Sie nannten mich übrigens Spargel, weil ich ziemlich groß für meine fast vierzehn Jahre war und dazu noch ziemlich dünn. Koko hatte vorgeschlagen, ich solle mich eher als Fahnenmast sehen, um den sich die anderen in der Not sammelten. »Das ist was Spezielles, weißt du. In der Schlacht wird die Fahne allen vorangetragen. So als Ermunterung«, hatte sie hinzugefügt, als sie meinen skeptischen Blick bemerkte.

»Der Fahnenträger wird aber immer als Erster niedergemetzelt«, gab ich zu bedenken.

»Nein, du nicht«, hatte Koko zu mir gesagt. »Du wirst was Besonderes machen, wenn du älter bist.«

»Schriftsteller«, warf ich ein. Das wollte ich tatsächlich werden.

»Was auch immer«, fuhr Koko fort. »Du bist was Besonderes. Und das spüren diese Schlägertypen. Die riechen, dass du keiner von ihnen bist. Das sind im Grunde genommen Loser. Die haben jetzt ihre große Zeit, aber lass die mal älter werden, dann werden sie merken, dass sie nichts auf die Reihe kriegen, außer ein paar Bastarde zu zeugen und sich den Kopf wegzusaufen. Dann kommt deine Zeit. Dann lachst du sie aus.«

Na ja, das war eben typisch Koko, es nutzte zwar nichts, denn im Augenblick war ich nun mal der Loser, aber man fühlte sich trotzdem besser.

Ich hatte mir angewöhnt, die Schläge nicht persönlich zu nehmen. Sie waren auch gar nicht so gemeint. Es lag in der Natur dieser Typen. Sie mussten einen schlagen, das war ein

Impuls. Es war wie bei Haien, die schnappten einfach nach allem, was zappelte, ob sie Hunger hatten oder nicht. Ihre DNA war darauf programmiert, die kleineren Fische zu tyrannisieren. Und in unserer Siedlung standen die Roten Khmer nun mal leider an der Spitze der Nahrungskette, weshalb man sich nicht beschweren durfte. Das nahm man eben hin, das war ein Teil unserer Welt. Klar, man hätte es auch den Erwachsenen erzählen können, aber was hätte das genutzt?

Eltern und alle anderen über zwanzig lebten in einer Parallelwelt, die mit der unseren nicht allzu viel zu tun hatte. Wir bewegten uns wie Schatten unter ihnen, und sie sahen nur das, was sie sehen wollten, beziehungsweise das, was wir ihnen zeigten. Dabei waren meine Eltern ganz in Ordnung. Sie machten wenig Stress, kümmerten sich darum, dass es allen gut ging, machten ihr eigenes Ding und ließen mich meines machen. Ein gutes Arrangement für alle Beteiligten.

»Was machst du heute?«, fragte meine Mutter, die gerade ihre Schuhe anzog, um zur Arbeit zu gehen. In den Ferien fing sie meinetwegen extra später an, damit wir noch zusammen frühstücken konnten. Mein Vater ging immer sehr früh zur Arbeit.

»Ach, das Übliche«, antwortete ich.

»Also mit den anderen rumhängen.«

Ich nickte, sie gab mir noch einen Kuss auf die Stirn, und nachdem sie weg war, ging ich in mein Zimmer, um Musik zu hören. Vor Kurzem hatte ich die aussortierte Anlage meines Vaters übernommen. Ein paar Monate zuvor war ich noch mit »Old Shatterhand« auf der Suche nach dem Schatz im Silbersee unterwegs gewesen, mit den »Drei Fragezeichen« auf Verbrechersuche oder hatte über »Die Känguru-Chroniken« gelacht. Aber dann, von heute auf morgen, hatte ich all das in den Schrank gepackt und meinen Eltern mitgeteilt, dass meine Kindheit jetzt vorbei wäre und ich von nun an Musik hören wolle. Sie hatten erst gelacht, mich dann aber, als ich nicht lockergelassen hatte, unterstützt. Jetzt hörte ich die alten Sachen meines Vaters, die ungehört im Schrank rumgegammelt hatten: David Bowie, Madonna, Eminem, Mando Diao. Er sei sowieso zu alt für Musik, hatte mein Vater gesagt. Stimmte ja auch. Der Mann war vierzig und da wurde es peinlich, wenn die Alten einen auf jung machten. Er wusste ohnehin nicht mehr, was gerade angesagt war.

Allerdings war es ein bisschen so, als würde ich die alten Klamotten meines großen Bruders auftragen. Die anderen machten sich über mich lustig, weil ich diesen antiken Kram aus dem letzten Jahrtausend hörte. Kein Kanye West, keine Rihanna, keine Nicki Minaj, kein Skrillex. Egal, ich war eben aus der Zeit gefallen.

Ich hörte die ganze erste Platte von Franz Ferdinand, trank noch einen Tee und am Ende war ich wie immer spät dran. Aber nicht, dass hier der Eindruck aufkommt, ich wäre immer zu spät gekommen, so war das nicht. Gut, ich trödelte meist etwas, aber das hatte damit zu tun, dass immer so viele Gedanken durch meinen Kopf gingen und ich die aufschreiben musste, und darüber musste ich dann auch nachdenken und das dauerte eben ein bisschen. Ich hatte auch schon öfter Ärger in der Schule deswegen. Das war auch keine böse Absicht von mir, wie manche Lehrer behaupteten, das war einfach so.

Die anderen waren bereits versammelt, als ich unseren künftigen Garten erreichte.

»Was …«, begann ich, verschluckte den Rest meiner Frage aber, als Tomi mich warnend ansah. Sie sahen alle so ernst aus und standen stocksteif da. Scholle hatte einen hochroten Kopf, Betty kniff die Augen zusammen, als würde sie den Blick scharf stellen, während Koko traurig die Erde anstarrte.

»Ihr seht ja aus, als wärt ihr auf einer Beerdigung«, sagte ich leise.

»Pst!«, machte Tomi und sah mich böse an.

»Was ist denn?«, formte ich lautlos mit den Lippen.

Tomislav hob warnend den Zeigefinger. Ich nickte, machte wie die anderen ein trauriges Gesicht und starrte stumm auf das Stückchen Erde, wobei ich mich insgeheim fragte, was um Himmels willen geschehen war. Nach ein paar Sekunden ging ein Ruck durch die Gruppe und die anderen nahmen wieder ihre vertrauten Gesichter und Körperhaltungen an.

»Der Hamster«, sagte Tomi und nickte wissend.

»Aha, der Hamster«, sagte ich.

»Traurig«, sagte Betty und strich Koko tröstend über das Haar.

»Was ist denn mit dem Hamster?«, wollte ich wissen, bekam aber keine Antwort.

»So, wir gehen jetzt in die Bücherei«, sagte Koko bestimmt und marschierte los, die anderen hinterher.

»Moment mal, was ist denn jetzt mit dem Hamster und wieso gehen wir in die Bücherei?«, rief ich, bekam aber keine Antwort.

Koko hätte an dieser Stelle gesagt: »Du musst dich melden, du musst rufen, dass du da bist, und nicht darauf warten, dass dich einer abholt.« Das war ihre Art, mir zu sagen, dass ich nicht immer so verdammt bescheiden sein sollte. Na ja, es stimmte ja auch. Ein bisschen wenigstens. Ich ließ oft anderen den Vortritt, aber das war okay. Ich drängelte mich nicht gern in den Vordergrund, ich war eher der Typ Beobachter.

»Hast du deine Leihkarte mit?«, fragte Koko unterwegs.

Ich nickte. Meine Karte hatte ich immer dabei, man wusste ja nie, wann man mal ein Buch brauchte.

»Was wollen wir denn überhaupt in der Bücherei?«, versuchte ich es noch einmal, woraufhin Koko nur genervt die Augen verdrehte. Manchmal war sie so ein Snob.

Frau Pfirsch, die Bibliothekarin, eine ältere, etwas füllige Person winkte mir zu, als wir die Bücherei betraten.

»Ach gut, dass du da bist«, rief sie. »Ich habe dir ein paar Bücher zurückgelegt.«

»Mann, du kennst die schärfsten Weiber«, sagte Tomi leise. »*Bücher zurückgelegt?* Ist das so eine Art Geheimcode zwischen euch? Was Romantisches?«

»Ach, halt die Klappe!«

»Lest ihr euch gegenseitig die versauten Stellen vor?«, sagte er lachend und schlug mir auf die Schulter.

»Erzähl mir lieber, was mit dem Hamster los ist«, fragte ich ihn.

Er schaute mich ernst an und sagte: »Wir haben ihn begraben.«

»In unserem Garten?«, wollte ich wissen und Tomi nickte. »Den Hamster von Koko? Mr Left?«

Tomi nickte erneut.

»Lebendig?«

»Natürlich und vorher haben wir ihn gekreuzigt.« Tomi sah

mich entrüstet an. »Quatsch, was glaubst du denn? Er hat gestern Abend den Löffel abgegeben.«

»Wieso?«, fragte ich.

Ein Schulterzucken war seine Antwort. Ich sah zu Koko rüber, die leise auf Scholle einredete.

»Er ist wohl in eine der Maschinen ihres Vaters geraten. Es war jedenfalls nicht mehr viel übrig zum Begraben«, sagte Betty, die plötzlich neben mir stand, ohne dass ich sie bemerkt hatte.

Ich schluckte und musste an das Buch denken, das ich vor ein paar Monaten gelesen und von dem ich den anderen erzählt hatte. Die Arbeiter der chinesischen Mauer hatten Menschen geopfert, um ihre Götter beim Bau gnädig zu stimmen. Na ja, hat ja irgendwie auch geklappt. Das Ding steht bis heute.

Der arme Mr Left, in der Blüte seines Lebens ... Und wir hatten ja noch nicht mal vor, eine Mauer zu errichten. Aber gut, irgendwo musste er ja begraben werden, warum nicht dort?

Trotzdem, in einer der Maschinen von Kokos Vater zu enden – das hatte selbst ein Hamster nicht verdient. Aber es war nur eine Frage der Zeit gewesen, bis in der Wohnung, die gleichzeitig Werkstatt war, etwas Schlimmes passierte. Selbst als Mensch musste man aufpassen, nicht in eine dieser Erfindungen zu geraten. Und manche waren richtige Höllenmaschinen, die rauchten und zischten und dröhnten, und niemand außer Kokos Vater kannte deren Sinn. Wie oft hatte ich vor einem dieser Dinger gestanden, von dem es hieß, es würde die Entwicklung der Menschheit voranbringen. Und dann stellte sich heraus, dass es eine Hundescheiße-am-Schuh-Abkratzmaschine war oder eine praktische Katzen-Scher-und-Shampooniermaschine-die-gleichzeitig-abgefallene-Haare-einsaugte. Auch für Allergiker geeignet. Wie oft hatten wir schon über Kokos Vater und seine dämlichen Erfindungen gelacht.

»Los, hilf mit suchen«, riss Koko mich aus meinen Gedanken.

»Was machen wir hier überhaupt?«, fragte ich zurück, wobei Koko mich ansah, als hätte ich eine besonders dumme Frage gestellt. Meine Freunde gingen normalerweise nie in die Bibliothek. Ich war der Einzige, der Bücher las, während die anderen sich ihre Informationen aus dem Internet holten.

»Wir leihen uns was über Gartenarbeit aus, was glaubst du denn?«, sagte Koko. »Wir sind hier nicht zum Spaß.«

»Aber ihr könnt das doch auch googeln«, schlug ich vor, worauf Koko mich belustigt ansah.

»So ein Garten ist was Analoges, das muss man richtig machen. Und dafür brauchen wir ein Buch, das ist auch analog und greifbar genau wie die Gartenarbeit.«

Ja, das machte einen gewissen Sinn, beschloss ich, und führte die anderen zu den Regalen mit den Gartenbüchern.

»Das ist doch alles Unsinn hier«, maulte Scholle. Er als Experte hatte es eigentlich nicht nötig, in der Bücherei nach unnützem Wissen zu suchen. Das befand sich ja eh alles in seinem dicken Schädel. Allerdings fragte ich mich oft, ob Scholle den Schlüssel zu seinem Kopf nicht längst verlegt hatte, vor allem weil er gerade ein Buch hochhielt und sagte: »Hier ist was über Schädlinge«, worauf Tomi sagte: »Wow, ein Buch über deine Familie.« Scholle musste doch klar gewesen sein, dass seine Ansage eine Steilvorlage für Tomi war.

»Du bist so hohl«, sagte Scholle zu ihm, woraufhin Betty tröstend meinte: »Mach dir nichts draus, Scholle. Er weiß es eben nicht besser.«

»Was weiß ich nicht besser, Betty Boo? Dass du in den dicken Klops verknallt bist und mal in sein Würstchen beißen willst?«

Betty fuhr herum, die Fäuste geballt.

»Hört auf jetzt«, mischte Koko sich ein. »Wir brauchen Informationen über Pflanzenanbau.«

Fieberhaft suchten wir weiter, durchblätterten ein paar Bücher, die uns aber zu technisch und damit zu kompliziert waren, bis wir schließlich eines entdeckten, das vor allem den anderen gefiel, weil es viele Fotos und wenig Text hatte.

»Ich weiß nicht so recht«, sagte Frau Pfirsch, als wir mit dem Buch an der Ausleihe standen. »Das darf man nicht ausleihen, das ist ein Präsenzexemplar. Das darf man nur hier in der Bibliothek einsehen. Ich weiß auch gar nicht, warum das im Regal steht. Muss jemand falsch einsortiert haben. Ich darf das eigentlich nicht rausgeben, aber ihr könnt euch ja ein paar Kopien machen.«

»Sympathisch aussehende Frau mit aparter Brille, wunderschönem Lächeln und dieser außergewöhnlich strahlend gelben Bluse, wir haben im Biologieunterricht ein Projekt über Pflanzen und dafür brauchen wir dringend dieses Buch.«

Frau Pfirsch war sichtlich geschmeichelt. Ihr letztes Kompliment war höchstwahrscheinlich eine Weile her.

»Na gut«, sagte sie schließlich verschwörerisch. »Aber erzählt es bitte nicht weiter.«

Ich musste ihr noch versprechen, gut auf das Buch aufzupassen und es pünktlich zurückzubringen. Zum Abschied zwinkerte sie mir zu.

Draußen schlug mir Tomi auf die Schulter. »Mann, du kannst

mit den Weibern umgehen. Das musst du mir unbedingt mal zeigen. Die schmelzen ja richtig dahin.«

»Ist doch kein Wunder. Spargel ist der Einzige im Umkreis von zwanzig Kilometern, der Bücher liest«, sagte Betty lachend.

»Ich heiße nicht Spargel«, protestierte ich. Die anderen wussten genau, dass ich es hasste, wenn sie diesen Namen benutzten. Glücklicherweise taten sie es nicht allzu oft.

Wir beschlossen, zu Koko zu gehen, um das Buch zu studieren.

»Ist dein Vater auch da?«, fragte Scholle vorsichtig. Er wirkte immer etwas verunsichert in seiner Nähe.

Dabei war Kokos Vater ein wirklich netter Typ. Wir duzten ihn sogar, das hatte er uns angeboten. Außerdem war er genauso seltsam wie Koko. Und interessant und irgendwie gehörte er nicht zu den Erwachsenen, er gehörte seiner eigenen Welt an, was ihn irgendwie zu unserem Verbündeten machte.

Aber Scholle machten vor allem die Maschinen von Kokos Vater Angst. Tomi hatte spekuliert, dass Scholle davor Angst hatte, weil sie ihn an die Schweinetötungsmaschine seines Vaters erinnerten. Aber es war einfach die Angst vor dem Unbekannten. Katje van Ripwinkel hatte einmal gesagt, dass wir Menschen Millionen Jahre gebraucht hatten, um uns aus gebückter Position aufzurichten. Und das hatte so lange gedauert, weil unsere Angst vor Fressfeinden, vor dem Unkontrollierbaren, so groß gewesen war. In gebückter Haltung konnten die Feinde einen schwerer erkennen. Und es war uns ja auch gut gegangen, so mit der Nase im Dreck. Wozu sich also verändern? Und Scholle war eben ein Gewohnheitstier. Mit sichtlichem Widerwillen ging er jedoch schließlich mit. Er ging immer mit.

Bei Koko angekommen, setzten wir uns in ihr Zimmer und fingen an, in dem Buch zu blättern. Aus der Küche drang eine Art mechanisches Seufzen zu uns rüber. Kokos Vater schien an etwas herumzubasteln. Er war ständig auf der Suche nach dem Stein der Weisen. Seinen letzten Job als Werklehrer an unserer Schule hatte er verloren, weil er mit der sechsten Klasse »lebende Kraken« gebastelt hatte. Dazu hatte er Regenwürmer an Plastikeier geklebt und über die Tische kriechen lassen. Ein Riesenspaß für die sechste, allerdings nicht für die empörten Eltern und die Schulleitung, die ihn umgehend entlassen hatte. Im Werkraum fanden sich noch immer hin und wieder vertrocknete Würmer in irgendwelchen Ecken, was regelmäßig für Ekelschreie bei uns sorgte.

»Wir suchen jetzt nach was, das man im Juli anpflanzen kann«, verkündete Koko, worauf wir eifrig herumblätterten, uns das Buch gegenseitig aus den Händen rissen, um der Erste zu sein, der etwas fand.

»Grünkohl«, rief ich nach einer Weile.

»Wir pflanzen Scholle ein, dann kriegen wir einen Wurstbaum«, rief Tomi dazwischen.

»Halt die Klappe, Balkanese!«

»Grünkohl«, wiederholte Koko und notierte das Wort auf ihrer Liste.

»Hier, ich hab was«, sagte ich. »Rote Bete, Spinat und Rettich.«

»Das ist doch Mist, so was will doch keiner essen«, sagte Betty. »Wie wäre es mit Stockrosen? Die sehen schön aus.«

Vier Augenpaare hefteten sich gleichzeitig auf sie. Nicht nur ich musste mich über sie wundern. Einen Sinn für Schönheit und Zeugs wie Blumen hatte bislang noch keiner von uns an ihr entdeckt. Betty war nicht so der romantische Typ. Eher etwas grob. Was vielleicht auch an ihrer Familie lag. Tomi hatte da mal von diesem Ganovengen gesprochen und dass sich so was vererben würde. Ihr Vater hatte nämlich wegen Bankraub gesessen und ihre Schwester hatte ich ja schon erwähnt.

»Ich hau dich mit 'ner Blume«, rappte Tomi an Betty gewandt. *»Du bist so 'ne Romantin – du kleine Elefantin.«*

»Lass sie doch«, verteidigte Scholle Betty. »Nur weil du so ein Klotz bist, müssen andere ja nicht so sein.«

»Sagte die Fleischbratze und versank wieder in Stumpfsinn.« Tomi grinste.

»Ey«, dröhnte Scholle. »Pass auf.«

»Mache ich immer, Kotelett«, sagte Tomi.

Scholles Augen blitzten.

»Ich hab was«, unterbrach Koko die beiden und sah in die Runde. »Eisbergsalat und Kohlrabi. Die brauchen nicht so viel Pflege, das ist für Anfänger genau das Richtige.«

»Ja, das klingt toll«, sagte ich, eine Spur zu begeistert. Manchmal fiel mir auf, dass ich automatisch zu Kokos Sprecher mutierte, was nicht hieß, dass ich keine eigenen Ideen hatte oder ein Schleimer war, aber sie brachte es nun mal von uns allen am besten auf den Punkt. Da niemand widersprach, war alles klar.

»Scholle, kannst du von deinen Eltern Samen für Eisbergsalat und Kohlrabi besorgen?«, fragte Koko.

»Logo!«, erwiderte dieser. »Kann morgen losgehen.«

»Und Hacken«, sagte Betty.

»Gießkanne«, sagte Tomi.

»Schaufeln«, sagte ich.

Scholle nickte zu jedem Vorschlag würdevoll. Er war in seinem Element und wusste genau, dass er in diesem Augenblick die Hauptrolle in unserem kleinen Drama hatte. Das kostete er voll aus. »Ich werde auch 'ne Schnur mitbringen, damit wir die Beete ordentlich ziehen können. Und eine Harke.«

Wir anderen nickten begeistert. Mann, morgen schon sollte es losgehen.

Ich sah in leuchtende Augen und erwartungsvoll gespannte Gesichter. Wir würden echtes Leben erschaffen. Zwar nur in Pflanzenform, aber immerhin.

Scholle wollte das Buch als Erster mit nach Hause nehmen, dann sollte es Tomi bekommen, dann Betty, dann Koko und am Ende sollte es wieder bei mir landen, damit ich es zurückgeben könnte.

Später sahen wir uns dann gemeinsam die Gartensendung an und fühlten uns anschließend schon fast wie Experten.

Das mechanische Seufzen aus der Küche war jetzt in ein mechanisch klingendes Quieken übergegangen. So als würde ein Verwandter von Mr Left auf einer Streckbank ins Unendliche verlängert werden.

Kapitel 3

»*Guess who just got back today? Them wild-eyed boys that had been away*«, sang ich den alten Thin-Lizzy-Song laut mit, während ich meine Stiefel anzog. Koko hatte gesagt, wir sollten uns Klamotten anziehen, die dreckig werden konnten. Die anderen waren bereits versammelt, als ich eintraf.

Tomi, der gerade eine Schaufel untersuchte, sagte zu Scholle: »Das sind doch Blutreste hier. Rührt ihr damit im Wurstkessel rum?«

»Quatsch, das ist einfach Erde, du Spinner«, gab Scholle zurück.

»Ach, leck mich doch«, sagte Tomi zu ihm.

»Leck dich doch selber«, sagte Scholle.

»Würde ich gern, bin aber nicht so gelenkig wie du«, gab Tomi zurück.

Scholle schnaufte, diese Diskussion war unter seiner Würde.

»Du sollst damit buddeln und die Schaufel nicht ablutschen«, sagte Betty zu Tomi, worauf der sie herausfordernd ansah.

»Ich wette, du würdest dir mit dem Schaufelstiel gern ein paar schöne Momente machen«, sagte er zwinkernd zu ihr.

»Die dämlichen Sprüche kannst du dir sparen«, sagte Koko ernst. Und auch Betty sah aus, als würde sie Tomi am liebsten eins mit der Schaufel überziehen. Aber bei ihr war das eher Show. Sie war mit ihren Sprüchen im Grunde genommen noch schlimmer als Tomi.

Zuerst rupften wir das Unkraut raus.

»Und jetzt?«, fragten wir Scholle, unseren Experten, als wir damit fertig waren.

»Ihr habt doch, genau wie ich, gestern ins Buch geguckt, oder? Das stand doch da.«

Wir anderen schwiegen und sahen zu Boden.

»Wir müssen umgraben«, sagte Scholle. »Die Erde auflockern, damit Sauerstoff reinkommt.«

»Ah«, machten wir anderen und fingen an zu graben. Tomi und Betty mit Hacken, ich mit einer kleinen Kinderschaufel und Koko mit einer Harke, wobei Scholle uns kritisch zusah, um nach einer Weile zu sagen: »Ihr sollt keine Löcher buddeln, ihr müsst die Erde umwälzen, quasi umdrehen, das obere Stück umdrehen.«

Ich richtete mich stöhnend auf und sah Scholle vorwurfsvoll an, während ein paar Dreckklumpen von meiner winzigen Schaufel fielen. Tomi hob mit verkniffenem Gesicht einen riesigen Batzen Erde aus.

»Nicht so tief«, sagte Scholle dröhnend. »Mit Gefühl.«

»Ich trete dir gleich in den sonst was, dann hast du Gefühl«, rief Tomi und warf die Erde auf Scholles Schuhe.

»Du bist so ein dämlicher Hund«, schimpfte Scholle und schüttelte seine Füße abwechselnd aus, was aussah, als würde er tanzen.

»Du bist der Harte mit der Schwarte, du Blutwurst-Schlawiner wärst 'ne prima Wiener. Du bist die grobe Fette mit dem zarten Biss, und der tolle Bierschinken und das ist mein Diss«, rappte Tomi los.

Betty lachte, zeigte auf Scholle und sagte: »Dann zeig uns doch mal, wie das geht, Herr Fachmann.«

Daraufhin nahm Scholle ihr die Schaufel ab, setzte sie fast

zärtlich auf dem Boden auf, trat mit dem Fuß sanft auf die Hinterkante und bohrte die Spitze sachte in die Erde, bis die Schaufel darin verschwunden war. Dann hob er sie vorsichtig mit einer Schicht Erde drauf hoch und warf sie leicht in die Luft, worauf sie sich drehte und mit der Unterseite wieder auf dem Boden landete. »Verstanden?«, fragte Scholle. »Ihr müsst einfach …«

»Ihh, da klebt ja ein Wurm dran«, unterbrach Tomi Scholles Vortrag.

»Ist der echt?«, fragte Betty und klammerte sich spielerisch an Koko. »Nicht, dass der uns anfällt.«

Wir lachten, selbst Scholle.

»Nicht totmachen«, rief Betty, als Scholle den Wurm mit der Schaufel in zwei Hälften teilte.

»Wächst ja wieder zusammen«, brummelte Scholle, nahm die Enden und schmiss sie auf die Seite.

»Das hofft ihr bei euren Schweinen auch immer, ne?«, ätzte Tomi, worauf Scholle ihm mit der Faust drohte.

Wir gruben weiter, schichteten Erde um, pulten Steine raus, schmissen Würmer und anderes Getier auf einen Haufen und bald taten uns die Rücken weh. Diese gebückte Haltung waren wir nicht gewohnt. Trotzdem verging die Zeit rasend schnell, weil wir so bei der Sache waren.

Plötzlich hatten wir auch Publikum. Zuerst waren es nur ein paar der kleineren Kinder, die uns scheu und aus sicherer Entfernung zusahen. Anfangs ignorierten wir sie, doch es wurden immer mehr. Am frühen Nachmittag hatte sich schon eine ansehnliche Traube von Schaulustigen eingefunden. War etwas anders im gewohnten Tagesablauf der Siedlung, sprach sich das schnell rum.

Wir ließen uns nicht aus der Ruhe bringen und gruben eifrig weiter um und bald hatten wir die gesamte Fläche geschafft.

»Jetzt machen wir kleine Löcher«, belehrte uns Scholle und ließ sich auf alle viere nieder.

»Ich rufe schon mal den Kran, damit der dich wieder hochwuchtet«, sagte Tomi, doch Scholle ignorierte ihn.

»Ihr nehmt eure Hand, formt sie zu einer leichten Schale, fahrt damit in die Erde, hebt die Erde heraus, legt sie neben das Loch und da legt ihr den Samen rein. Dann schiebt ihr die Erde einfach wieder darüber.« All das tat er mit einer unglaublichen Zärtlichkeit. Als er mit seiner Arbeit fertig war, blickte er uns ernst, aber auch zufrieden an.

»Mensch, Scholle«, sagte Tomi, »du solltest Schweinemasseur werden. Diese Finger … da würde sogar Betty schwach werden.«

Betty gab ihm einen Tritt.

Unter Scholles Anleitung taten wir es ihm nach. Wir formten mit den Händen eine Schale, fuhren vorsichtig in die Erde, hoben eine Schicht ab, legten sie daneben, taten ein Samenkorn hinein, Eisberg in das eine Beet, Kohlrabi in das andere, und schoben das Loch wieder zu. Dann gossen wir ausgiebig und bewunderten unser Werk. Sah schon ganz gut aus.

Am Abend hatten wir Schwielen an den Händen, die Arme taten uns weh, Beine und Rücken ebenfalls. Wir waren dreckverschmiert und glücklich. Ich hätte nie gedacht, dass es so einen Spaß machen würde, in der Erde zu wühlen.

»Und wie lange dauert das jetzt, bis da was rauskommt?«, fragte Betty ungeduldig.

Tomi sah auf sein Handgelenk, tat, als ob er dort eine Uhr

hätte, und sagte: »In dreizehn Minuten und drei Sekunden wird das kleine grüne Köpfchen durch die Erde brechen.«

»Echt?«, fragte Betty.

»Ja klar«, bekräftigte ich Tomis Aussage.

»Quatsch, ungefähr eine Woche«, sagte Scholle gewichtig. »Das muss doch erst mal keimen.«

»Eine Woche«, stöhnte Tomi. Und so lange hängen wir rum und tun gar nichts?«

»Nein«, sagte Scholle dröhnend. »Wir müssen jeden Tag herkommen und gießen und Unkraut jäten und wir müssen die anderen Beete auch schon vorbereiten. Jetzt fängt die eigentliche Arbeit erst an. Und …«, seine Stimme hob sich theatralisch, »… wir müssen Schädlinge verjagen.«

»Uiuiui!«, machte Tomi. »Dann müssen wir dich ja auch von den Pflanzen fernhalten.«

Scholle tat, als würde er Tomi schlagen wollen.

»Schluss jetzt!«, beschied Koko. »Lasst uns Pizza essen.«

Das klang gut und so ließen wir uns gern von Koko überreden, mit zu ihr zu kommen, um Pizza zu machen.

»Ist dein Vater auch da?«, fragte Scholle so nebenbei wie möglich, um nur ja nicht den Verdacht aufkommen zu lassen, dass es ihm unangenehm wäre.

Wir trafen Kokos Vater in der Küche an.

»Ah, gut, dass ihr da seid«, begrüßte er uns. Er war ziemlich klein und hatte wirre braune Haare. Meist trug er einen grünen Overall wie ein Hausmeister und er hatte ständig ölverschmierte Hände, mit denen er sich oft im Gesicht kratzte. Rein äußerlich passte er überhaupt nicht zu seiner elegant gekleideten

Tochter, aber er hatte das gleiche verschmitzte Lächeln, und wenn sie miteinander redeten und lachten, war klar, dass sie zusammengehörten.

Koko verschwand erst einmal im Bad, um kurz danach strahlend sauber wieder aufzutauchen. Sie hatte sich umgezogen. Jetzt trug sie ein rotes Samtkleid mit Puffärmeln, wobei sie ihre Haare mit einem roten Band am Hinterkopf zusammengebunden hatte. Tiefrot wie die Abendsonne. Unerreichbar für einen gewöhnlichen Sterblichen. Man durfte nicht zu nahe heran an diese Sonne, sonst würde sie einen verbrennen. Aber wenn man auf Abstand blieb, dann wärmte sie einen.

Als unsere Bäuche voll waren und wir uns zufrieden zurücklehnten, sagte Kokos Vater: »Ich muss euch von meiner neuen Idee erzählen und ihr könnt mir dabei helfen.«

Ich stöhnte innerlich. Was würde jetzt wieder für ein abgedrehter Kram kommen.

»Giftkapseln«, rief er begeistert.

Wir sahen uns verwundert an, nur Koko lächelte mild.

»Ihr kennt doch aus Agentenfilmen diese kleinen Glaskapseln.« Er zeigte mit Daumen und Zeigefinger die Größe dieser Kapseln an. »Da ist für gewöhnlich Zyankali drin. Und die Agenten schlucken das, wenn sie gefangen genommen werden. Die bringen sich um, damit sie nicht in feindliche Hände fallen.«

Wir nickten.

»Und ich mache daraus Süßigkeiten«, fuhr er begeistert fort.

»Aus Gift? Schön, dass du was gegen die Überbevölkerung tun willst«, sagte Tomi, doch Kokos Vater ignorierte seinen Einwurf.

»Nein, nein, die Kapseln werden aus Zucker sein. Wie Glas, nur eben aus durchsichtigem Zucker. Und innen drin ist statt Gift Nugat. Das Besondere aber ist die Botschaft.«

»Die Botschaft?«, fragte ich ungläubig.

»Ja, die Botschaft. In jeder Kapsel ist nämlich eine Botschaft.« Er bemerkte unsere ratlosen Blicke. »Ein Zettel wie in einem Glückskeks. So eine Lebensweisheit, mit der man was anfangen kann. So was wie: Lebe jeden Tag, als ob es dein letzter wäre, oder so was.«

»Oder: Sei immer wie ein Schäferhund«, schlug Betty vor.

»Klasse, Betty«, sagte Tomi ironisch. »Ein Schäferhund, Mann ey. Was soll das denn bedeuten?«

»Na wie ein Schäferhund sein. Stark und so. Bissig.«

»Da muss aber noch mehr kommen«, sagte Tomi, »du kannst nicht einfach sagen, dass jemand wie ein Schäferhund sein soll. Das versteht doch keiner.«

»Ich kann sein, was ich will«, belehrte ihn Betty.

»Außerdem klingt das so nazimäßig«, warf Scholle ein.

»Darum geht es gar nicht«, schaltete sich Kokos Vater ein. »Betty hat es erfasst. Es geht um schlichte Wahrheiten. Die Leute sehnen sich nach einfachen Botschaften. Alles, was ihr Leben einfacher macht. Ihr Leben ist so kompliziert geworden, viele haben die Orientierung verloren, ihren Sinn für Spiritualität. Warum machen denn so viele Yoga oder werden Veganer oder fangen an zu töpfern? Weil sie was Neues brauchen. Sie wollen Halt, sie wollen eine Aufgabe. Menschen wollen wichtig sein.«

»Aber warum Nugatkapseln?«, fragte Scholle ungläubig.

»Das ist eine Metapher. So was wie: Das Leben ist giftig und man kann sterben, aber bis es so weit ist, soll man sich amüsieren, beziehungsweise Nugat essen. Und dazu gibt es noch einen praktischen Lebenstipp. Man schlägt dem Tod ein Schnippchen.« Kokos Vater sah mich an. »Du weißt, wie ich das mit der Metapher meine, oder?«

Ich nickte. Ich fand die Idee schwachsinnig und eigentlich hätte ich ihm widersprechen müssen, aber dass er mich um meine Meinung fragte, schmeichelte mir enorm. Nicht, dass ich so was nötig gehabt hätte, aber so oft wurde ich nun auch wieder nicht um meinen Rat gefragt. Vor allem nicht von einem Erwachsenen.

»Ja, Metapher«, wiederholte ich dümmlich, als wäre damit alles geklärt.

»Und wenn die Leute das mitessen? Die Botschaft, meine ich?«, fragte Scholle. »Ich meine, wenn die den Zettel runterschlucken.« Das alles überforderte Scholle, das konnte ich sehen. Für solche Spinnereien war er nicht gebaut.

»Das habe ich auch bedacht. Das Papier, auf dem die Botschaft steht, ist wasserdicht. So wie Geldscheine. Wenn die Leute das also runterschlucken ...«

Ich ahnte, was jetzt kommen würde, ebenso wie Tomi, der sogleich laut rief: »Reicht, reicht, ich kann es mir lebhaft vorstellen.«

Kokos Vater grinste.

»Ich finde das super«, rief Betty begeistert. »Meine Mutter liest mir immer solche Sprüche aus den Frauenzeitungen vor. Da steht auch so ein Kram drin. Wie wäre es denn mit: ›Wer dem Bären ins Maul springt, kommt am anderen Ende braun wieder raus?‹«

Wir sahen sie entgeistert an. Niemand sagte etwas dazu.

»Ihr wisst schon, braun, weil …«

»Ist gut, Betty«, sagte Tomi. »Wir haben verstanden.«

»Also man soll dem Bären nicht ins Maul springen, weil …«

»Alles klar, Betty«, sagte Koko gespielt streng.

Sie strahlte. »Oder: ›Das Licht am Ende des Tunnels ist das Arschloch des Monsters, das dich gefressen hat.‹«

»Was?«, fragte Scholle.

Ich verdrehte die Augen, Tomi lachte.

»Ich dachte, die Botschaften sollen positiv sein«, sagte Koko in die entstandene Stille. »So was, was die Leute aufbaut.«

»Genau«, meinte Kokos Vater. »Ein Spruch, der ihnen Halt gibt, sie durch den Tag leitet. Vielleicht fällt euch ja was anderes ein, etwas Positives.« Er sah zu mir. »Was ist mit dem Schriftsteller? Du hast doch bestimmt Ideen. Ihr habt doch immer Bonmots auf Lager.«

Ich nickte, obwohl ich nicht wusste, was Bonmots überhaupt waren. Als Schriftsteller musste man so etwas scheinbar wissen. Jetzt sahen mich auch die anderen erwartungsvoll an.

Ich räusperte mich. »Die Zeit wartet auf niemanden, auch nicht auf dich«, brachte ich endlich heraus.

Kokos Vater sah mich fassungslos an.

»Mehr ist mir auf die Schnelle nicht eingefallen«, entschuldigte ich mich.

»Genial, du wirst mein Cheftexter«, sagte er und biss krachend in ein Stück kalte Pizza.

Anschließend sahen wir dann alle zusammen bei Koko wieder die Gartensendung. Das brachte uns richtig in Schwung und machte uns Lust, weiterzumachen.

»Diese Trottel«, kommentierte Tomi. »Das können wir doch viel besser.«

Wir nickten. Ja, das konnten wir besser.

Kapitel 4

Am nächsten Morgen zog ich mich in Windeseile an, schlang mein Frühstück runter und war nach Koko der Zweite an unserem Garten. »Schon was zu sehen?«, fragte ich.

»Nee«, sagte Koko. Gemeinsam starrten wir eine Weile intensiv auf unser Beet, als könnten wir die Pflänzchen durch pure Willenskraft wachsen lassen.

Nach und nach trudelten die anderen ein. Auch unsere Zuschauer waren wieder da.

Nachdem wir ausgiebig gegossen hatten, wobei wir die Kinder diesmal einspannten und zum Wasserholen schickten, sagte Scholle: »Wir müssen auch einen Komposthaufen anlegen.«

»Damit du dich da immer draufhocken kannst, ja?«, frotzelte Tomi. »Du bist ja bekannt als so eine Art Open-Air-Scheißer.«

»Halt dein Maul«, schimpfte Scholle.

»Wir machen das«, sagte Koko energisch. »Also, Scholle, dann erzähl uns mal, was wir machen müssen.«

Scholle klärte uns auf. Wir sollten nach Hause gehen und in den Mülleimern nach Essensresten suchen: Eierschalen, aufgebrühte Kaffeefilter, Kartoffelschalen, altes Brot, benutzte Teebeutel.

»Tampons auch?«, fragte Tomi, doch Scholle ignorierte ihn.

»Apfelschalen sind auch gut«, fuhr er fort. »Alles, was Biomüll ist.«

»Bist du bekloppt«, sagte Betty angeekelt. »Ich wühl doch nicht im Müll rum.«

Doch auch sie ging brav nach Hause.

Gut, dass meine Eltern nicht da waren, die hätten mich für verrückt erklärt, wenn sie gesehen hätten, wie ich den Inhalt des Mülleimers in der Küche auf die ausgebreiteten Zeitungsseiten kippte. Ich wühlte in den stinkenden Resten und beförderte zwei Kaffeefilter, ein paar Eierschalen, einen Apfelgriebs und ein paar Klumpen Haferbrei, die schon etwas grünlich schimmerten, in eine Plastiktüte, wobei ich mir die Nase zuhielt. Mit meinen Schätzen ging ich wieder zurück zum Garten, wo Koko und Tomi bereits warteten. Dann kam Scholle mit einer Riesentüte unter dem Arm.

»Da ist bestimmt ein ganzes Schwein drin, oder?«, sagte Tomi.

Wortlos schüttete Scholle den Inhalt seiner Tüte aus. Jede Menge Brot und Kartoffelschalen kamen zum Vorschein. Aber auch Holzstücke, Papierschnipsel und ein zäher, dunkler Schlamm, der ziemlich übel roch.

»Ah, bei Schlachters kommt also gehobene Küche auf den Tisch«, feixte Tomi.

Scholle boxte ihm spielerisch in den Bauch. *»Alter Balkanese, das ist doch alles Käse, du und deine … äh deine … äh«*

Tomi lachte und legte los: *»Mein lieber Scholle, du bist echt von der Rolle. Das hier ist meine Hood und ich rappe gut. Du bist doch nur Fake News und schiebst den Blues.«*

Ich kippte meine Tüte auf den Haufen, nach mir waren Koko und Tomi dran. Fehlte nur noch Betty. Nach einer Ewigkeit tauchte sie endlich auf mit einer papiernen Frühstückstüte in der Hand. Sie stampfte wortlos an uns vorbei und kippte den Inhalt auf den Haufen. Ein rohes Ei landete unzerstört auf der

Spitze, kullerte mit einem leisen Schaben herunter und zerbrach schließlich an einem Stein.

»Mehr habe ich nicht gefunden«, sagte Betty, knüllte die Tüte zusammen und warf sie auf den Haufen.

»Und jetzt, Scholle?«, fragte Koko, als wir um den stinkenden Hügel herumstanden und unser Werk betrachteten.

»Ein bisschen Erde drauf, dann muss das ein paar Tage vor sich hin rotten und dann kann man den Kompost auf die Beete tun.«

Nachdem wir den Haufen unter Scholles Regie aufgeschüttet hatten, betrachteten wir zufrieden unser Werk.

»Na, Schweinchens«, schreckte uns eine arrogant klingende Stimme hoch. »Hab gehört, dass ihr hier in der Erde buddelt wie hysterische Maulwürfe.«

Heiner! Der hatte uns gerade noch gefehlt. Heiner war der fieseste Mensch in der Siedlung. Und wir reden hier von einem Achtzehnjährigen, nicht von einem Erwachsenen, der genügend Zeit hatte, seine fiese Veranlagung zu entwickeln. Bei Heiner musste man auf der Hut sein. Wir waren zwar noch nie mit ihm aneinandergeraten, aber es schwirrten ziemlich üble Geschichten über ihn in der Siedlung herum. Seit dem Tod seiner Mutter wohnte er allein in der gemeinsamen Wohnung und es hieß, dass er hin und wieder ein paar von den Mädchen einlud, sie mit Rum und Speed abfüllte und sie dann … na ja.

Angeblich sollte er auch Koko mal eingeladen haben, aber sie hatte wohl abgelehnt. Hoffte ich jedenfalls. Aber es waren ja auch nur Gerüchte.

Bislang waren wir unter Heiners Radar durchgeschlüpft, aber unser Garten hatte ihn scheinbar angelockt. Er trug wie immer einen abgewetzten grauen Trenchcoat. Im Sommer! Auf den Rücken hatte er mit weißer Farbe »HATE!« gepinselt. Überhaupt seine Klamotten! Unter dem Mantel trug er einen zerknitterten schwarzen Anzug, dazu schwarze Stiefeletten mit schief getretenen Absätzen. Heiner hatte einen Undercut, der eher aussah wie ein ausgewrungener Wischmopp. Aber das passte zu seiner ausgemergelten Gestalt. Er wirkte wie ein Bestatter aus der Hölle. Und er war genauso aus der Zeit gefallen wie Koko. Doch wenn sie hell war, dann war er dunkel, wenn sie die Sonne war, dann war er ein schwarzes Loch. Passend dazu hatte er diesen stechenden Blick. Ich vermied es immer, ihm im die Augen zu sehen, wenn ich ihn traf. Die waren so leer, als wären sie das Fenster zu einer toten Seele, und irgendwie hatte ich immer Angst, hineingesaugt zu werden.

Andererseits hatte Heiner auch etwas Faszinierendes an sich. Er war belesen und er kannte sich mit Musik aus. Solche Menschen waren rar in der Siedlung.

Einmal war ich Heiner auf der Straße begegnet, einen Stapel Platten unter dem einen Arm und unter dem anderen einen Ventilator. Er ließ mich dann großzügig die schweren Platten bis zu seiner Haustür tragen. Wir sprachen über die Musik, die ich teilweise von der Sammlung meines Vaters kannte, wobei er mir erzählte, dass er einen Mädchenchor leite und sie »*Disorder*« von Joy Division gesungen hätten, wobei er mit einem Ventilator den Takt vorgab. Das war zwar alles ziemlich gaga, aber ich hatte so miese Laune an dem Tag und Heiners Geschichte baute mich auf, weil es mir zeigte, dass man auch schräg sein darf. Außerdem schenkte er mir die Joy-Division-Single.

Trotzdem war Heiner ein Mensch, dem man lieber nicht zu

nahe kam, weil er einen ansonsten für seine Zwecke ausnutzte und einen irgendwie in seine dunkle Welt zerrte. Instinktiv spürte ich das. Ich glaube, die anderen dachten ähnlich.

»Verfluchte Schweinchens, ihr seid mir die Richtigen. Bestellt hier den Boden wie arme Bäuerlein. Sind eure Familien jetzt vollends in die Armut abgestürzt?«

Scholle stützte sich auf seine Schaufel und sagte: »Wir wollen nur einen Garten anlegen. Etwas Gemüse anpflanzen.«

Heiner lachte leise, was total krank rüberkam. Er hatte eine helle Stimme, die zu ihm passte. Sie klang wie eine dünne, scharfe Klinge.

»Und du machst da auch noch mit, Koko?«, sagte Heiner. »Mit diesen seltsamen Vögeln? Du enttäuschst mich.«

Koko warf ihm einen gelangweilten Blick zu und sagte: »Ich gebe dir die Nummer von den anderen Enttäuschten, dann könnt ihr eine Betroffenengruppe gründen und zusammen in eure Taschentücher heulen.«

Heiner lachte wieder leise. »Wehe! *Es kommt die Zeit des verächtlichsten Menschen, der sich selbst nicht mehr verachten kann.* Man sieht sich, Schweinchens.« Mit diesen Worten verschwand er.

Als Heiner weg war, merkte ich, dass mein Herz im Galopp schlug. Diese kranke Art von ihm, dieses Lauernde und Hinterhältige in seinem Wesen machte mir mehr Angst als die Roten Khmer. Da wusste ich wenigstens, was mich erwartete.

Selbst Tomi sah nur stumm zum Boden. Ich glaube, es war ihm peinlich, vor Heiner gekuscht zu haben.

»Was für ein unangenehmer Mensch«, sagte Scholle und zog einen Flunsch.

»Los weiter, Schweinchens«, feuerte Tomi uns mit dieser kranken Heiner-Stimme an.

Darüber mussten wir so lachen, dass wir die dunklen Schatten, die dieser Typ dagelassen hatte, vertrieben.

Und Tomi setzte tänzelnd noch eins oben drauf. *»Ich bin ein sexy Motherfucker – an mir geht keine einfach so vorbei. Ich bin ein Turbo-Schnapper – Bitch, ich mach dich frei«*, rappte er, wobei er mit den Daumen auf sich selbst zeigte, was uns noch mehr zum Lachen brachte.

Den Rest des Tages arbeiteten wir ungestört an unserem Beet weiter und lasen uns zwischendurch aus dem Gartenbuch vor. Am Abend waren wir angenehm müde und jeder verkrümelte sich bald nach Hause.

So ging es die nächsten Tage weiter. Wir gruben, gossen, lockerten den Kompost auf, zogen neue Beete, verteilten etwas Kunstdünger, vor dem Scholle mit lauter Stimme warnte, gruben Würmer aus (dicke weiße Biester!), die wir auf Scholles Rat hin im Komposthaufen unterbuddelten. Wir stritten kaum miteinander, arbeiteten verbissen und sahen uns, wenn wir unsere Brote aßen, zufrieden an. Zu Hause war ich nur noch zum Schlafen. Meine Eltern beschwerten sich schon, aber darauf konnte ich keine Rücksicht nehmen, sie waren schließlich alt genug, um allein klarzukommen.

Irgendwann tauchte Bobbo bei uns auf und verlangte, mitmachen zu dürfen. Bobbo war der Siedlungsdepp. Viele nannten ihn auch Spasti, aber das war er nicht. Er war ein Opfer; ein Straßenbahnopfer. Als er neun Jahre alt war und eines Tages nach der Schule aus der Straßenbahn stieg, hatte ihn ein Autofahrer umgenietet. Zack! Er hatte auf dem Asphalt gelegen, zuckend und blutend, wobei sein Gehirn halb raushing. Erzählte man sich zumindest. Ich war nicht dabei gewesen.

Bobbo hieß eigentlich Robert, aber das konnte er nicht mehr aussprechen, weshalb es wie Bobbo klang. Er war mittlerweile fünfzehn, aber durch den Unfall würde er für den Rest seines Lebens geistig immer fünf Jahre alt bleiben.

Er wohnte mit seiner Mutter in unserem Nachbarhaus, direkt über Koko. Bobbos Vater war abgehauen, nachdem sein Sohn ein Idiot geworden war. Ich fragte mich, wer von den beiden der wahre Idiot war.

Dabei war Bobbo ein liebenswerter, harmloser Typ. Er strich wie ein herrenloser Hund in der Siedlung rum. Mal war er bei uns, mal bei den anderen vom zweiten Block, mal trieb er sich im ersten rum und manchmal auch am Bahndamm. Seiner Mutter war das ein Dorn im Auge. Sie hatte immer Angst, dass wir Bobbo verarschten, ihn ausnutzten. Aber das taten wir nicht, niemand aus der Siedlung tat das. Nicht aus Mitleid, sondern weil Bobbo jemand von uns war. Auch wenn sich die einzelnen Blöcke untereinander bekriegten, Bobbo war das Bindeglied, das man nicht antastete. Unser Heiliger Narr.

Wir gaben Bobbo eine Kinderschaufel und ließen ihn in einer Ecke ein bisschen graben, wobei er vor sich hin nuschelte und manchmal glucksend auflachte. So schufteten wir einträchtig nebeneinander, bis Bobbo um siebzehn Uhr nach Hause ging. Darauf legte seine Mutter Wert. Er musste immer um diese Zeit zu Hause sein, sonst bekam er Stubenarrest. Und wenn er auch sonst nicht viel von der Realität mitbekam, in diesem Punkt war er zuverlässig.

Gerade als wir beschlossen hatten, Feierabend zu machen, stieß Betty einen lauten und spitzen Schrei aus. »Was ist denn?«, rief Scholle erschrocken und stürzte zu ihr.

»Hast du dir wehgetan, Betty?«, fragte Koko. Betty zeigte wortlos auf die Mitte eines Beetes. Wir folgten mit unseren Blicken ihrem ausgestreckten Zeigefinger. Doch sosehr ich meine Augen auch scharf stellte, ich konnte nichts entdecken. Ich putzte sogar meine Brille, aber trotzdem.

»Das ist doch …«, sagte Scholle plötzlich, ließ sich auf alle viere nieder und streckte den Kopf vor wie eine Schildkröte aus ihrem Panzer.

»Ich rufe schon mal den Kran«, sagte Tomi, aber niemand lachte.

Scholle strich sanft über die Erde und dann sahen wir es auch. Ich konnte es kaum glauben, aber da war tatsächlich etwas winziges Grünes zwischen Scholles dicken Fingern zu sehen. Ein ganz kleines Blatt! Fein und hilflos. Mein Herz klopfte und den anderen ging es genauso, das konnte ich sehen.

»Bring es bloß nicht um, mit deinen Schweinemörderpranken«, zischte Tomi.

»Vielleicht ist es nur ein Blatt, das da hingeweht wurde«, mutmaßte Koko.

Scholle drehte sich zu uns um. »Nein, das wächst da raus«, brummte er. Er war schließlich der Experte.

»Und jetzt?«, fragte Betty.

Scholle fuhr mit seinen Fingern wieder sanft über die kleine grüne Spitze.

»Was ist es denn?«, fragte Betty.

Wir sahen uns an.

»Kohlrabi?«, schlug ich vor.

»Nee, das ist Eisberg«, sagte Koko. »Oder, Scholle?«

Scholle wiegte den dicken Kopf. »Mhm«, machte er. »Ich tippe auf Kohlrabi.« Wir zogen unser Buch zu Rate, das mittlerweile dreckverschmiert war, Frau Pfirsch würde mir die Hölle heiß machen.

»Kohlrabi, sag ich doch«, verkündete Scholle nach einer Weile. Dabei hatte ich es zuerst gesagt.

»Glückwunsch!«, riefen wir einander zu, wie frisch gebackene Eltern. Wir waren so was von stolz.

»Aber wenn dem Pflänzchen was passiert?«, fragte Betty inmitten unseres Jubels. »Ich meine, wenn der Wind es wegweht oder ein Vogel kommt und dran rumpickt. Oh Gott, ich will gar nicht daran denken«, rief sie erschrocken.

»Wir sollten ein Glas drüberstülpen«, schlug Tomi vor.

»Ja, oder so eine Art Umrandung bauen«, meinte Koko.

»Quatsch«, sagte Scholle, richtete sich auf und klopfte die Erde von seinen Hosenbeinen ab. »Die braucht jetzt Luft. Man muss sie in Ruhe sich entwickeln lassen.«

»Und mit Liebe, nicht wahr, Scholle?«, witzelte Tomi.

»Und was machen wir jetzt?«, fragte Betty besorgt.

»Wir können jetzt nichts weiter machen«, sagte Scholle. »Der Kohlrabi schafft das schon allein. Das macht die Natur.«

Wir anderen sahen Scholle empört an.

»Der Kohlrabi schafft das schon«, äffte Tomi ihn nach.

»Du bist echt herzlos«, sagte jetzt auch Betty.

»Das kommt von den Schweinen«, meinte Tomi. »Wer kaltblütig Schweine tötet, als wären es Ameisen, für den ist doch so ein Kohlrabi ein Nichts.«

Scholle ging nicht auf die Sticheleien ein, schließlich war er der Experte.

»Na dann müssen wir eben Geduld haben«, sagte Koko, nachdem wir eine Weile schweigend auf unser Pflänzchen geblickt hatten.

Wir anderen nickten und setzten uns auf die Erde, wo wir uns ratlos ansahen. Irgendwie wussten wir nicht so recht, was wir nun tun sollten. Auf Warten hatte uns Scholle nicht vorbereitet und das waren wir auch nicht gewohnt. Bei uns musste immer alles zack, zack gehen, wir rasten geradezu durch unsere Leben.

Dabei hatte Ripwinkel doch schon geschrieben, dass Stillstand enorme Chancen bietet, seine Ziele neu auszurichten. Allerdings hatten wir ja nur ein Ziel: Pflanzen wachsen zu lassen. Daher machte uns so ein erzwungener Stillstand ziemlich unruhig. Wir vertrieben uns die Zeit mit Karten spielen, um am Abend noch einmal unser Pflänzchen zu wässern. Zum Abschied standen wir dann noch eine Weile schweigend da und betrachteten den kleinen grünen Racker. Ich wünschte ihm in Gedanken alles Gute und ich wette, die anderen sprachen genau wie ich ein stummes Gebet.

Bald brachen immer weitere Pflänzchen durch die Erdkruste. Manche waren kräftig und widerstandsfähig, andere schlapp und empfindlich. Die schafften es in der Regel auch nicht zu überleben. Es tat uns um jedes einzelne leid.

Vor allem Koko. Sie schien das dann persönlich zu nehmen und bekam schlechte Laune. Überhaupt war Koko mit voller Seele dabei, so als hätte sie nur auf eine Gelegenheit gewartet, mal etwas ganz anderes in ihrem Leben auszuprobieren. Ich sah sie in diesen Tagen zum ersten Mal schutzlos, angreifbar. Das irritierte mich irgendwie.

Sie hatte jetzt ständig schmutzige Fingernägel, die Haare klebten ihr schweißnass an der Stirn, und wenn sie nicht gerade grub oder wässerte oder sonst wie ackerte, blätterte sie versunken und mit schmutzverzierten Fingern in dem Gartenbuch. Frau Pfirsch würde mich vierteilen, wenn ich das Buch so schmutzig und zerrissen zurückgeben würde. Wahrscheinlich müsste ich ihr weismachen, es sei gestohlen worden oder so was.

Dann kam Bobbo plötzlich nicht mehr. Er fehlte uns ein bisschen. Nicht, dass er uns groß helfen konnte, aber wir bildeten uns ein, dass er uns Glück brachte und dadurch die Pflanzen besser wuchsen.

»Schade«, sagte sogar Scholle, der mit Gefühlsäußerungen normalerweise sehr sparsam umging. »Irgendwie vermisse ich ihn«, woraufhin sich Tomi an Scholles Brust warf und ausrief: »Komm an mein Herz, du dicker Klops, und lass uns gemeinsam weinen«, worauf Scholle ihn empört zurückstieß.

Wir machten ohne Bobbo weiter, bis am Mittag plötzlich seine Mutter auftauchte und schon aus einiger Entfernung anfing zu schimpfen.

»Das ist ja wohl das Allerletzte. Ihr grabt hier einfach den Boden ohne Erlaubnis um. Ich habe das der Verwaltung gemeldet, die wird das hier alles im Nullkommanix abreißen. Das ist doch hier kein Spielplatz. Wo kommen wir denn dahin, wenn das jeder machen würde.«

»Das macht aber nicht jeder«, sagte Scholle mit all der Würde, die ihm in diesem Moment zur Verfügung stand.

»Wie bitte?«, keifte Bobbos Mutter und hielt sich die Hand an ein Ohr, als habe sie nicht richtig gehört.

Wie gern hätte ich ihr die Meinung gegeigt, von wegen, dass wir die Siedlung verschönern und überhaupt ja auch ihren Sohn mitmachen lassen würden und so was, aber ich traute mich nicht. Außerdem legten sich die anderen ja schon ins Zeug.

Koko versuchte es auf ihre übliche Art: »Liebe Robert-Mutter mit Dutt, bunten Holzperlen-Ohrringen und augenschmerzendem farbenfrohen Samtkleid, warum lassen Sie uns nicht einfach in Ruhe?«

»In Ruhe soll ich euch lassen? Und was ist mit Robert? Lasst ihr den etwa in Ruhe? Der muss für euch Wasser schleppen, kommt mit schmutzigen Kleidern nach Hause und träumt euretwegen schlecht, soll ich das etwa ignorieren? Ich bin eine Mutter!«, sagte sie mit Nachdruck, als hätten wir das in Zweifel gezogen.

»Aber Robert hilft uns nur, liebe Frau«, sagte Koko.

»Ach was, das kann er gar nicht. Ihr nutzt ihn doch nur aus, so wie alle anderen«, zeterte sie weiter. »Der arme Junge kann sich nicht mehr wehren, das muss ich jetzt für ihn übernehmen.«

»Wir tun doch keinem was«, sagte Tomi besänftigend, während Betty die Fäuste ballte.

»Ihr tut keinem was?«, wiederholte Bobbos Mutter. »Und was ist das hier?« Sie machte mit dem Arm eine ausholende Bewegung. »Das ist Eigentum der Hausverwaltung und ihr buddelt hier rum. Das nennt man Sachbeschädigung und das betrifft uns alle. Wenn einer anfängt, machen die anderen bald mit und dann macht hier jeder, was er will. Gesindel!«

Bobbos Mutter hatte sich schon immer für etwas Besseres gehalten. Jemand, der nur aus Versehen in dieser Siedlung gestrandet war.

Sie schimpfte noch ein bisschen weiter, bis Koko ihr wütend ins Wort fiel.

»Sie arrogante Brotspinne. Mit Ihren dämlichen hennagefärbten Haaren, Ihrem beschissenen Hippie-Look und Ihrer aufgesetzten Fröhlichkeit, hinter der sich nur Frustration und Ekel und Hass verbergen. Wenn Sie uns in die Quere kommen, werden Sie das bereuen, das schwöre ich Ihnen.« Sie machte einen Schritt auf Bobbos Mutter zu.

Die sprang vor Schreck einen Satz zurück, holte tief Luft, öffnete den Mund, als ob sie noch etwas sagen wollte, klappte ihn dann aber wieder zu und stakste eiligst davon. Nicht ohne uns über die Schulter hinweg zuzurufen: »Ihr kleinen Scheißer, ihr werdet schon sehen, was ihr davon habt«, bevor sie um die Ecke verschwand.

»Und jetzt?«, fragte ich.

»Mann, Koko«, sagte Tomi anerkennend.

Betty starrte noch immer wütend in die Richtung, in der Bobbos Mutter verschwunden war. Selbst Scholle war aus dem Konzept gebracht, das sah man an seinen weit aufgerissenen Augen.

»Phh!«, machte Koko. »Die kann uns mal, die Alte.«

»Wir machen weiter!«

Und so machten wir eben weiter.

Was konnte Bobbos Mutter schon gegen uns machen?

Kapitel 5

Ein paar Tage später, wir waren gerade am Wässern, kam der Bagger. So ein kleiner gelber, der aussah, als wäre er für Kinder. Drin saß ein Mann in einem grünen Overall, der traurig in seiner kleinen Kabine hockte und auf einem Streichholz kaute. Der Bagger hielt direkt vor unserem Beet.

Der Mann schwang sich aus seinem Gefährt und sagte ohne Einleitung: »Hier ist jetzt Schluss!«, wobei er nicht mal das Streichholz aus dem Mund nahm.

Koko baute sich vor ihm auf. »Wie meinen Sie das?«

»Na, so wie ich es gesagt habe: Hier ist jetzt Schluss mit Buddeln.«

Betty stützte sich schwer auf ihren Schaufelstiel, als wäre dieser eine Krücke und schnappte nach Luft.

»Warum lassen Sie uns nicht in Ruhe?«, rief Scholle und flatterte mit den Händen in der Luft herum, als wären das kleine aufgeregte Vögel. »Wir tun doch niemandem etwas«, rief er. »Ganz im Gegenteil. Wir bauen etwas an. Das ist doch besser als Drogen nehmen oder Leute zu überfallen.«

Der Mann lachte nur verächtlich, worauf Betty gefährlich leise sagte: »Verpiss dich, Mann!«

Der sprang erschrocken in seinen Bagger, rief: »Scheißkids«, ließ den Motor an und fuhr ruckelnd auf unser Beet zu, dabei die Baggerschaufel senkend.

Ich sah zu Koko rüber und begriff erst nicht, was sie da tat, bis der Bagger schnaufend stoppte, der Mann seinen Kopf über die

Seitenverstrebung schob und wütend rief: »Bist du bekloppt? Willst du vielleicht verletzt werden?«

Wir anderen waren genauso erschrocken. Koko lag in Embryostellung vor dem Bagger, ihr Kopf etwa zwanzig Zentimeter von den eisernen Ketten entfernt. Der Mann blieb eine Weile unschlüssig sitzen, schließlich hievte er sich doch heraus, ging auf Koko zu und versuchte sie am Bein von unserem Beet zu ziehen. Koko trat nach ihm, worauf er sie losließ.

»Fass mich noch mal an, du Arsch, und du kriegst eine Anzeige wegen sexueller Nötigung Minderjähriger.«

Der Mann war irritiert, damit hatte er nicht gerechnet, das hatte garantiert nicht in seiner Stellenbeschreibung gestanden. »Was soll denn das?«, maulte er unschlüssig.

Scholle nahm Betty, Tomi und mich an den Händen und zerrte uns aufs Beet neben Koko, die mittlerweile wieder stand. Automatisch hakten wir einander ein und bildeten eine menschliche Mauer. Der Typ sah uns ungläubig an, als könnte er nicht glauben, was hier lief. Wahrscheinlich dachte er, er wäre in so einer Sendung mit versteckter Kamera.

Da standen wir wie tapfere, kleine Soldaten, bereit, den Feind aufzuhalten, fest mit der Erde verwachsen. Sieg oder Tod! Dabei schiss ich mir fast in die Hose vor Angst. Ein paar Kinder und auch Erwachsene aus der Siedlung waren stehen geblieben, um unserem kleinen Drama zuzusehen. Eine Mutter gesellte sich schließlich dazu und dann eine weitere und im Nu standen ca. zwölf Menschen auf dem kleinen Flecken Erde und weigerten sich zu gehen. Der Baggerfahrer kratzte sich am Kopf, er war völlig überfordert, dann zog er plötzlich an meinem Arm, dem vermeintlich schwächsten Glied unserer Kette. Jedoch gab er sich keine Mühe, so als wollte er wenigstens nicht ganz kampflos aufgeben und als Versager dastehen.

»Seid ihr nicht ganz sauber?«, fragte er schließlich und kratzte sich wieder am Kopf.

Der Typ tat mir etwas leid und ein bisschen konnte ich ihn ja auch verstehen. Sein Chef hatte ihm gesagt, er solle mal in die Siedlung fahren und da den Acker von so ein paar Kids platt machen und was taten die? Leisteten Widerstand.

»Was jetzt?«, fragte der Baggertyp lahmarschig. Er hatte überhaupt keine Lust, sich mit uns rumzuärgern.

»Verpiss dich!«, rief Betty wieder, worauf der Typ die Hände in die Hüften stemmte und uns ein paar giftige Blicke zuwarf.

»Das bringt doch nichts«, versuchte er es nach einer Weile erneut. »Ihr dürft hier keinen Garten anbauen. Das Gelände gehört der Verwaltung.«

»Na und?«, fragte Koko. Ihre Stimme zitterte, so hatte ich sie noch nie erlebt.

»Geben Sie uns doch eine Chance«, sagte Scholle, unser Anwalt. »Vielleicht können wir ja eine Art Vertrag mit der Verwaltung schließen.«

»Ja, ihr bekommt auch was von unserer Ernte ab«, rief Betty enthusiastisch.

»Ich muss meinen Chef anrufen«, sagte der Baggermann, zog sein Handy aus der Tasche, tippte darauf herum, lauschte und drehte sich dann von uns weg, sodass wir nur ein paar vernuschelte Wortfetzen aufschnappen konnten.

»Gut«, sagte er schließlich, drehte sich wieder um und reichte Scholle das Handy, den er anscheinend für unseren Boss hielt.

Scholle wurde rot, griff beim ersten Mal daneben, was ihn

noch röter werden ließ, räusperte sich und sagte ernst und mit leichter Panik in der Stimme: »Mein Name ist Nicolas Herbert Scholz, ich bin fast vierzehn Jahre alt und wohne hier in der Siedlung. Meine Freunde und ich haben hier einen kleinen Garten angelegt, wo wir Gemüse und Blumen anpflanzen. Wir wollen nichts kaputt machen, wir wollen nur ...«

Anscheinend hatte der Chef ihn unterbrochen, denn Scholle lauschte jetzt, wobei er eifrig nickte. Dabei stand er ganz steif, nur sein Kopf bewegte sich hin und her. Er hörte noch eine Weile zu, dann wechselte seine Gesichtsfarbe von Tiefrot zu Kalkweiß und wieder zurück und ich fragte mich, ob er gleich implodieren würde. Aufgeregt stammelte Scholle ins Telefon: »Ja, ist gut. Machen wir.«

Er gab dem Baggertypen das Handy zurück, sah uns eindringlich an und sagte: »Wir müssen aufgeben.«

»Spinnst du, Scholle«, sagte Koko scharf und warf ihm einen ungläubigen Blick zu. »Niemals!«

»Bist jetzt wohl auf Seiten des Systems, was?«, meinte Tomi. Und an uns gewandt: »Die haben ihn gekauft.«

»Halt doch mal die Klappe«, rief Koko barsch.

Scholle schüttelte sanft seinen dicken Kopf, als sortiere er innerlich seinen nächsten Satz, bevor er sagte: »Die kündigen unseren Eltern sonst die Wohnungen.«

»Na und?«, schrie Koko außer sich vor Wut. »Glauben die vielleicht, dass wir auf diese stinkenden Löcher angewiesen sind?«

Niemand gab eine Antwort, obwohl jeder von uns Kokos Frage hätte beantworten können: Ja, wir waren auf diese stinkenden Löcher angewiesen. Die Mieten waren in den letzten

Jahren dermaßen nach oben geschossen, dass jeder froh war, etwas zum Wohnen zu haben. Keiner würde das für ein Stück Erde aufs Spiel setzen.

Unsere Kette löste sich, die einzelnen Glieder, die Mütter und die Kinder, machten, dass sie wegkamen. Schließlich wollten auch sie nicht wirklich in diese Sache reingezogen werden.

Scholle und ich redeten auf Koko ein, während Tomi und Betty den Baggertypen mit bösen Blicken in Schach hielten.

Der Baggertyp ließ uns noch zwei Kohlrabipflänzchen ausbuddeln mit den Worten: »Ihr könnt sie ja heimlich irgendwo eingraben, da wo man es nicht sieht.«

Wenigstens zeigte er ein bisschen Mitgefühl.

Koko sah ihn nur verächtlich an, knurrte: »Nazi!«, und stiefelte wortlos davon, wir anderen hinterher. Den Kohlrabi warf sie in die Hecke.

Wir quartierten uns in Kokos Küche ein und waren wie erstarrt. Da war gerade etwas passiert, das wir noch nicht recht begreifen konnten. Wir flüsterten, als hätten wir Angst, etwas aufzuwecken, etwas vollends aufzubrechen, das uns vorher verschlossen zu sein schien. Bislang war unsere Welt überschaubar gewesen und nun hatte sie unberechenbare Züge angenommen, war kalt und dunkel geworden. Klar waren wir nicht verwöhnt, das war niemand in unserer Siedlung, und klar hatten wir Probleme und stießen uns immer wieder an Ecken und Kanten und holten uns blaue Flecken. Aber irgendwie hatten die Ecken und Kanten Schutzkappen getragen und uns nicht wirklich verletzt. Diesmal aber war es anders, das spürten wir.

Manch einer würde sagen: So ist das halt, das ist das Leben. So als wäre das Leben vorherbestimmt und nicht veränderbar. Aber genau das war doch der Witz daran. Wir Menschen waren auf der Welt, um sie zu verändern, sie zu gestalten. Das hatte Ripwinkel schon gewusst und wunderbar beschrieben.

Na jedenfalls hatte sich an diesem Tag die Dunkelheit über uns gesenkt und beherrschte unser Denken und Sprechen.

»Ich zieh hier weg«, sagte Betty dumpf und Tomi nickte feierlich.

»Diese verschissene Siedlung.«

»Ja«, sagte ich, um auch mal etwas zu sagen.

»Wenn ich das meinem Vater erzähle«, drohte Scholle.

Normalerweise hätten Tomi oder Betty an dieser Stelle einen Witz auf Scholles Kosten gemacht, aber sie waren einfach zu niedergeschlagen, wie wir anderen auch.

Koko verhielt sich seltsam. Sie brütete stumpf vor sich hin. So kannten wir sie gar nicht.

Manchmal wünschte ich, in einem meiner Bücher zu leben. Da konnte ich vorblättern, um rauszufinden, wie die Geschichte endete. Ich fand es furchtbar, nicht zu wissen, wie es weiterging mit dem Leben. Aber wahrscheinlich wäre es auch langweilig, alles vorher zu wissen.

»Das können die doch nicht machen«, sagte Betty traurig.

Scholle hatte die Arme auf den Tisch gestützt, das Gesicht darin vergraben. Ich glaube, er machte sich Vorwürfe, dem Boss nicht mehr widersprochen, ihm keine Lösungsvorschläge gemacht zu haben. Irgendwie hatte er ja auch recht. Ein bisschen mehr Widerspruch wäre schon drin gewesen. Also bitte, sollte er doch ein bisschen leiden.

Als Kokos Vater nach Hause kam, war er bereits im Bilde. Die Aktion hatte sich in Windeseile in der Siedlung rumgesprochen. »Das ist ja ein Ding«, sagte er, als er uns traurigen Haufen in seiner Küche vorfand. »Die sind knallhart, die reinsten Bürokratenärsche. Was stört die denn, wenn ein paar Kids wie ihr hier ein bisschen Gartenarbeit betreiben? Das ist doch auch ein soziales Projekt, immerhin habt ihr diesen behinderten Jungen mitmachen lassen. Wie heißt der gleich? Poppo?« Er lauschte seinen Worten hinterher, als hätte er Zweifel, dass sie richtig wären.

»Bobbo!«, stieß Koko wütend hervor. »Diese blöde Tusse. Die hat uns das eingebrockt. Der Verwaltung ist doch scheißegal, was wir hier treiben, solange es keinen Aufstand gibt und alle brav ihre Miete zahlen. Die ist schuld. Die hat uns keine Chance gegeben, hat uns einfach ihre Entscheidung aufgezwungen.«

Um uns abzulenken, fragte ich Kokos Vater, wie er mit seinen Giftkapseln vorankam. Statt einer Antwort verschwand er in seinem Arbeitszimmer, um kurz darauf mit einer Papiertüte wieder aufzutauchen, die er uns hinhielt.

»Probier mal«, sagte er in mein fragendes Gesicht. Ich griff hinein, zog ein etwa drei Zentimeter großes Stäbchen heraus, dessen äußere Beschaffenheit tatsächlich an Glas erinnerte, obwohl es lediglich Zucker war. »Beiß ruhig rein«, forderte Kokos Vater mich auf.

Ich zögerte.

»Du musst den Zucker im Mund schmelzen lassen. Nicht kauen«, riet er mir.

»Los«, sagte Tomi. »Wenn du krepierst, verscharren wir dich in unserem Garten. So als letzten Gruß an die Verwaltung.«

Ich warf Tomi einen todesverachtenden Blick zu, warf mir das Stäbchen in den Mund, schob es mit der Zunge ein wenig hin und her, schmeckte die Süße des Zuckers, der sich langsam auflöste und das Nugat freisetzte.

»Hmh«, machte ich und zeigte Kokos Vater den erhobenen Daumen. Es war wirklich köstlich.

»Aber schluck die Botschaft nicht runter, die ist wichtig«, sagte Kokos Vater.

»Die Botschaft«, echote Betty ehrfürchtig, als wäre allein das schon eine Offenbarung.

Ich rührte mit der Zunge in dem süßen Brei herum und schob den kleinen Zettel aus Versehen in eine Zahnlücke, wo ich ihn mit den Händen herauspulte. Die anderen sahen mich angewidert an.

»Das Papier ist wasserdicht«, sagte Kokos Vater stolz. »Lies mal vor!«

Ich faltete den Zettel auseinander und las: »Wenn der Wind der Veränderung weht, bauen die einen Windmühlen und die anderen Mauern.«

»Und?«, fragte Kokos Vater lauernd, als sich niemand von uns dazu äußerte.

»Na ja«, sagte Betty.

»Nicht schlecht«, meinte Tomi.

Scholle hielt sich raus, während Koko ihren Vater mit dieser Mischung aus Stolz und Verwirrtheit ansah.

»Aus China«, sagte Kokos Vater mit listigem Grinsen. »Der Spruch«, fügte er hinzu, als er unsere verständnislosen Gesichter sah. Und als niemand was dazu sagte, fragte er mich: »Und was meinst du dazu?«

»Na ja«, begann ich vorsichtig, weil ich befürchtete, Tomi könnte einen blöden Spruch anbringen.

Und da war er auch schon: »Und wie fühlst du dich? Wirkt das Zyankali schon?«

Koko hatte die Kapseln inzwischen an die anderen verteilt, die schmatzend kauten.

»Hier«, rief Betty und hielt den Zettel mit ihrem Spruch wie eine Trophäe hoch. »Weine in Zeiten des Witzes und lache in Zeiten der Trauer«, las sie vor.

»Den habe ich mir selber ausgedacht«, sagte Kokos Vater.

»Was soll denn der Scheiß bedeuten?«, fragte Betty.

»Na ja, das spricht doch wohl für sich«, verteidigte Koko ihren Vater.

»Ja, das bedeutet so viel wie: Lass dich nicht unterkriegen«, sagte er.

»Das ist Mist«, sagte Betty.

»Ach komm«, mischte sich Tomi ein. »So schlecht ist das jetzt auch nicht.« Manchmal überraschte er mich mit seinem Gerechtigkeitssinn.

Scholle hielt sich raus. Er begegnete all dem mit Staunen und Unverständnis. Sein Universum bestand aus Logik, Berechenbarkeit und vielleicht aus ein oder zwei schwarzen Löchern, um die er jedoch einen großen Bogen machte.

»Ich mache euch einen Vorschlag«, begann Kokos Vater. »Ich brauche Sprüche und die sollt ihr euch ausdenken. Ich zahle für jeden guten Spruch einen Euro.« Er sah triumphierend in die Runde.

»Ist das dein Ernst?«, fragte Koko, woraufhin er nickte und fortfuhr: »Denkt euch was aus, seid kreativ. Ich will was Eigenes, keine Sprüche, die es schon gibt. Sie sollen frech sein, hilfreich, tröstend und so was. Wie gesagt, es gibt einen Euro für einen gelungenen Spruch.«

»Wo willst du das Geld denn hernehmen«, fragte Koko genervt. Geld war ein ewiges Thema zwischen den beiden, weil ihr Vater kaum etwas verdiente. Doch er ließ sich nicht irritieren, dazu war er nicht der Typ. Genau wie Koko folgte er seinem eigenen Stern.

»Ich habe meine Fühler mal nach Berlin ausgestreckt«, erzählte er strahlend, »und ein paar Schokoladenmanufakturen von meiner Idee erzählt und die fanden das gut. Und es ist sehr wahrscheinlich, dass eine einsteigt.«

Koko war skeptisch. Diese Luftschlossnummer kannte sie schon von ihrem Vater, weshalb sie uns jetzt auch zum Aufbruch drängte.

»Einen Euro!«, rief ihr Vater uns hinterher, als wir schon im Treppenhaus waren.

Wir gingen zum Bahndamm, wo wir uns auf die kleine Lichtung hockten, die von hohen Disteln umgeben war.

Wir sprachen kaum miteinander. Zwar hatte uns Kokos Vater vorübergehend aus dem Loch gezogen, in das wir über den Verlust unseres Gartens gestürzt waren, doch jetzt spürten wir umso heftiger die Erschütterung unserer Welt. Mir war, als hätte sich etwas verändert. Das Licht, die Luft, irgendwas. Unsere Beziehung zueinander. Und auch, als hätten wir uns verändert, so als wären wir erwachsener geworden, ein Stück ernster. Ich konnte es nicht benennen, aber da war etwas.

»Ich finde, Bobbos Mutter braucht eine kleine Lektion«, sagte Koko plötzlich. Wir anderen nickten. »Was meint ihr?«

Wir nickten wieder.

»Und was sollen wir machen?«, fragte Tomi.

Betty schlug klatschend die Faust in die Handfläche.

»Sollen wir sie verprügeln?«, rief Scholle erschrocken. »Da mache ich nicht mit.« Er hob abwehrend die Hände. »Wir sollten die Sache auf sich beruhen lassen.«

Koko warf ihm einen verächtlichen Blick zu. »Du kannst auch gehen, Scholle«, sagte sie kalt. »Die Zeit für Verhandlungen ist vorbei.«

»So war das nicht gemeint«, sagte Scholle betroffen. Die »Verhandlungen« bezog er natürlich auf sich und sein Telefonat mit der Verwaltung.

»Ich finde auch, wir sollten das vergessen«, sagte ich. »Der Garten ist eh platt.«

Koko warf nun auch mir einen verächtlichen Blick zu und sofort kam ich mir vor wie ein Feigling.

»Wir schmeißen einen Böller in ihren Briefkasten«, schlug Betty vor.

»Oder Scholle scheißt auf ihren Fußabtreter, dann legen wir eine Zeitung drüber, zünden die an und hauen ab«, sagte Tomi.

»Und dann?«, fragte Scholle.

»Dann tritt sie das Feuer aus und hat deine Hinterlassenschaft an ihrem Pantoffel. Das ist voll *real.*«

»Witzig!«, sagte Scholle verächtlich.

»Wir könnten ihre Autoreifen zerstechen«, war Bettys Idee.

»Die hat doch gar keins«, gab ich zu bedenken.

»Vielleicht irgendwas mit Bobbo«, rutschte es mir raus. Weiß auch nicht, warum ich so eine blöde Idee hatte.

»Bingo«, rief Koko.

»Spinnt ihr?«, fragte Scholle entsetzt. »Ihr könnt doch nicht Bobbo verprügeln. Das ist unfair und was glaubt ihr, was dann hier los ist. Die ganze Siedlung wird sich auf uns stürzen.«

Betty grinste vor sich hin. Sie war immer heiß auf Gewalt. Das faszinierte sie total.

»Nicht verprügeln«, sagte Koko sanft. »Irgendwas anderes, damit seine Mutter einen Schreck kriegt. Nichts Großes.«

»Nein, bloß nicht verprügeln«, brachte ich mich wieder ein und hätte meinen Vorschlag am liebsten wieder zurückgenommen.

»Was dann?«, fragte Betty.

Ich zuckte mit den Schultern. »Ich weiß nicht«, sagte ich. Da hatte ich jetzt etwas in die Welt gesetzt und wusste nicht weiter. Das war mal wieder typisch für mich.

»Also Bobbo verprügeln wir jedenfalls nicht«, sagte Koko bestimmt.

»Wir könnten ihm die Haare blau färben«, schlug Tomi vor.

Wir winkten ab.

»Wie wäre es«, begann Koko, »wenn wir Bobbo zum Bahndamm locken und ihn hier verstecken. Ihr wisst doch, dass er immer um fünf zu Hause sein muss. Und ihr wisst, dass seine Mutter völlig panisch wird, wenn er mal zwei Minuten zu spät kommt.«

Wir nickten. Wir hatten mal erlebt, wie sie lautstark rufend durch die Siedlung gestürmt und jeden nach ihrem Sohn gefragt hatte, als er zehn nach fünf nicht zu Hause gewesen war. Was letzten Endes völlig harmlos war, weil Bobbo einen Turm aus Schnecken gebaut und darüber die Zeit vergessen hatte.

»Wenn wir Bobbo also überreden, ein, zwei Stunden länger mit uns hierzubleiben, wird seine Mutter vor Angst einen Herzschlag kriegen.« Koko sah in die Runde.

»Genau, wir sperren ihn da hinten in diesen Keller, den die Bauarbeiter gemacht haben.«

Wir sahen alle in die Richtung, in die Betty zeigte. Ja, da gab es so etwas. Einen Schacht, in dem später Stromkabel gebündelt würden, hatte uns Kokos Vater erklärt. Wahrscheinlich für die Weichen und die Signale.

Das Ding war etwa zwei Meter tief in die Erde eingelassen, aus Beton und nur über eine eiserne Leiter erreichbar. Wir waren schon öfter runtergeklettert. Noch war der Schacht leer, aber bald würden sie anfangen, dort ihre Leitungen zu legen.

»Was?«, fragte Scholle entsetzt. »Seid ihr verrückt geworden?«

»Ich meine nur, wenn uns jemand hier mit Bobbo sieht und so. In dem Keller fällt er nicht auf. Wir müssen alle Spuren verwischen, die zu uns führen können«, entgegnete Betty.

Koko lächelte. »Ich finde die Idee gar nicht schlecht. Ist ja auch nur kurz. Nur bis seine Mutter sich vor Angst einnässt. Dann lassen wir ihn wieder raus.«

»Irre«, sagte Betty nur.

»Aber wenn das rauskommt, dann …«, gab ich zu bedenken.

»Dann sind wir tot«, vollendete Scholle den Satz, worauf ich bestätigend nickte.

»Die Roten Khmer werden uns vierteilen«, sagte Tomi.

»Ach, das muss doch keiner mitkriegen«, sagte Betty, wobei ihre Augen blitzten.

»Wenn das rauskommt, müssen unsere Familien hier ausziehen«, warf ich ein.

»Das kommt nicht raus«, meinte Koko. »Wir werden das genau durchdenken und nichts dem Zufall überlassen.«

»Das ist total bescheuert«, sagte ich.

»Nein, das ist vernünftig«, widersprach Koko. »Da ist ein Mensch, der hat einen großen Fehler gemacht, und für diesen Fehler soll er bezahlen. Das ist das Prinzip jeder Rechtsprechung.«

Damit brachte Koko mich zum Verstummen. Das mit der Rechtsprechung war natürlich hochtrabender Quatsch und stammte von mir. Ursprünglich stammte es natürlich von Ripwinkel, die über die alten Germanen geschrieben hatte. Die hatten sich nämlich regelmäßig an der Thingstätte getroffen, um Recht zu sprechen. Allerdings hatte ich Koko verschwiegen, dass zu diesen Treffen keine Frauen zugelassen waren. Sie hätte mir die Augen ausgekratzt. Außerdem, hey, das hier war die Wirklichkeit und unsere Zeit und kein Geschichtsquatsch.

Jetzt redeten alle durcheinander:

»… können wir nicht machen …«

»… hat sie doch verdient …«

»… egal …«

»… Bobbo …«

»… nur für ein paar Stunden …«

»… Schokolade …«

Am Ende stimmten wir ab. Einstimmig! Zwar zögerte ich anfangs, damit es wenigstens so aussah, als wäre ich dagegen, aber letzten Endes beugte ich mich der Gruppe. Nicht, dass hier der Eindruck aufkommt, ich wäre so ein Mitläufer gewesen, aber sie waren meine Freunde und die konnte ich ja wohl schlecht hängen lassen.

Wir wollten die Sache langsam angehen lassen, zwei, drei Tage warten, damit Bobbos Verschwinden nicht mit uns in Verbindung gebracht werden konnte. So tüftelten wir in aller Ruhe einen Plan aus und waren uns einig, dass Bobbo auf gar keinen Fall zu Schaden kommen sollte. Am Abend sahen wir uns dann, statt der Gartensendung, die Überreste unseres Gartens an. Es schien, als hätte es ihn nie gegeben, als hätten wir ihn nur geträumt. Zwar war die Erde noch aufgewühlt, aber unsere Pflanzen, unsere Beete, unser Komposthaufen waren verschwunden. Wir alle schluckten.

»Guckt mal da«, rief Scholle ergriffen und bückte sich, um ein winziges Blatt aufzuheben, dass er behutsam zwischen seinen Fingern drehte. Wir scharrten uns um ihn und betrachteten traurig das Pflänzchen, beziehungsweise was davon noch übrig geblieben war. Die Welt war so grausam in ihrer Ignoranz den Kleinsten gegenüber. Doch das bestärkte uns nur in unserem Vorhaben. Trotz aller Skrupel würden wir Bobbos »Entführung« durchziehen.

»Lös deine Probleme selber, bevor andere es für dich tun«, sagte Koko plötzlich. »Als Spruch für die Kapseln«, fügte sie hinzu.

Ja, das passte zu unserer Situation. Das gefiel uns.

Kapitel 6

In den kommenden beiden Tagen trafen wir uns wieder auf der Lichtung zwischen den Disteln, wo wir unseren Plan ausarbeiteten, wobei Koko wieder die Chefrolle übernahm. Jeder bekam eine Aufgabe zugeteilt. Koko würde Bobbo zusammen mit Scholle zum Bahndamm locken, Tomi und Betty würden ihn dort erwarten und ich sollte Schokolade besorgen. Damit wollten wir ihn bei Laune halten, wenn es nötig sein sollte. Nach Schokolade war Bobbo ganz wild und bei seiner Mutter bekam er keine, weil sie einen Gesundheitsfimmel hatte.

Unser Plan war folgender: Koko und Scholle würden Bobbo einreden, dass Außerirdische (vor denen hatte er eine Wahnsinnsangst) die Erde scannen würden, weil sie nach ihm suchten, um ihn mitzunehmen auf ihren Todesstern. Ihre Mission: ihn Würmer in den Schleimbergwerken zählen zu lassen. Nur im Schacht würden sie ihn nicht entdecken können, denn der wäre strahlengeschützt. Er müsste sich einfach nur eine Weile verstecken, dann würden die Aliens abhauen und auf anderen Planeten nach Opfern suchen.

Wir waren ganz angetan von unserer Idee und versicherten uns ein aufs andere Mal, dass Bobbo keinen Schaden davontragen würde. Na gut, die Sache mit den Aliens würde ihm natürlich Angst machen, aber das schien uns vertretbar. Dafür würde er Schokolade bekommen und außerdem war es ja irgendwie nur ein Spiel.

Ich ging also Schokolade kaufen. Drei Tafeln Vollmilch.

Um sicherzugehen, dass sie auch schmeckten, probierte ich ein Stück und setzte kauend meinen Weg fort. Ich war fast an unserer Wendeplatte, da hörte ich neben mir eine vertraute Stimme.

»Na, du kleiner Scheißer.«

Wie festgenagelt blieb ich stehen. Es hatte keinen Sinn wegzulaufen, denn beim nächsten Mal würde Freddy umso härter zuschlagen. Ich drehte mich um und nahm, in Erwartung eines Ohrfeigenschauers, schon mal meine Brille ab. Freddy saß in seiner Karre, er hatte jetzt ein Auto, irgend so ein tiefer gelegtes Geschoss, und fummelte an seiner Anlage rum, wobei er mich nicht aus den Augen ließ. Endlich schien er gefunden zu haben, was er suchte. »*Hello*«, plätscherte es aus den Boxen.

Freddy faltete sich aus seiner Karre, wobei er vor sich hin sang: »*Did you ever make it out of that town where nothing ever happened?*«

Fast hätte ich gelacht. Dieses Tier Freddy, dazu dieser zarte Song über eine verlorene Liebe. Aber zu lachen, hätte die Anzeige auf der Ohrfeigenskala ziemlich nach oben getrieben. Also blieb ich stocksteif stehen, blinzelte und wartete auf meine Schellen. Freddy baute sich vor mir auf. Sein linker Brillenbügel war mit Klebeband fixiert. Wahrscheinlich hatte er sich geprügelt. Ich schloss die Augen in Erwartung der Ohrfeigen.

»Ich hab gehört, dass sie euren Garten plattgemacht haben. Schöne Scheiße.«

Ich öffnete vorsichtig das linke Auge. Freddy stand bedrohlich nahe und kratzte sich an der Nase, wobei er über meine Schulter in die Ferne sah. »Das hätten die nicht tun dürfen.«

Jetzt öffnete ich auch das andere Auge und sah ihn erstaunt an. »Ja, das war fies«, sagte ich.

Freddy nickte nachdrücklich. »Schöne Scheiße«, sagte er dann noch einmal, setzte sich wieder in seine Karre, drehte die Anlage auf und nickte, in sich versunken, sanft zur Musik. Mich beachtete er gar nicht mehr.

Was jetzt? War das seine neue Strategie? Das Opfer erst in Panik versetzen, dann beruhigen und dann … Ach komm, hör auf, Freddy ist doch viel zu grob für so was Subtiles. Vielleicht war er jetzt wiedergeborener Christ oder so was. In der Siedlung drehten die Leute im Moment doch reihenweise durch.

Ich blieb noch einen Augenblick fassungslos stehen und für einen kurzen krassen Moment hatte ich die irre Idee, Freddy über die Musik hinweg zuzurufen: »Ey, du hast meine Ohrfeigen vergessen«, ließ es dann aber doch sein. Wie hätte das denn ausgesehen.

Atemlos kam ich bei den anderen an und versuchte, ihnen von meinem Erlebnis mit Freddy zu erzählen, aber sie hörten kaum zu.

»Verdammt, der kommt gleich aus dieser Einrichtung«, sagte Betty, wobei sie hin und her tigerte.

»Diese Einrichtung« war so eine Behindertenschule, auf die Bobbo ging und die ihn jeden Tag mit einem kleinen Bus abholte und nach dem Mittag auch wieder nach Hause brachte. Auch in den Ferien, da seine Mutter ja tagsüber arbeitete.

»Lasst uns noch mal den Plan durchgehen«, schlug Koko vor.

»Uhrenvergleich«, sagte Scholle gewichtig, worauf wir kicherten und Scholle rot wurde.

»Also, Scholle und ich fangen Bobbo am Bus ab und locken ihn mit Schokolade, die du«, Koko zeigte auf mich, »besorgt hast. Betty und Tomi warten am Bahndamm und von da bringen wir Bobbo gemeinsam zum Schacht.« Koko sah in die Runde. »Alles klar?«

Tomi salutierte, wir anderen nickten.

»Und wir behalten ihn nur bis maximal zwanzig Uhr«, fügte Scholle noch hinzu.

Ja, das war uns allen klar, das schworen wir hoch und heilig.

»Und falls Bobbo ausflippt, brechen wir ab«, sagte Scholle noch.

Auch das schworen wir hoch und heilig.

Meine zusätzliche Aufgabe bestand darin, Bobbos »Entführung« zu überwachen. Das heißt, ich sollte mich im Hintergrund halten und Alarm schlagen, falls uns jemand beobachtete. Dann musste ich den anderen sofort Bescheid geben und wir würden die Aktion abbrechen. Das war Scholles Idee gewesen. »Wir müssen jegliche Überraschung ausschließen«, hatte er gesagt.

Dazu würde ich mich in den Büschen neben der Wendeplatte für die Autos verstecken. So hockte ich zur verabredeten Zeit hinter den Hagebuttensträuchern und wartete. Mein Puls raste vor Aufregung.

Scholle und Koko sollten erst in Erscheinung treten, wenn Bobbo kurz vor seiner Haustür war. Sie konnten ihn ja schlecht direkt am Bus ansprechen, da hätte es zu viele Zeugen gegeben.

Der Bus war pünktlich. Ich beobachtete, wie Bobbo ausstieg, der Fahrer ihm noch die Hand schüttelte, sich wieder hinter das Lenkrad setzte und abfuhr. Doch statt nach Hause zu gehen, stand Bobbo einfach minutenlang stocksteif rum, die Hände wie ein Soldat an die Hosennähte gepresst.

»Nun geh doch endlich, Bobbo«, dachte ich, »mach schon.«

»Guten Tag, Bobbo«, sagte plötzlich eine Stimme von links. Ich schwenkte meinen Kopf, es war Frau Hasir aus der Nummer zwölf.

Bobbo grunzte etwas, Frau Hasir ging durchs Bild und verschwand nach rechts. Bobbo stand noch immer da wie eine Statue, bis er plötzlich anfing, wie ein Flummi auf der Stelle zu springen, um dann in Richtung Wohnblock weiterzuhüpfen. Dabei kam er an meinem Versteck vorbei. Hätte ich den Arm ausgestreckt, hätte ich ihn berühren können.

Bobbo hüpfend und vor sich hin plappernd hatte fast die Haustür erreicht. Jetzt erschienen Koko und Scholle auf der Bildfläche, sie standen halb verborgen hinter der Garage, dort wo unser Garten gewesen war, und riefen leise nach Bobbo. Der reagierte erst nicht, bis Scholle pfiff und Bobbo abrupt stehen blieb, wobei er leicht hin und her schaukelte wie eine Gondel auf dem Rummel, kurz nachdem sie gestoppt hatte. Koko winkte Bobbo, der winkte zurück und wollte weitergehen, doch Koko zeigte ihm die Schokolade.

Bis jetzt lief alles nach Plan.

Bobbo war mittlerweile bei Koko und Scholle angekommen, wo er heißhungrig ein Stück Schokolade runterschlang. Koko redete auf Bobbo ein, Scholle sah sich nervös um. Schließlich gingen die drei Richtung Bahndamm. Ich wollte gerade hinterher, da trat Heiner aus der Haustür. Ich bekam einen Riesenschreck, dabei konnte er mich gar nicht sehen, weil ich noch immer in den Büschen versteckt war. Er stiefelte los und verschwand nach einer Weile aus meinem Blickfeld. Ich stürzte aus meinem Versteck hinter den anderen her, doch durch Heiner hatte ich Zeit verloren, sodass ich sie erst einholte, als sie fast am Schacht angelangt waren. So hatte ich nicht mitbekommen können, ob jemand die Aktion beobachtet hatte.

Die anderen fütterten Bobbo gerade mit Schokolade, wobei sie auf ihn einredeten. »Echt, Bobbo, die sind auf dem Weg, die holen dich.«

Ich überlegte, ob ich ihnen von Heiner erzählen sollte, aber der war wahrscheinlich eh nur zum Einkaufen gegangen und ich hätte den anderen damit gestanden, dass ich sie aus den Augen verloren hatte.

»Du musst jetzt da runter«, sagte Tomi gerade zu Bobbo und zerrte meine Gedanken wieder zurück in die Wirklichkeit.

Bobbo fing an zu zittern. Er wirkte wie eine scharf gemachte Bombe, die jeden Augenblick hochgehen könnte.

Tomi legte ihm beruhigend die Hand auf die Schulter. »Ey, Alter, wir passen auf dich auf, die kriegen dich nicht.« Er zeigte auf den offenen Schacht. »Da unten bist du absolut sicher, dafür verbürge ich mich. Ihre Todesstrahlen können dich da nicht erreichen.«

Bobbo brabbelte aufgeregt vor sich hin und ich befürchtete schon, er könnte einen Anfall kriegen.

»Bobbo«, sagte ich, »du brauchst keine Angst zu haben. Wir haben alles unter Kontrolle.« Noch während ich das sagte, fühlte ich mich wie ein Verräter. Einen wehrlosen Jungen einzusperren, ihm so eine Lüge aufzutischen, machte mich fertig, und ich war kurz davor, aufzugeben und die anderen zu beschwören, Bobbo zurückzubringen. Aber dann war der Moment vorbei und ich war wieder in dieser Geschichte gefangen.

Außer Koko, die ruhig danebenstand, redeten jetzt alle auf

Bobbo ein. Der schüttelte den Kopf und sah sich immer wieder Hilfe suchend um.

»Jetzt reicht's«, sagte Koko nach einer Weile, worauf wir alle verstummten und sie fragend ansahen. Sie nahm Bobbo am Arm, führte ihn ein Stück abseits und redete leise und ruhig auf ihn ein. Als sie sich wieder zu uns gesellten, war Bobbo friedlich wie ein Lamm. Koko und er hielten sich sogar an den Händen.

»Bobbo wird jetzt da runtersteigen«, sagte sie zu ihm wie zu einem kleinen Kind, und Bobbo tat wie ihm befohlen.

»Was hast du zu ihm gesagt?«, fragte ich.

Koko schwieg und lächelte. »Du musst eine Verbindung zwischen dir und den anderen herstellen«, sagte sie, ohne auf meine Frage einzugehen. Manchmal hatte Koko eine Art, die Leute auf ihre Seite zu ziehen, die mich immer wieder erstaunte.

Bobbo war inzwischen brav hinuntergeklettert und stand nun in dem kleinen Raum, wo er sich neugierig umsah. Wir anderen kletterten hinterher.

Wir hatten ein paar Isomatten ausgelegt, was den Raum irgendwie gemütlich machte. An die Wand hatten wir sogar ein Poster von Miley Cyrus gepinnt. Wir wussten, dass Bobbo die gut fand.

»Setz dich doch«, forderte Scholle ihn auf.

»Tschokolade«, sagte Bobbo und hielt die Hand auf.

Ich zögerte, brach dann aber eine Reihe ab. Wir hatten drei Tafeln, die mussten bis zum Abend reichen.

»Jetzt treten wir in die zweite Phase unseres Plans ein«, verkündete Scholle.

»Ich trete dir gleich in deinen fetten Hintern, wenn du nicht aufhörst, hier den Macker zu machen«, sagte Tomi, klatschte

Betty ab und rappte los: *»Du denkst, du bist der Babo, Alter, dabei bist du nur 'n kleiner Falter. Das Hirn so groß wie 'ne Nuss, verbreitest du nur Stuss.«*

Scholle verdrehte die Augen und fuhr fort: »Hört auf mit diesem Unsinn, das hier muss funktionieren.«

»Funktionieren«, äffte Betty ihn nach.

»Witzig!«, sagte Scholle verächtlich. »Das ist hier kein Spiel.«

»Ach ja, Schweinchen Schlau?!«, ärgerte ihn Tomi.

»Schluss jetzt«, sagte Koko ruhig. »Scholle hat recht, das ist jetzt kein Quatsch mehr, wir müssen uns an den Plan halten. Wenn was schiefgeht, sind wir alle dran.«

Das war zwar nichts anderes als das, was Scholle gemeint hatte, doch bei Koko hatte das einfach mehr Gewicht. Sofort verschwand das Grinsen auf den Gesichtern von Betty und Tomi, und sie wurden wieder ernst.

»Also«, sagte Koko bestimmt. »Tomi beobachtet jetzt Bobbos Haus.« Sie wandte sich an mich. »Und du weißt, was du zu tun hast.«

»Aye aye, Käpt'n!«, sagte ich. Ich war das Bindeglied zwischen dem Schacht, wo Koko und Betty Bobbo bewachten, und Tomi, der Bobbos Block beschattete. Ich würde auf dem Garagendach hocken, wo ich beide Parteien im Blick haben würde.

Scholle musste zwischendurch zum Tennis. Aber er würde in zwei Stunden wieder zurück sein.

Während ich meinen Platz auf dem Garagendach einnahm, schlich Tomi sich an die Stelle, wo unser Garten gewesen war und von wo aus er den Eingang zu Bobbos Haus überwachen konnte. Ich konnte das nicht, da eine andere Garage mir die Sicht versperrte.

Tomi drehte sich zu mir um und hob den Daumen, ich ebenfalls, bevor er sich wieder Bobbos Block zuwandte. Ich wandte mich zur anderen Seite, zum Bahndamm hin, von wo aus ich den Schacht erkennen konnte.

Betty und Koko hockten davor, Koko hatte den Kopf hineingesteckt und sprach augenscheinlich gerade mit Bobbo. Vermutlich wollte er noch mehr Schokolade. Ich sah auf meine Handy-Uhr. Wenn alles gut ging, war die Aktion bis zum frühen Abend beendet. Hoffentlich konnten wir Bobbo so lange ruhig halten. Zur Not würde ich mehr Schokolade besorgen.

So hockte ich da, während die Minuten zäh verrannen und ich darauf hoffte, dass niemand aus seinem Fenster sah und sich wunderte, was ich auf dem Dach trieb. Andererseits liefen wir ständig auf den Garagendächern rum, sodass sich wohl niemand daran stören würde.

Irgendwann setzte ich mich hin, weil das Hocken zu unbequem wurde. Als auch das zu unbequem wurde, legte ich mich flach auf den Bauch. Das und die heiße Sonne, dazu das Warten, die Aufregung der letzten Tage machte mich müde und so nickte ich kurz weg, um jedoch bald wieder hochzuschrecken. Als ich zu den Garagen rübersah, entdeckte ich Tomi nicht. Er war weg.

Scheiße, dachte ich panisch. Ich hatte es versaut. Erst hatte ich mich durch Heiner irritieren lassen und jetzt war ich eingepennt! Ich versuchte, Tomi auf dem Handy zu erreichen, doch er ging nicht ran.

Ich sprang runter ins Gras und rannte zum Schacht. Koko und Betty erhoben sich, als sie mich heranhasten sahen.

»Was ist?«, fragte Koko aufgeregt.

»Tomi ist weg«, rief ich gedämpft.

»Wie weg?«, wiederholte Koko.

»Er ist nicht mehr da, wo er sein soll.« Ich verschwieg, dass ich eingeschlafen war. Schon der zweite Fehler heute.

»Vielleicht pinkeln?«, schlug Betty vor.

»Glaube ich nicht«, gab Koko zurück.

»Und jetzt?«, fragte ich. »Sollen wir aufgeben?«

»Auf keinen Fall«, sagte Betty nachdrücklich. Sie streckte ihre Hand aus. »Boah, guckt euch das an. Meine Hand zittert, ey.«

Ihr Gesichtsausdruck machte mich etwas stutzig. Der war nicht ängstlich, sondern eher aufgeregt und voller Freude. Ich meine, wir entführten hier gerade einen Jungen, wenn auch nicht richtig und nur für eine kurze Weile, aber ich hatte jetzt schon ein schlechtes Gewissen.

Koko stand da und kaute auf ihrer Unterlippe. In diesem Moment klingelte mein Handy und mir fiel eine Zentnerlast vom Herzen, denn es war Tomi. Gleichzeitig hatte ich Angst, dass etwas schiefgegangen sein könnte.

»Bobbos Mutter ist aufgetaucht«, sagte er hastig.

»Was? Jetzt schon?«, entfuhr es mir.

»Ja, und sie ist ziemlich aufgeregt«, sagte Tomi atemlos. »Sie wollte mit Bobbo Hosen kaufen gehen und sucht ihn jetzt.«

»Und nun?«, fragte ich.

»Ich tue so, als würde ich ihr helfen, Bobbo zu suchen.«

Mir rutschte das Herz in die Hose. Das war ziemlich kaltblütig von ihm. Ich hätte das jedenfalls nicht gebracht. Aber Tomi war cool.

»Ich geb euch Bescheid, wenn es was Neues gibt. Und hey …«

»Ja?«

»Wenn die Frau kurz vor dem Nervenzusammenbruch steht, lassen wir Bobbo frei.«

»Klar, Alter«, sagte ich, beendete das Gespräch und verkündete den anderen die Neuigkeit. In dem Moment kam Scholle zurück. In kurzen weißen Tennishosen und einem stramm sitzenden weißen Pullunder über einem ebenfalls weißen Poloshirt. Er fühlte sich sichtlich unwohl. So viel Haut zeigte er normalerweise nie. Scholle war – auch kleidungstechnisch – eher der zugeknöpfte Typ. Wie er so dastand, die Hände in die Hüften gestemmt, ein Bein vorgelagert, sah er ein wenig aus wie eine pummelige Statue auf einem dieser Tennispokale.

Gut, dass Tomi nicht da war, dann hätte Scholle sich so einiges anhören müssen. Dafür musterte Betty ihn interessiert.

»Ist doch gut, dass sie früher zurück ist, dann müssen wir Bobbo nicht so lange festhalten. Außerdem ist die Schokolade fast alle.«

Ich sah runter in den Schacht. Bobbo lag auf einer der Isomatten, den Mund braun verschmiert leckte er an seinen Fingern.

Unser Plan sah vor, dass wir Bobbo später zu seiner Mutter bringen würden. Wir hätten ihn am Bahndamm herumirren sehen, wollten wir ihr auftischen. So könnten wir uns als Bobbos Retter aufspielen und seiner Mutter ein schlechtes Gewissen machen, weil wir nicht nachtragend waren wegen des Gartens. Jetzt warteten wir auf Nachricht von Tomi. Als keine kam, rief Koko ihn an. Sie lauschte, nickte, sagte: »Ja«, lauschte und nickte wieder.

»Alles klar«, verkündete sie, nachdem sie das Gespräch beendet hatte. »Sie sind jetzt vorne am ersten Block und suchen da.«

»Lass ihn uns zurückbringen«, schlug ich vor.

»Noch ein bisschen«, gab Koko zurück. »Sie soll erst richtig Angst kriegen.« Kokos Stimme klang hart und lieblos. Wie musste sie diese Frau hassen. Plötzlich war da eine Seite an Koko, die mir gar nicht gefiel.

»Tschokolade«, hörten wir Bobbos Stimme hohl aus dem Schacht klingen und sahen uns an. Wir hatten keine mehr.

»Tschokolade!«, rief er wieder. Sein Kopf tauchte am Rand der Luke auf.

»Geh wieder runter, Bobbo«, sagte Betty barsch, doch er hörte nicht auf sie und forderte stattdessen erneut Schokolade.

»Wir besorgen dir neue«, sagte Koko. »Aber jetzt musst du wieder runtergehen. Die Außerirdischen sind fast weg, aber noch nicht ganz. Nur noch kurz, dann kannst du wieder zurück und bekommst noch Schokolade.«

Er zögerte etwas, dann verschwand sein Kopf wieder nach unten.

Ich sah ständig auf die Uhr meines Handys. Wann meldete Tomi sich endlich? Auch die anderen waren ungeduldig. Da klingelte es. Koko ging ran und lauschte.

»Sie ist so weit«, sagte sie mit leuchtenden Augen und steckte ihr Handy weg. »Völlig mit den Nerven runter.«

»Na dann«, sagte ich. »Lass uns Bobbo holen und zurückbringen.«

»Ein bisschen noch«, sagte Koko.

»Das kannst du doch nicht machen«, sagte Scholle.

»Mann, Koko, die arme Frau«, meinte Betty lachend.

»Nee, ernsthaft«, sagte ich. »Das ist fies.«

Koko musterte mich verächtlich. »Du weißt doch, was die

uns angetan hat, oder? Die hat alles kaputtgemacht. Weil sie frustriert ist und langweilig und innerlich tot. Und dass sie tot ist, merkst du daran, dass solche Leute nur noch Antworten geben und keine Fragen mehr haben.«

Was sollte das denn jetzt? Mit so einem Ausbruch hatte ich nicht gerechnet.

»Was soll dieser Scheiß hier eigentlich?«, brachte Scholle uns mit hochrotem Kopf zurück in die Wirklichkeit. »Es geht doch hier um Bobbo und dass wir ihn zurückbringen.«

»Es geht um viel mehr, Scholle«, sagte Koko lächelnd. »Es geht um: wir gegen die.«

»Ich hole Bobbo jetzt«, verkündete Scholle, »und dann beenden wir das hier.« Er kletterte in den Schacht und tauchte kurz darauf mit Bobbo wieder auf.

»Wir bringen dich zu deiner Mutter«, sagte Scholle zu ihm, als hinter uns jemand sagte:

»Wusste ich es doch.«

Kapitel 7

Scheiße, dachte ich nur, dann nichts mehr und dann war da dieses leise Rauschen, als wären alle meine Gedanken ausgezogen und der Wind würde nun durch meinen leeren Kopf streichen.

»Ich wusste es doch. Als ich vom Fenster aus gesehen habe, wie ihr den Idioten abgefangen habt und mit ihm weg seid, habe ich mir so gedacht: Die Schweinchens spielen hier ein ganz, ganz mieses Spiel mit unserem behinderten Mitbürger.«

Mist, Mist, Mist! Heiner! Von allen Figuren aus der Siedlung ausgerechnet Heiner. Aber vielleicht würde er ja dichthalten, schließlich war er so eine Art Künstler und gehörte nicht zu den Müttern, Lehrern, Hausmeistern usw., die uns das Leben schwer machten.

»Das ist ja 'ne ganz linke Nummer, die ihr da abzieht«, sagte Heiner und sofort meldete sich mein schlechtes Gewissen wieder. Er hatte recht, das war eine Scheißidee, das musste doch schiefgehen, wir waren doch keine Kriminellen, sondern nur ein paar Kids aus der Vorstadt. Scheiße, Scheiße, Scheiße!

Scholle guckte mit hochrotem Kopf zu Boden, während Koko und Betty Heiner lauernd anstarrten.

»Was macht ihr mit dem Spasti?«

»Bobbo ist kein Spasti«, widersprach ich, als ob es irgendwas erklären würde.

Heiner beachtete mich nicht, er sah nur Koko an. »Und du bist wieder mit dabei. Mensch, Koko, ich hatte mehr von dir erwartet und jetzt stellt sich raus, dass du nur eine kleine miese

Vorstadtschlampe bist, die behinderte Kinder entführt. Ist das was Sexuelles?«

Betty röhrte los, das schien sie richtig lustig zu finden.

Koko funkelte Heiner böse an. »Tja, das Leben liefert dir eben nicht immer das, was du bestellt hast.«

»Wow, das hast du bestimmt aus einer Frauenzeitschrift«, sagte Heiner.

»Leck mich doch!«, giftete Koko.

»Schon wieder?«, stöhnte Heiner, worauf Koko ihm den Mittelfinger zeigte.

Ich war verwirrt. Es gab scheinbar eine Verbindung zwischen Koko und Heiner, von der ich nichts wusste. Dabei war ich doch Kokos engster Vertrauter. Wir erzählten uns alles.

»Und was habt ihr jetzt vor?«, fragte Heiner im Plauderton, als hätten wir uns zufällig auf dem Supermarktparkplatz getroffen.

»Wir bringen Bobbo zu seiner Mutter«, sagte Scholle. »Wir haben ihn hier entdeckt. Er ist in den Schacht geklettert und hat sich nicht allein rausgetraut. Wir wollen ihm nur helfen.«

Heiner lachte dieses fiese Heiner-Lachen. »Komisch, für mich sah das so aus, als ob ihr ihn hierhergebracht und in dieses Loch gesteckt habt. Warum auch immer. Vielleicht aus Rache wegen eures Gartens, um seiner Alten eins auszuwischen.«

»Pfffff!«, machte Betty.

»Ja, das stimmt ja auch gar nicht«, sagte Scholle. »Wir haben hier gespielt und da haben wir ihn entdeckt.«

Bobbo, um den sich ja alles drehte, beobachtete fasziniert eine Heuschrecke, die auf einem Halm saß, der im Wind schwankte.

Heiner wendete sich zum ersten Mal Scholle zu, musterte

ihn von oben bis unten, wobei er sich ein Grinsen nicht verkneifen konnte, und sagte: »Gespielt? Was denn? Tennis? Kann ich mir richtig gut vorstellen, bei deinem athletischen Körperbau.«

Scholle stotterte vor sich hin. Koko sah aus, als hätte sie Heiner am liebsten die Augen ausgekratzt. Nur Betty sah mit wachsender Faszination zu, wie Heiner mit uns spielte.

»Und, was willst du jetzt?«, fragte Koko lauernd.

Heiner antwortete nicht gleich. Sie starrten sich an, standen da wie zwei Revolverhelden, die gleich schießen würden.

»Ach, Koko«, sagte Heiner nach einer Weile versöhnlich. »Mach es mir doch nicht immer so schwer. Was soll ich schon wollen? Euch helfen.«

Ich glaubte, mich verhört zu haben. Heiner und helfen kriegte ich nicht zusammen.

»Da gibt es nichts zu helfen«, sagte Koko wütend. »Wir bringen Bobbo jetzt zu seiner Mutter.«

»Das glaube ich nicht«, erwiderte Heiner nur.

»Ach ja, glaub doch, was du willst.«

»Ich habe eine Idee, wie wir alle noch etwas aus der Geschichte rausholen können«, sagte Heiner listig und zwinkerte Koko zu.

»Das interessiert mich nicht«, erwiderte Koko, nahm Bobbos Arm und sagte zu ihm: »Wir bringen dich jetzt zu deiner Mutter.«

»Bösen weg?«, fragte Bobbo und sah sich hektisch nach allen Seiten um.

»Alles in Ordnung«, sagte Koko zu ihm.

Doch das beruhigte ihn nicht sonderlich, sein Kopf kreiselte noch immer wie wild, als wollte er sich von der Wirbelsäule drehen.

»Ts, dass du einfach wegläufst!«, sagte Scholle theatralisch. »Gut, dass wir dich hier gefunden haben.«

Da mischte Heiner sich ein. »Also, Leute, bevor ihr weiter meine und eure Intelligenz beleidigt. Ich habe euch mit dem Handy gefilmt. Wie ihr Bobbo entführt, in das Loch sperrt und bewacht. Ich denke, das spricht für sich.« Er hatte mit monotoner Stimme gesprochen, als würde er eine Liste abhaken. »Ihr braucht schon eine verdammt gute Erklärung, um euch da rauszureden.«

Mir rutschte das Herz in die Hose. Ich musste Heiner nur ansehen und wusste sofort, dass er uns nicht ohne Gegenleistung aus seinen Fängen lassen würde.

Betty ballte die Fäuste, sie sah aus, als würde sie sich jeden Moment auf ihn stürzen wollen. Aber leider tat sie es nicht.

»Wir werden also eine Einigung finden müssen, die für alle akzeptabel ist. Und ich denke, es ist in eurem Interesse, wenn ich eure bäuerlichen Gemüter nicht allzu sehr strapaziere. Deshalb machen wir Folgendes: Wir behalten Bobbo noch ein bisschen länger.«

»Wozu?«, fragte Scholle, doch Heiner ging gar nicht darauf ein.

»Schick mal die Kinder weg, Koko«, sagte Heiner mit einer Kopfbewegung in unsere Richtung. »Wir müssen reden.« Er winkte Koko, ihm zu folgen, doch sie weigerte sich. »Das sind meine Freunde und wir haben uns das zusammen ausgedacht, also können sie auch hören, was du zu sagen hast.«

»Na gut, wenn du willst«, sagte Heiner.

Von diesem Moment an, und das war mir völlig klar, würden wir – dank Heiner – eine Grenze überschreiten, hinter die wir niemals zurückgehen konnten.

»Also Folgendes«, begann Heiner mit seiner hellen Stimme, die der Wind hin und wieder verwehte, sodass ich mich anstrengen musste, ihn zu verstehen. »Wir werden Bobbo noch ein bisschen behalten, weil ...«

»Aber warum denn?«, rief Scholle dazwischen. Er war im Gesicht mittlerweile genauso weiß wie seine Tennisklamotten.

»Das macht doch keinen Sinn«, sagte ich.

»Oh doch«, sagte Heiner in einem Tonfall zu mir, als wäre ich ein verständnisloses Kleinkind.

»Geld!«, sagte Heiner.

»Geld?«, echote ich. »Von uns? Du willst uns erpressen?«

Heiner lachte.

»Nein, er will Bobbos Mutter erpressen«, sagte Koko, die Heiners Plan sofort durchschaut hatte.

Ich lachte. »Das soll wohl ein Witz sein.«

»Mitnichten«, sagte Heiner. »Ihr könnt locker fünfzehntausend von der Alten verlangen.

»Du willst sie erpressen?«, rief Scholle.

Heiner sah ihn mitleidig an. »Du hast es erfasst, Dicker. Aber die Erpresser seid ihr. Ich bin eher so etwas wie der gute Onkel.«

Am liebsten wäre ich weggerannt und hätte mich zu Hause versteckt, aber aus dem Alter war ich wohl raus.

»Ihr könnt Bobbo auch zurückbringen, aber dann werde ich zu den Bullen gehen und ihnen meinen kleinen Film zeigen«, drohte Heiner uns.

»Das können wir nicht bringen«, sagte Scholle jetzt. »Das ist kriminell.«

»Wir sagen einfach, dass das ein Spiel war«, schlug Koko vor. »Die Aufnahmen beweisen überhaupt nichts. Wir haben uns einen Streich erlaubt mit Bobbo. Klar kriegen wir Ärger, aber Bobbo ist nichts passiert.«

Scholle nickte zustimmend, Betty hielt sich raus und ich schwieg, weil ich wusste, dass das mit Heiner nicht funktionieren würde.

Tomi rief an, wo wir blieben. Koko sagte, es sei etwas dazwischengekommen und er solle in ein paar Minuten wieder anrufen, ohne Bobbos Mutter etwas zu verraten.

»Also, Schweinchens, jetzt müsst ihr euch entscheiden.«

»Wir bringen Bobbo zurück«, sagte Koko mit fester Stimme und mir fiel ein Stein vom Herzen.

Betty lachte nervös. »Niemand bringt Bobbo irgendwohin. Ich gehe wegen euch Schissern nicht in den Knast, ich habe Bewährung, schon vergessen?«

Verdammt, das hatten wir gar nicht bedacht. Betty war wegen Ladendiebstahl und Körperverletzung vorbestraft. Wenn sie jetzt Ärger mit der Polizei bekam, müsste sie ein Jahr absitzen. Sie hatte schon einmal ein paar Wochenenden im Jugendgefängnis verbracht und sie würde alles tun, um das nicht noch einmal erleben zu müssen, hatte sie uns hinterher erzählt.

Scholle stand neben Betty, hob seinen Arm, um ihn beruhigend um ihre Schulter zu legen, im letzten Moment jedoch überlegte er es sich wohl anders, ruderte mit dem Arm hilflos in der Luft herum, als würde er Fliegen verjagen wollen und sagte stattdessen: »Mensch, Betty!«

»Oder wir sagen, dass es aus Versehen war«, schlug ich vor, was uns natürlich niemand abnehmen würde.

»Bobbos Mutter zeigt uns auf jeden Fall an, die hasst uns«, knurrte Betty. »Und das deinetwegen, Koko. Wenn du sie nicht so beschimpft hättest, dann wäre das alles gar nicht passiert.«

Heiner lachte hämisch. »Hat die gute alte Koko mal wieder einen ihrer großartigen Pläne gemacht, ja?«

Koko und Betty sahen sich böse an. Fast war es, als würden Funken zwischen ihnen fliegen.

»Das wär schon übel für Betty«, schlug Scholle sich jetzt auf Bettys Seite.

Heiner stand daneben und sah belustigt zu, wie meine Freunde sich fast an die Gurgeln gingen.

»Gut«, sagte Koko bestimmt. »Wir müssen an Betty denken. Das ist jetzt das Wichtigste. Wir bringen das hinter uns und dann vergessen wir das.«

Tomi rief erneut an und Koko sagte ihm, er solle sofort zurückkommen.

Ich sah zu Heiner, der mit verschränkten Armen dastand und uns amüsiert betrachtete. So als wäre er ein Insektenforscher und wir nur dumme Krabbeltiere.

»Seid ihr nicht ganz dicht?«, rief Tomi entrüstet, als wir ihm erzählt hatten, was passiert war. »Und wie viel Geld sollen wir denn überhaupt verlangen?«

»Fünfzehntausend«, sagte Heiner nur.

»Wo soll die denn so viel Kohle hernehmen, ihr Spinner?«, wollte Tomi wissen.

»Die hat genug Geld«, sagte Heiner. »Ihr Vater hat ein Autohaus drüben in D. Mit fünfzehntausend kommt die Alte noch günstig weg. Und bei der Summe holt sie garantiert nicht die Polizei.«

»Was springt für uns raus? «, fragte Betty.

Wir anderen sahen sie entgeistert an.

Heiner schmunzelte und wiegte den Kopf. »Zehn Prozent.«

»Fünfzig«, gab Betty zurück.

»Fünfzehn«, sagte Heiner.

»Zwanzig«, so Betty.

»Okay!« Heiner grinste. Die beiden gaben sich die Hand.

»Aber das müssen wir durch fünf teilen, das ist doch ungerecht«, sagte Scholle. Kaum hatte er seine Worte ausgesprochen, dämmerte ihm, was er da gesagt hatte, und sah erschrocken von einem zum anderen.

Heiner lachte, dann tippte er gegen einen imaginären Hut und sagte: »Ihr werdet euch schon einig. In einer Stunde bin ich wieder da, dann schreibt ihr den Brief.« Er hielt sein Handy hoch. »Und wenn ihr weich werden wollt, denkt dran, ich bin ruckzuck bei den Bullen.«

»Dieser Heiner hat echt 'ne *nice Personality*«, sagte Tomi, als Heiner außer Hörweite war.

»Wir machen das nicht«, sagte ich. »Wir dürfen das nicht machen. Das ist alles schon schlimm genug, aber wenn wir jetzt weitermachen, können wir nicht mehr zurück.«

Wir konnten doch keinen hilflosen Jungen entführen und seine Mutter um Geld erpressen. Wir waren ganz normale Kids, mit ganz normalen Leben. Wir konnten doch nicht einfach kriminell werden, nur weil uns jemand dazu aufforderte.

»Wir ziehen das durch«, sagte Koko. »Für Betty und auch für uns. Bobbos Mutter zahlt bestimmt schnell und dann ist die Geschichte vorbei. Und Bobbo wird keinen Schaden davon haben.«

»Ich weiß nicht«, gab Tomi zu bedenken. »Das ist 'ne echt schwere Tat. Was ist, wenn Betty einfach ihre Zeit absitzt.«

Betty fuhr herum. »Ich gehe wegen euch nicht in den Knast. Ihr hängt da genauso drin wie ich. Und ich bin dann die Einzige, die dafür bezahlt, ja?«

»Vielleicht geht Heiner ja gar nicht zur Polizei«, gab Scholle zu bedenken. »Vielleicht blufft er ja nur.«

Koko lachte auf. »Der geht auf jeden Fall zur Polizei. Der ist genau der Typ dafür. Der macht das einfach so, weil es ihm Spaß macht.«

Scholle schnaufte empört. Das überstieg seinen Horizont. Ich dagegen traute Heiner alles Mögliche zu.

»Sollen wir abstimmen, dann könnten wir …?«, schlug Tomi vor, doch Bettys und Kokos Blicke hielten ihn vom Weitersprechen ab.

»Wir ziehen das durch«, sagte Koko mit einer Stimme, die keine Widerrede zuließ. »Betty ist eine von uns. Wir lassen sie nicht im Stich.«

Wir anderen fügten uns. Koko hatte ja recht.

Ich hätte in dieser Situation gern was Kluges gesagt, das Steuer rumgerissen, aber mir fiel nichts ein.

Ich hatte plötzlich das starke Gefühl, als ob es mich aus der Mitte der Welt riss und ich sie von nun an vom Rand aus betrachten müsste. *It's getting faster, moving faster now, it's getting out of hand.* Ich hörte in meinem Kopf den Joy-Division-Song »*Disorder*«, die eisigen Gitarrenklänge, die sich in einem toten All bewegten, losgelöst von der bewohnten Erde. Den Bass, der wie Schlacke auf geschmolzenem Stahl trieb, dazu das Schlagzeug, das noch am menschlichsten klang, aber nur dazu diente, diesen kranken Irrsinn am Leben zu erhalten, weiterzutreiben und dann die Stimme von Ian Curtis: irgendwie abwesend, tot. Wie ein gefühlloser Virus. Schicht für Schicht baute es sich auf, schien nicht recht zusammenzupassen und ergab doch ein Ganzes. Ein bedrohliches Ganzes.

Kapitel 8

Wir hatten Bobbo wieder in den Schacht runtergebracht, ihm noch mehr Schokolade gekauft und jetzt war unser Geld alle.

»Er muss auch Vitamine bekommen«, sagte Scholle mit besorgtem Blick auf Bobbo, der mit schokoladeverschmiertem Mund dasaß, einen ganz zufriedenen Eindruck machte und mit dem Oberkörper leicht hin und her wippte. Wir stiegen nach oben und setzten uns ins Gras.

»Wo bleibt denn Heiner?«, fragte Tomi in die Runde.

»Ich will gar nicht wissen, was für unsauberen Geschäften der nachgeht«, antwortete Scholle.

Koko brütete dumpf vor sich hin. Jedes Mal, wenn einer von uns sie ansprach, grunzte sie nur etwas Unverständliches.

»Wie kommen wir aus der Nummer wieder raus?«, fragte Tomi, nervös auf und ab laufend.

»Du musst zurück zu Bobbos Mutter, bevor sie die Polizei ruft«, sagte Koko unvermittelt zu ihm.

Tomi blieb stehen. »Ich kann der Frau doch jetzt nicht unter die Augen treten.«

Koko sah Tomi durchdringend an. »Musst du aber. Wenn die zur Polizei geht, fliegt alles auf.«

»Warum gehst du nicht zu Bobbos Mutter?«, fragte Tomi laut. »Dein beschissener Heiner hat uns das doch eingebrockt.«

Koko sah ihn ein paar Sekunden lang still an, bevor sie sagte: »Er ist nicht mein beschissener Heiner.«

»Na ja, aber du kennst ihn am besten«, sagte Scholle.

»Und?«, fragte Koko und fixierte Scholle mit ihrem Blick. Sichtlich unwohl sagte er: »Ich meine ja nur. Vielleicht kannst du ihn überreden, uns in Ruhe zu lassen und die Sache mit Bobbo zu vergessen. Dann können wir Bobbo zurückbringen und niemand kriegt Ärger.«

»Tchokoladde!«, dröhnte Bobbos Stimme aus dem Schacht.

Wir alle zuckten zusammen. Eine Tafel hatte ich noch, von der ich jetzt eine Reihe abbrach und Bobbo runterbrachte. Er griff danach, ohne auf mich zu achten. Wer war ich für ihn?, fragte ich mich in diesem Moment. Nahm Bobbo mich überhaupt wahr? Wusste er, dass ich ihn entführt hatte, dass ich seine Mutter erpressen würde? Oder dachte er, ich wäre sein Freund, der ihn vor den Außerirdischen beschützte? Mann, fühlte ich mich schlecht.

Bobbo aß unbekümmert seine Schokolade und für einen winzigen Moment beneidete ich ihn. Alles, was außerhalb seiner Welt passierte, ging ihn nichts an, interessierte ihn nicht. Er hatte sich an die Situation angepasst und schien zufrieden zu sein.

Wieder oben bei den anderen hörte ich Koko gerade sagen: »Tomi, du musst zu ihr gehen und sie davon abhalten, die Polizei zu rufen. Du kannst das, mich hasst sie, und wer sonst«, sie sah in die Runde, »käme dafür infrage?«

Koko hatte recht. Betty war zu grimmig, Scholle zu ängstlich und ich? Na ja, ich war für diesen Job etwa so geeignet wie ein Huhn zum Eislaufen. Ich würde mich bestimmt verraten vor lauter Nervosität.

»Es kommt jetzt darauf an, dass jeder das macht, was er am besten kann«, sagte Scholle gewichtig.

Tomi sah ihn belustigt an. »Und was wäre das in deinem Fall, Schwarte? Rumstehen und große Reden halten? Du kannst doch sonst nichts.«

»Das war jetzt echt fies«, sagte Betty.

»Ach, bist du jetzt auf seiner Seite, ja? Da haben sich ja die Richtigen gefunden?«, ätzte Tomi.

Mir war auch schon aufgefallen, dass Betty sich in letzter Zeit eher mal auf Scholles Seite schlug, statt wie früher auf Tomis. Sonst hatten sie immer gemeinsam gegen Scholle gewitzelt.

»*Wir sind doch Freunde, wir sind eins, wir müssen zu-sammen-halt-en*«, rappte ich, worauf Tomi einfiel:

»*Du bist Unter-Null, anti-cool, kein Rapper, kein Style, eher un-geil. Deine Reime sind ein einziges Geschleime.*«

»*Hör auf, mich zu dissen, du Kissen!*«, gab ich zurück.

»Hört auf jetzt«, befahl Koko. Wir haben echt andere Probleme als euren dämlichen Schwanzvergleich.«

Tomi und ich sahen betreten zu Boden. Koko hatte ja recht, wir saßen in der Patsche und mussten zusehen, dass wir das Beste aus der Situation machten.

»Na, hat sich der Bibelkreis wieder versammelt?«, sagte Heiner plötzlich, den wir nicht hatten kommen sehen. Irgendwie kam er immer aus dem Nichts. Mir lief ein Schauer über den Rücken, sobald er in meiner Nähe war. Vorher war er nur eine eher gruselige Gestalt aus der Siedlung gewesen, jemand, um den man einen Bogen machen konnte, aber jetzt hatte uns dieser Typ in der Hand und spukte in unseren Leben herum. Meinen Freunden ging es nicht anders, das konnte ich sehen.

Heiner sah erwartungsvoll Koko an. »Nun wie steht's? Hast du deine Schweinchens eingeschworen?«

Koko nickte nur leicht, worauf Heiner lachte.

Sie wandte sich an Tomi: »Was ist jetzt? Gehst du zu ihr?«

Tomi nickte. »Aber was soll ich ihr denn erzählen?«

»Sag ihr, dass du Bobbo gesehen hast. Dass er wohl zur Eisdiele wollte. Du gehst da mit ihr hin, damit wir sichergehen, dass sie nicht die Polizei ruft und auch nicht nach Hause geht. Wenn wir den Brief bei ihr eingeworfen haben, rufen wir dich an.«

»Okay«, sagte Tomi nur und machte sich auf den Weg.

»Ganz die Profis«, meinte Heiner belustigt. »Ihr werdet noch richtige Schwerverbrecher.«

»Das ist nicht lustig«, gab Scholle beleidigt zurück.

Heiner wischte Scholles Einwand mit einer Handbewegung beiseite. »Wir haben jetzt Wichtigeres zu tun, Mimöschen. Wir müssen einen Brief schreiben.«

Widerwillig hockten wir uns hin. Heiner saß bereits im Schneidersitz da, Block auf den Knien, den Stift quer im Mund.

»Chon ma eing Erprechäbrif gechriebn, Chweiches?« Er nahm den Stift aus dem Mund und lachte dieses fiese Heiner-Lachen.

Gerade wollte ich antworten, da meldete sich Bobbo aus dem Schacht. »Bobbo pullern!«

Wir sahen uns an.

»Na dann mal los, Leute«, sagte Heiner, nachdem sich niemand bewegt hatte.

»Warum gehst du nicht?«, wollte Koko wissen.

Heiner lachte erneut. »Weil ich der Kopf dieses Unternehmens bin und ihr das ausführende Organ. Kapiert?«

»Wir können Bobbo nicht nach oben lassen, was ist, wenn ihn jemand sieht?

»Vielleicht einen Eimer?«, gab Scholle vorsichtig zu bedenken.

»Wie, einen Eimer?«, fragte ich fassungslos. »Du willst ihm einen Eimer da unten hinstellen?«

Scholle zuckte mit den Achseln.

»Such eine Konservendose oder so was«, sagte Heiner zu mir. »Und dann gehst du runter und gibst ihm das Ding.«

»Wieso ich?«, grummelte ich vor mich hin, zog dann aber schließlich los und stocherte mit einem Stock im hohen Gras herum.

Klonk! Klonk!, hörte ich nach kurzer Zeit und fischte eine verrostete Bohnendose aus einem Strauch. Unten bei Bobbo hielt ich ihm das Ding hin.

»Pullern«, sagte er wieder.

»Du musst hier reinmachen«, gab ich zurück. »Du kannst leider nicht nach oben. Die Außerirdischen suchen noch mit ihren Tentakelfingern nach dir.« Während ich das aussprach, durchflutete mich eine Riesenwelle Scham. Graues, stinkendes Wasser, das mich beschmutzte und das ich so schnell nicht würde abrubbeln können. Wie konnte ich diesen harmlosen, unschuldigen Jungen nur so behandeln? Vor Heiners Auftauchen war es irgendwie noch ein Spaß gewesen. Hatte ich mir jedenfalls eingeredet. Aber jetzt? Dieser Gedanke lähmte mich fast.

»Pullern«, riss Bobbo mich aus meinen Gedanken. Blöderweise konnte er zwar seine Hose allein aufmachen, aber es gelang ihm nicht, sein Ding aus der Unterhose zu befreien, das dort eingeklemmt war. Bobbo sah mich bittend an.

»Nee«, sagte ich laut. »Das mache ich nicht.«

Heiner und Koko steckten die Köpfe in den Schacht. Kurz

darauf auch Betty und Scholle. Bobbo hielt sich derweil die Hand vor den Schritt und stöhnte, wobei er auf und ab hüpfte.

»Los schnell«, rief Scholle besorgt. »Der macht sich gleich ein.«

Ich überwand meinen Ekel, stürzte zu Bobbo, kniete mich vor ihn hin und half ihm, seinen Schwanz aus der Hose zu fummeln. Und kaum hatte er ihn in der Dose, hörten wir es auch schon plätschern.

»Reife Leistung«, sagte Heiner und machte das Siegeszeichen. Ich kam mir irgendwie erniedrigt vor.

Ripwinkel hatte gemeint, dass die meisten Menschen sich nicht schämen würden, schmutzige Gedanken zu haben, aber wenn es darum ging, in der richtigen Welt etwas Schmutziges zu tun, das getan werden müsste, würden die meisten kneifen. Ich hatte das nie richtig verstanden. Jetzt schon.

»Nächstes Mal ist aber jemand anderes dran«, sagte ich, als ich wieder oben war. »Können wir uns darauf einigen, Tomi nichts davon zu erzählen?« Ich wusste, dass das für Tomi eine Steilvorlage für einen superdummen Spruch sein würde.

Koko sah mich ernst an und nickte, während Scholle und Betty nickten und zu Boden sahen. Das Ganze schien ihnen ebenso peinlich zu sein wie mir. Nur Heiner sah an mir vorbei, als würde ihn das alles nichts angehen.

In diesem Moment klingelte Kokos Telefon. Es war Tomi. Sie lauschte und sagte dann: »Du musst sie noch ein bisschen hinhalten. Eine Viertelstunde noch, okay?«

Ich hörte Tomis Stimme verzerrt und undeutlich, die sich beschwerte, bis Heiner Koko das Telefon aus der Hand nahm. »Hör zu, Hübscher, lass deinen Charme und deine Fantasie spielen. Du bist doch Rapper. Erzähl ihr was, lenk sie ab, denk dir was aus.« Er drückte Tomi abrupt weg und wandte sich uns zu. »Also los jetzt. Einer von euch schreibt diesen Brief. Koko, was ist mit dir?«

»Nein!«

»Nein?«, fragte Heiner zurück.

»Nein!«, sagte sie noch einmal.

»Was ist mir dir?«, fragte Heiner mich. »Du bist doch so ein Bücherwurm, habe ich gehört. Du schreibst bestimmt auch gern. Das ist deine Chance, deine erste Veröffentlichung.«

»Lass ihn in Ruhe«, zischte Koko. »Hast du als Kind eigentlich zu wenig Liebe gekriegt? Du musst hier keine Psychospielchen abziehen.«

Heiners Lächeln gefror.

»Warum schreibst du den Brief nicht selber?«, fragte Koko. »Weil du Schiss hast. Du kannst doch nur reden.«

»Ach, Koko«, sagte Heiner nur und hielt mir Block und Stift hin.

Gerade als ich danach greifen wollte, sagte Heiner: »Du schreibst den Brief, Dicker.«

»Was?«, kreischte Scholle mit hochrotem Kopf. »Wieso ich?«

»Weil du noch gar nichts getan hast, weil du so tust, als würde dich das alles nichts angehen.«

»Ich kann aber nicht«, sagte Scholle mit weinerlicher Stimme und schmerzverzerrtem Gesicht. »Ich habe mir beim Tennis die Hand geprellt.«

Heiner sah ihn für ein paar Sekunden wortlos an, bevor er schallend loslachte. »Du nimmst einfach die andere Hand. Das fällt dann auch weniger auf.«

»Du bist so ein Arsch, Heiner«, sagte Koko und drehte sich weg.

Scholle sah aus, als würde er jeden Moment losheulen, doch hockte er sich brav hin, den Block auf den Knien.

Plötzlich rief Betty: »Ich schreibe den Brief.«

Wir sahen sie verwundert an.

»Scholle ist doch verletzt und ich habe auch noch nichts getan, also kann ich auch den Brief schreiben.«

»Das nenne ich mal Einsatz«, sagte Heiner.

Betty schrieb:

WIR HABEN IREN SOON WEN SIE DIE POLIZEI
RUFEN SEEN SIE IHN NIE WIDER WIR WOLEN
FÜNFZENTAUSND EUROS WIR TUN IHM
NICHTS WEN SIE RUIG BLEIBN
WIR MELDEN UNS WIDER
UND KEINE POLIZEI!!!!!!

»Gut«, sagte Heiner anerkennend. »Sogar mit Rechtschreibfehlern.« Er wusste nicht, dass Betty Legasthenikerin war. »Aus dir wird mal was.« Er hielt Scholle den Brief hin. »Und jetzt, Dicker, kommt dein großer Auftritt. Du wirfst ihn bei der Mutter des Idioten in den Briefkasten.«

Scholle nahm den Brief mit den Fingerspitzen entgegen, als wäre er explosiv. Na ja, war er ja auch irgendwie. Das Ganze würde uns um die Ohren fliegen. Mit Garantie.

Als Scholle abgedampft war, sagte ich zu Heiner: »Wir müssen was zu essen besorgen für Bobbo. Vor allem Schokolade. Wir müssen was einkaufen.«

Er sah mich verständnislos an.

»Er kriegt bestimmt Hunger«, sagte ich, um an sein Mitgefühl zu appellieren. Als er nicht reagierte, fügte ich hinzu: »Sonst haut er uns noch ab.«

»Dann geh nach Hause und hol Geld.«

»Ich habe keins.«

»Hast du deinen Eltern noch nie was aus der Schublade geklaut?«

Nein, hatte ich nicht.

»Wir denken uns Sprüche aus für Kokos Vater«, sagte Betty. »Jeder Spruch einen Euro, wisst ihr noch?« Sie erzählte Heiner von der Idee, der zustimmend nickte.

»Nicht schlecht dein Alter«, sagte er anerkennend zu Koko. »Der macht wenigstens was. Nicht so wie die ganzen Loser hier, die nur darauf warten, dass Mutti ihnen den Rotz von der Nase wischt und sie an der Hand ins gelobte Land führt.« Er schnaubte verächtlich.

In diesem Moment klingelte Kokos Handy. Es war Scholle, der uns erzählen wollte, dass er den Brief eingeworfen hatte. Ich konnte sein aufgeregtes Stottern hören, obwohl ich mindestens zwei Meter von Koko entfernt stand.

Koko hatte gerade aufgelegt, als Tomi anrief. Seine aufgedrehte Stimme konnte ich ebenfalls hören. »Was ist jetzt?«, brüllte er. »Ich kann die nicht mehr hinhalten, die will zur Polizei.«

Koko sagte ihm, dass er sie unbedingt davon abhalten sollte, sich gleich wieder melden würde, und legte auf.

»Hoffentlich hat niemand Scholle gesehen«, sagte Betty. Selbst sie hatte so eine kreischige Spur in der Stimme, die ich überhaupt nicht von ihr kannte. Normalerweise sprach sie etwas tief und brummig.

Ich hielt lieber den Mund, sonst würde ich auch noch anfangen, hysterisch zu werden. Denn jetzt gab es kein Zurück mehr. Wir steckten in einem Orkan, den wir selbst entfacht hatten.

Nur Koko blieb cool.

»Merkst du was, Heiner?«, fragte sie.

Heiner sah sie finster an.

»Meine Freunde sind keine Profi-Entführer und sie sind auch keine Kriminellen, mit denen du so normalerweise abhängst. Was ist, wenn einer die Nerven verliert und seinen Eltern erzählt, was hier gerade passiert?«

Heiner sah sie mit offenem Mund an, dann drohte er Koko scherzhaft mit dem Finger und sagte grinsend: »Koko, Koko, du durchtriebenes Biest! Meinst du, ich merke nicht, was du hier abziehst?«

»Was denn?«, wollte sie wissen.

»Wir ziehen die Sache durch«, sagte Heiner, ohne auf Kokos Frage einzugehen. »Und wenn einer von deinen Schweinchens hier meint, er müsste den Sheriff spielen, dann mach ihm lieber die Konsequenzen klar.« Er zeigte mit dem ausgestreckten Zeigefinger auf Betty. »Wollt ihr eure Freundin ans Messer liefern? Ja, wollt ihr das? Was seid ihr bloß für Kumpels?«

Ich schluckte. Heiner hatte es tatsächlich geschafft, mir ein schlechtes Gewissen zu machen, dabei hatte ich nicht mal vorgehabt, meinen Eltern von der Geschichte zu erzählen. Na gut, dran gedacht hatte ich sehr wohl.

»Also«, sagte Heiner schließlich. »Dann sind wir uns wohl einig.« Er fummelte einen Zwanzigeuroschein aus seiner Hose, hielt ihn mir hin und sagte: »Kauf was zu essen und bring Schokolade mit.«

Ich griff nach dem Geld, doch Heiner hielt es fest und sah mir ins Gesicht. »Das krieg ich von euch wieder.«

Ich nickte, nahm es und machte mich auf den Weg. Unterwegs kam mir in den Sinn, einfach abzuhauen, mir mit Heiners Geld eine Fahrkarte zu kaufen, um wenigstens in die Nachbarstadt zu kommen. Na toll, dachte ich, und da bettelst du dann vor dem Bahnhof, oder wie?

Als ich mit den Einkäufen zurückkam, waren Tomi und Scholle auch wieder da.

Heiner lief auf und ab und fluchte vor sich hin.

»Was ist?«, raunte ich Tomi zu.

»Na ja, Scholle hat den Brief zwar eingeworfen, aber Bobbos Mutter hat ihn noch gar nicht gelesen. Die rennt doch durch die Siedlung und sucht ihren Sohn. Und jetzt will sie zur Polizei.«

»Hoffentlich hat sie die noch nicht angerufen«, sagte Scholle neben mir leise. »Heiner macht uns fertig.« Er hatte mehr Angst vor Heiner als vor einer Strafe. Aber auch wir anderen wollten Heiner nicht erleben, wenn er wütend auf uns wäre.

Heiner kaute auf seinem Fingerknöchel herum. »Scheiße verdammte«, sagte er.

»Na, ist dein Plan schon am Anfang gescheitert?«, fragte Koko. »Wo du doch als Superschurke in die Geschichte der Siedlung eingehen wolltest.«

Heiner warf Koko einen tödlichen Blick zu. »Wir rufen sie an«, verkündete er.

»Oh, wow«, sagte Koko. »Was für eine geniale Idee. Wieso

hast du das nicht gleich gemacht, anstatt diesen dämlichen Brief zu schreiben?«

»Koko, treib es nicht auf die Spitze«, sagte Heiner drohend.

»Warum gehst du nicht zurück in dein altes, muffiges Leben«, sagte Koko cool, »und legst ein paar Vierzehnjährige flach und erzählst ihnen den ganzen Weltschmerzscheiß und so was. Das kannst du doch am besten: Kinder beeindrucken.«

Heiner lächelte gequält und ich sah ihn zum ersten Mal verunsichert – als zeigte sich ein Riss in seiner Fassade, worunter ein anderer Heiner durchschimmerte.

»Und du? Du bist doch nicht besser als ich. Auch wenn du das denkst. Du kannst doch auch nur reden, Koko. Das ist alles. Dabei könntest du so viel mehr sein«, sagte er verächtlich. »Am Ende kriegst du das mit deiner Mutter nicht auf die Reihe.« Er sah sie an, wartete auf eine Reaktion, doch Koko sagte nur:

»Entschuldige, ich habe gerade nicht zugehört. Was hast du gesagt?« Sie versuchte, lässig zu bleiben, doch ich merkte, dass sie ziemlich aufgewühlt war.

Auch Heiner war es nicht entgangen. Grinsend sagte er: »Du bist dran schuld, dass sie nicht hier ist.«

Kokos Gesichtszüge fielen in sich zusammen, wurden weich und formlos. »Du Arschloch!«, sagte sie kraftlos. Sie war schwer angeschlagen.

»Ach, Koko, wir wissen doch beide, wie es war.«

»Du Dreckschwein!«, rief Koko mit erstickter Stimme und sah aus, als wenn sie sich jeden Moment auf Heiner stürzen würde.

»Lass Koko in Ruhe!«, brüllte ich Heiner an und ballte die Fäuste. Betty und Tomi bauten sich drohend neben mir auf. Wir waren eine Armee und würden diesen Drecksack einfach über den Haufen rennen.

Heiners Gesichtszüge vereisten, dann fing er sich wieder, lachte und sagte: »Bleibt ruhig, Meute. Ihr habt wohl vergessen, wer hier der Leitwolf ist.«

Er machte einen drohenden Schritt auf uns zu. »Noch mal so eine blöde Bemerkung von dir, Koko, und die Aufnahme wandert zu den Bullen. Und dann könnt ihr Betty im Knast besuchen. Und vielleicht kommt ihr anderen auch gleich noch ins Erziehungsheim, ihr Loser.« Er stampfte wütend weg, nicht ohne uns noch zuzurufen: »Ich geh pinkeln und ihr seht zu, dass ihr die Nummer von der Alten habt, wenn ich wiederkomme.«

Ich stellte mich neben Koko, um sie zu trösten, doch sie hatte sich schon wieder im Griff. Auch Tomi, Scholle und Betty scharrten sich um Koko.

»Was ist denn eigentlich mit deiner Mutter?«, fragte ich sie vorsichtig.

Sie machte ein paar Schritte von uns weg, wischte sich über die Augen und fragte: »Hat jemand die Nummer von Bobbos Mutter?«

Wir sahen uns an.

»Woher denn?«, entgegnete Tomi.

Koko lächelte. »Du hast doch die Nummer von allen Frauen hier in der Siedlung.«

»Nur von Bestimmten«, gab er lachend zurück.

»Vielleicht hat Bobbo die Nummer«, gab ich zu Bedenken.

Tomi schlug mir auf die Schulter. »Gar nicht so blöd, der Bücherwurm.«

Wir gingen rüber zum Schacht und sahen hinein. Bobbo beachtete uns nicht im Geringsten. Er aß wieder Schokolade und das beschäftigte ihn in diesem Moment viel mehr.

»Hallo, Bobbo«, sagte Scholle mit sanfter Stimme. »Weißt du eure Telefonnummer?«

Tomi lachte. »Du bist so sensibel, Wurstklotz.«

Scholle ging nicht darauf ein. »Wir wollen deine Mama anrufen«, sprach Scholle weiter. »Und ihr sagen, dass die Außerirdischen bald weg sind und du dann nach Hause kannst.«

Bei dem Wort »Außerirdische« hatte Bobbo kurz gestutzt, um dann eifrig weiterzuessen. Vielleicht bildete er sich in einem entfernten Winkel seines Gehirnes ein, dass Schokolade gegen Außerirdische helfen würde.

»Seine Tasche«, sagte Tomi. »Vielleicht steht die Nummer in seiner Schultasche.«

»Dann geh runter und sieh nach«, rief Heiner genervt. »Vielleicht ist seine Mutter schon am Telefon und ruft gerade die Bullen.«

Scholle stieg vorsichtig die Leiter runter, prüfte mit dem Fuß jede Sprosse, bevor er sich daraufstellte, als habe er Angst, sie könnte unter seinem Gewicht zusammenkrachen. Unten angekommen wollte er nach Bobbos Rucksack greifen, da sprang dieser auf, um die Tasche an sich zu reißen. Scholle machte vor Schreck einen Schritt, wobei er über die Leiter stolperte und krachend zu Boden ging. Bobbo stand da, den Rucksack an sich gepresst und starrte Scholle lauernd an. Der stieg rückwärts ein Stück die Leiter rauf und sah abwechselnd zu Bobbo runter und zu uns hoch.

»Na los, Scholle«, rief Tomi ihm zu.

»Du schaffst das«, ermunterte Betty ihn.

Aber Scholle schaffte es eben nicht. Er machte nicht mal Anstalten, Bobbo die Tasche wegzunehmen. Er war vollkommen überrumpelt.

»Was soll der Quatsch, Fettmännchen?«, sagte Heiner, der neben uns aufgetaucht war. »Was macht der da?«

Ich erzählte Heiner von der Tasche.

Scholle hing auf der Leiter wie hypnotisiert da. Er traute sich weder vor noch zurück.

»Los, einer geht runter und holt jetzt diese bescheuerte Tasche«, befahl Heiner. »Das kann doch nicht so schwer sein.«

Doch keiner von uns bewegte sich.

»So geistig Behinderte können ganz schöne Kräfte entwickeln«, sagte Tomi und sah besorgt in den Schacht.

In dem Moment schob sich Koko an uns vorbei, stieg die Leiter runter, hockte sich vor Bobbo hin und redete leise auf ihn ein. Er hörte mit offenem Mund zu und gab ihr schließlich den Rucksack, wobei er laut seufzte.

Darin fanden wir tatsächlich, in einem ledernen herzförmigen Anhänger, Bobbos Namen, Adresse sowie Festnetz- und Mobilnummer seiner Mutter. Doch jetzt tauchte das nächste Problem auf. Wer sollte sie anrufen?

»Betty hat den Brief geschrieben«, sagte Scholle vorsichtig. »Vielleicht sollte sie dann auch anrufen. Ist doch besser, wenn jeder seine feste Aufgabe hat.«

»Ach, und Betty ist die Sprecherin unserer kleinen kriminellen Gruppe, ja?«, fragte Tomi entgeistert.

»Ich kann das schon machen«, sagte Betty unsicher.

»Na siehst du«, sagte Scholle sichtlich erleichtert, dass dieser Kelch an ihm vorüberging.

Betty ließ sich Kokos Handy geben und tippte die Zahlen ein, die Tomi ihr vorgab. Heiner sah ihnen mit entsetztem Gesicht zu.

»Seid ihr bescheuert?«, fragte er und riss Betty das Handy aus der Hand, noch bevor sie auf »Verbinden« drücken konnte.

»Gott, seid ihr Lutscher«, rief Heiner. »Was glaubst du, was passiert, wenn die deine Nummer auf ihrem Display sieht?« Er schüttelte den Kopf. »Du musst die Nummer unterdrücken.«

Koko erklärte Betty, wie sie das machen sollte, dann rief Betty Bobbos Mutter an. Wir hörten es klingeln, schließlich eine atemlose Frauenstimme, die etwas sagte, doch Betty fiel ihr ins Wort. »Wir habbn Irren Son« sagte sie mit dämlich osteuropäischem Akzent.

Heiner zeigte mit dem Daumen nach oben.

»Wir woolen funfzentausend Euro. Nix Polizei. Wir meldn unz wiedda.« Sie klang wie ein Roboter, der kurz vorm Durchglühen seiner Schaltkreise war. Das würde Bobbos Mutter uns doch nie abkaufen.

»Gut gemacht«, sagte Heiner, der auf einem kleinen Hügel stand und wie ein Feldherr auf uns herabsah. »Und in Zukunft rufen wir die Alte nur noch vom Münzfernsprecher an. Ein, zwei Anrufe, dann haben wir das Geld. Und dann haue ich hier ab.« Er sah in die Runde. »So und jetzt mal was anderes: Wer schläft als Erster hier?«

Wir schwiegen erschrocken. Daran hatten wir überhaupt nicht gedacht, aber wir konnten Bobbo ja nachts schlecht allein lassen. Und mit nach Hause nehmen, konnten wir ihn auch nicht.

»Das dachte ich mir schon«, sagte Heiner und verzerrte den

Mund zu einem künstlichen Grinsen, sodass wir seine schlechten Zähne in voller Pracht bewundern konnten. »Und deshalb werdet ihr in der ersten Nacht alle hier schlafen.«

Wir sahen uns an.

»Na was denn?«, fragte Heiner. »Hey, nicht so zaghaft, Meute. Ihr müsst das als Abenteuer sehen. So was wird euch in eurem langweiligen Erwachsenenleben nicht mehr passieren. Das Leben, das auf euch wartet, ist nur das Wartezimmer zum Tod. Ihr müsst das Chaos in euch fühlen, nur dann könnt ihr einen tanzenden Stern gebären.«

Ein plötzlicher kräftiger Windstoß pustete seinen Seitenscheitel aus der Stirn und brachte ihn leicht ins Wanken. Heiner zeigte uns ein trockenes, irgendwie verwelkt aussehendes Grinsen, das mit Sicherheit zu Staub zerfiel, wenn man es in die Hände bekommen würde.

Kapitel 9

Unseren Eltern hatten wir weisgemacht, dass wir bei Koko schliefen, und ihrem Vater hatten wir erzählt, dass wir am Bahndamm übernachten wollten, natürlich ohne ihm die wahren Hintergründe zu verraten.

Das mit dem Am-Bahndamm-Schlafen hatten wir bereits hin und wieder getan, und immer hatte Kokos Vater uns dabei gedeckt. Meine Eltern hätten das nie erlaubt. Sie hassten jede Art von Camping – ganz im Gegensatz zu Kokos Vater, der im Sommer manchmal tagelange Wanderungen durch den Wald machte und in einer Hängematte schlief.

Wir hatten uns Schlafsäcke und Isomatten mitgebracht und bauten uns auf dem Boden des Schachtes ein Lager. »Matratzengruft«, hatte Heiner nur gesagt, während er uns zusah. Er würde natürlich nicht dort schlafen, hatte er zuvor verkündet. Das war mir auch lieber, den anderen auch, hatte ich den Eindruck.

Koko hatte ein paar Campinglampen mitgebracht, die ein weiches Licht ausstrahlten. Scholle hatte einen Eimer aus der Schlachterei seines Vaters besorgt, der als Bobbos Toilette dienen sollte.

Als wir uns eingerichtet hatten, Bobbo schlief bereits, hielt Heiner einen durchsichtigen Beutel hoch, in dem etwas Grün-Pflanzliches durchschimmerte. Gras! Ich hatte es zwar noch nie geraucht, aber in der Siedlung war Gras keine Seltenheit. Betty war die Einzige, die leuchtende Augen bekam beim Anblick des Beutels. Sie hatte bereits Erfahrung damit gemacht. Ich war mir sicher, dass Tomi und Scholle noch nie so etwas geraucht hatten, bei Koko hätte ich meine Hand nicht dafür ins Feuer gehalten.

»Als Belohnung«, verkündete Heiner. »Habe ich vorhin extra für euch besorgt, Meute. Ein Joint verbindet. Das ist wie bei den Indianern, so eine Art Friedenspfeife.«

Koko lachte sarkastisch, doch Heiner ging nicht darauf ein.

»Außerdem schlaft ihr dann besser«, fuhr er fort, »und schaltet euer bürgerliches Gewissen aus.«

Er drehte eine fette Tüte, zündete sie an, nahm einen tiefen Zug und reichte sie dann an Koko weiter. Sie machte zwei schnelle oberflächliche Züge und gab Tomi den Joint. Der machte es Koko nach.

Als er ihn Betty weiterreichen wollte, sagte Heiner: »Stopp mal. Das ist doch hier kein Kindergeburtstag. Ihr müsst einen tiefen Zug machen und den Rauch ein bisschen in der Lunge behalten. Gib mal her.« Er nahm Tomi die Tüte ab und machte es uns vor, bevor er sie an Tomi zurückgab. Der nahm einen tiefen Zug, hielt die Luft an und reichte den Joint an Betty weiter, die gierig daran sog. Dann war Scholle dran.

»Nur zu, Dickerchen«, forderte Heiner ihn auf. »Keine Angst, ist nicht vegan«, fügte er hinzu, als Scholle zögerte. »In dem Gummi vom Blättchen ist Gelatine. Vom Schwein.«

Tomi lachte.

Scholle nahm zwei tiefe Züge, hustete und gab den Joint an mich weiter. Da mich keiner beachtete – außer Koko – zog ich schnell zweimal, wobei ich den Rauch nicht inhalierte. Ich hatte keine Lust auf diesen Mist.

»Ich merkel gar nichts«, sagte Tomi, nachdem die Tüte alle war und wir eine Weile schweigend dagesessen hatten.

»Was?«, fragte Scholle. »Was hast du gesagt?«

»Ich merger gar nichts«, sagte Tomi.

Betty brach in schallendes Lachen aus, Heiner grinste und Koko betrachtete interessiert die Decke, wobei sie den Kopf schief hielt, als würde dort etwas geschrieben stehen. Ich folgte ihrem Blick, konnte aber nichts entdecken. Da war nur eine glatte graue Fläche.

»Was redest du für einen Quatsch?«, hörte ich Scholle Tomi fragen und drehte den Kopf in seine Richtung, was ewig dauerte. Kam mir jedenfalls so vor. Ich merkte übrigens auch nichts.

Plötzlich fing Tomi an zu rappen: *»Ich bin so mellow – fühl mich so yellow – alles so schön bunt hier im Ghetto – und dazu mein Bro Fatto«*, er zeigte auf Scholle, der auch sofort loslegte.

»Ich bin der Scholle und ich hab 'ne Olle – die isst kein Tier – Hilfe, sie is 'n Vegetarier.«

»Don't touch my hair, because it's made of air«, rappte jetzt Heiner plötzlich los, woraufhin Betty einen Lachkrampf bekam, nach hinten auf die Matratze kippte und mit den Beinen strampelte.

»Alter!«, sagte Tomi und fing ebenfalls hysterisch zu lachen an.

Koko murmelte vor sich hin, bevor ihr Kopf nach vorn kippte. Für einen Moment hatte ich Angst, Kokos Kopf könnte abfallen. Das war gruselig. So eine leichte Zerrung der Realität zeigte mir an, dass das Gras doch etwas wirkte. Ein ganz klein wenig zumindest.

»Das gefällt euch Schweinchens, was?«, sagte Heiner mit seinem üblichen arroganten Grinsen.

Mir schien es, als würde das Grinsen über seinen Mund hinausgehen, sich ausdehnen, und für einen Moment befürchtete ich, es würde ein Eigenleben entwickeln, den ganzen Schacht ausfüllen und uns verschlingen. Dann war der Moment auch schon vorbei.

»Leute«, sagte Tomi. »Ich hab das Gefühl, meine Seele wäre mit Pflastern an mein Rückenmark geklebt.«

Koko kicherte.

»Yeah, wir sind voll *in touch*«, sagte Tomi begeistert und klatschte in die Hände, worauf er selbst in Gelächter ausbrach, in das Scholle und Betty einfielen.

Ich wollte auch etwas sagen, aber fand die Worte nicht. Sie waren wie Fische, glitschten einfach weg und so hielt ich lieber den Mund. Auch Heiner schwieg, doch er sah uns aufmerksam an, bis er plötzlich sagte: »Nutzt den Zustand, um in euch zu gehen. Stellt euch vor, ihr seid Bergleute und steigt jetzt in den Schacht eurer ureigensten Ängste und Wünsche hinab. Und da fördert ihr Schätze nach oben, die direkt aus eurem Inneren kommen.«

Ich verstand kein Wort.

»Seid ehrlich zueinander. Jeder erzählt jetzt mal, was ihm auf der Seele brennt«, befahl Heiner worauf ein peinliches Schweigen einsetzte.

»Ich fühle mich wie ein Gummibärchen«, sagte Scholle in die Stille und wir mussten alle lachen. »So weich und glibberig.«

Plötzlich hörte Betty auf zu lachen und sagte ernst: »Ja, du bist voll süß, Scholle. Ich liebe dich.«

Tomi, der gerade etwas sagen wollte, klappte den Mund zu.

Scholle sah sie mit weit aufgerissenen Augen an.

»Ich habe dich schon immer geliebt«, fuhr Betty fort. »Schon als wir noch klein waren, ich will …«

»… Ferkel mit dir machen«, schrie Scholle mit sich überschlagender Stimme.

Jetzt prusteten wir alle los, Scholle am lautesten. Außer Betty, die schlagartig tiefrot im Gesicht geworden war, aufsprang und rief: »Ihr, ihr … blöden …« Mehr brachte sie nicht heraus. Sie stand mit geballten Fäusten da, dicke Tränen liefen ihr über die Wangen und versickerten im Kragen ihres Hemdes. Ich hätte sie am liebsten in den Arm genommen, aber ich konnte mich nicht bewegen, geschweige denn etwas sagen.

Betty stürmte die Leiter hoch und verschwand in der Nacht, wobei die Sterne ihren Abgang wie Bühnenscheinwerfer beleuchteten. Kam mir jedenfalls so vor.

»Was war das denn?«, fragte Tomi. Ihm war das Lachen vergangen.

»War das echt?«, fragte Scholle unsicher.

»Geh ihr hinterher!«, sagte Koko bestimmt.

»Was soll ich ihr denn sagen?«

»Na, dass du sie auch liebst«, kicherte Tomi.

»Tue ich aber nicht«, sagte Scholle wie ein trotziges Kind.

»Dann entschuldige dich wenigstens bei ihr.« Das war Heiner.

»Ich hab doch nichts gemacht«, rief Scholle entrüstet. »Wenn die auf so blöde Ideen kommt.«

»Du hast ihr eben Hoffnung gemacht«, sagte Tomi.

»Habe ich gar nicht. Ich steh überhaupt nicht auf Betty. Ich meine, guck sie dir doch an.«

»Ihr seid solche Idioten«, sagte Koko. »Das war doch offensichtlich, dass Betty in dich verliebt ist. Schon seit Langem.«

»Betty in Scholle!«, sagte Tomi fassungslos. »Ich dachte, die steht auf Mädchen.«

»Ich habe nichts davon gemerkt«, verteidigte sich Scholle.

»Kein Wunder bei der Fettschicht«, rief Tomi, worauf er einen vernichtenden Blick von Koko erntete und er die Klappe hielt.

»Ihr seid solche Kinder«, sagte Heiner plötzlich, der bislang dazu geschwiegen hatte. Er kam ächzend auf die Beine, kletterte die Leiter hoch und spähte aus der Luke. »Wo ist sie hin?« Er drehte sich wie ein Periskop in alle Richtungen und kletterte schließlich ganz rauf.

Wir anderen sahen uns verlegen an, unser Bekifftsein war mit Bettys Ausbruch schlagartig verschwunden.

»Lasst uns nachsehen«, meinte Koko und stand auf.

Wir taten es ihr nach. Oben angekommen konnten wir sie in der Finsternis erst nicht entdecken, bis Tomi rief: »Da!«

Wir folgten mit unseren Augen seinem ausgestreckten Arm. Betty saß nah bei den Gleisen.

»Hoffentlich tut sie sich nichts an«, gab Koko zu bedenken.

»Ach, hier fahren doch nachts gar keine Züge«, sagte Tomi, »und wenn, dann ist Scholle schuld.«

»Ich habe nichts damit zu tun«, wiederholte Scholle empört.

Wir beobachteten Heiner, das Mondlicht schien einen hellen Teppich unter seine Füßen zu weben, während er auf Betty zuging. Ich war wohl doch noch etwas high.

Heiner ließ sich neben Betty nieder, legte einen Arm um ihre Schulter und flüsterte ihr ins Ohr. Auch Koko steuerte jetzt auf die beiden zu. Ich wäre gern mitgegangen, aber etwas hielt mich zurück. Mir war, als hätte Betty eine unsichtbare Grenze übertreten, für die ich noch nicht reif war. Auch Scholle und Tomi nicht. Jedenfalls blieben wir drei in sicherer Entfernung zurück.

Koko setzte sich auf Bettys andere Seite und legte ihren Arm um sie. Zu dritt saßen sie dort, eng umschlungen, und ich fühlte mich ausgeschlossen. Dabei wäre es so leicht gewesen, zu ihnen zu gehen. Aber da war ein Riss in der Welt, der mich von den anderen trennte. Das war mir auf einmal klar geworden. Vielleicht bildete ich mir das alles nur ein und es lag am Gras, aber das glaubte ich nicht.

Ich sah es eher deutlich und greifbar vor mir: Je älter wir wurden, desto weiter entfernten wir uns vom anderen und desto unbekannter wurden wir einander. Auf einmal gab es Geheimnisse, die man nicht mehr miteinander teilte. Aus Angst, dass die anderen lachten oder es nicht verstanden, oder was auch immer der Grund sein mochte. War das so, wenn man erwachsen wurde? Dann wollte ich nie erwachsen werden. Plötzlich tauchten Probleme auf, für die ich bislang nicht einmal einen Namen gehabt hatte.

Dann hörten wir Betty lachen. Sie lachte ihr tiefes, röhrendes Lachen. Mir fiel ein Stein vom Herzen. Heiner und Koko waren aufgestanden und zogen sie auf die Beine. Die drei umarmten sich abwechselnd, dann gingen Heiner und Betty Richtung Siedlung, während Koko wieder zurückkam.

»Und wie geht es ihr?«, fragte Scholle.

Koko lächelte. »Was glaubst du denn?«

»Wo gehen die beiden denn jetzt hin?«, wollte ich wissen.

»Heiner bringt Betty nach Hause und geht dann zu sich. Sie kommen morgen um neun mit Frühstück zurück.«

Ohne ein weiteres Wort zu verlieren, kletterte Koko in den Schacht. Tomi, Scholle und ich sahen uns an, dann kletterten wir hinterher und verzogen uns in unsere Schlafsäcke.

Glücklicherweise hatte Bobbo von all dem nichts mitbekommen, er schlief wie ein Stein.

In dieser Nacht träumte ich davon, dass mich irgendein großes, schreckliches Vieh verschlucken würde.

Kapitel 10

Als ich am nächsten Morgen als Erster aus dem Schacht krabbelte, war das Licht flaschengrün und irgendwie verschwommen, geradezu gespenstisch, als würde man durch ein Aquarium nach draußen schauen.

Es war kurz vor neun, Betty und Heiner müssten jeden Moment auftauchen und gerade, als ich darüber nachdachte, wie ich Betty begegnen sollte, stand Koko neben mir.

»Was machen wir denn jetzt mit Betty?«, fragte ich sie.

Koko antwortete eine Weile nicht, bis sie sagte: »Nichts. Wieso?«

»Äh, ich meine«, druckste ich rum, »sie kann doch nicht einfach so zurückkommen, oder?«

»Doch«, erwiderte Koko spöttisch. »Sie ist ja nicht krank.«

Damit ließ sie mich stehen und ging Betty und Heiner entgegen, die gerade hinter einem Hügel auftauchten. Am liebsten wäre ich im Boden versunken, denn wie man sich in so einer Situation verhalten sollte, hatte Ripwinkel leider nicht geschrieben. Außerdem war es mir auch unangenehm vor Heiner, der diese Szene miterlebt und sie durch seine Anwesenheit irgendwie beschmutzt hatte.

Betty trug eine kleine Reisetasche über der Schulter und unterhielt sich angeregt mit Heiner, als wären sie die besten Freunde.

»Frühstück!«, rief Betty schon von Weitem betont fröhlich.

Ich wollte ihr gerade etwas zurufen, als wir aus dem Schacht ein Scheppern hörten, dann ein paar Flüche und schließlich schossen Scholle und Tomi wie ein Korken aus der Flasche aus dem Schacht heraus.

»Bobbo macht sein Morgengeschäft«, sagte Tomi angewidert.

»Jemand muss anschließend den Eimer ausleeren«, sagte Heiner. »Am besten vor dem Frühstück.«

»Dafür bist du am besten geeignet«, sagte Koko zu ihm. »Scheiße ist doch dein Geschäft, darin müsstest du geübt sein.«

»Wie witzig unsere Koko schon am frühen Morgen ist«, gab er gelangweilt zurück.

Scholle hatte während dieses Schlagabtauschs heimlich Betty angesehen, jetzt öffnete er den Mund, als wollte er etwas zu ihr sagen, da kam sie ihm zuvor.

»Ich mache das schon mit dem Eimer.« Und noch ehe jemand von uns etwas dazu sagen konnte, war sie entschlossen zum Schacht gestapft.

»Fertig, Bobbo?«, rief sie hinunter, worauf dieser grunzte, was Betty als Zustimmung wertete. Sie kletterte einhändig die Leiter hinunter, während sie in der anderen Hand eine Toilettenpapierrolle hielt, die wie eine Fahne im Wind hinter ihr herflatterte.

Nachdem Betty wieder oben war und den Eimer ausgeleert hatte, sagte Scholle leise zu ihr: »Geht's wieder?«

Betty sah ihn nicht an. Sie nickte nur, machte ein missmutiges Gesicht, zwang sich dann aber zu einem Lächeln und sagte: »Alles klar. Mir geht es gut.«

»Ich habe das nicht …«, begann Scholle, doch Betty fiel ihm ins Wort.

»Ich mache Bobbo ein Brötchen«, sagte sie, kramte geschäftig in der Tasche rum, förderte Brötchen, Marmelade und ein Messer zutage und fing an, zu schmieren. Wortlos brachte sie Bobbo das Brötchen nach unten und blieb gleich bei ihm, um mit ihm zu frühstücken.

Während all unserer Aktivitäten, stand Heiner nur unbeteiligt da, grinste überheblich und kam mir vor wie ein Raubvogel, der darauf wartete, reiche Beute zu machen.

»Okay«, sagte Koko. »Lasst uns mal überlegen, wie wir die Sache so schnell wie möglich zu Ende bringen.«

Wir setzten uns neben dem Schacht in einen Kreis, aßen und beratschlagten.

»Betty wird gleich nach dem Frühstück Bobbos Mutter anrufen«, sagte Heiner generalstabsmäßig. Anscheinend war sie jetzt seine rechte Hand. »Von der Telefonzelle unten an der alten Post. Die anderen bleiben bei Bobbo.«

»Und was machst du?«, wollte Koko wissen.

Heiner lächelte geheimnisvoll. »Ich? Ich hab noch ein anderes Leben«, sagte er kurz. »Im Gegensatz zu euch.«

»Haha«, machte Koko nur.

»Wir könnten uns nachher noch ein paar Sprüche für deinen Vater ausdenken, Koko. Dann haben wir gleich ein bisschen Geld«, schlug ich vor.

»Dann könnt ihr eure Schulden bei mir bezahlen«, warf Heiner ein. »Die zwanzig Euro.«

»Wie könnten wir das jemals vergessen?«, sagte Koko gehässig. »Zwanzig Euro!«

»Du weißt den Wert von Geld überhaupt nicht zu schätzen, Koko«, sagte Heiner lässig. »Kein Wunder bei deinem Kindskopf von Vater.«

»Lass meinen Vater aus dem Spiel«, entgegnete Koko wütend. »Der geht dich überhaupt nichts an.«

Heiner lächelte in sich hinein. »Wie du meinst, Koko. Aber wenn dir Geld schon scheißegal ist, dann sieh wenigstens zu, dass du eine Haltung zum Leben entwickelst und nicht zum Fußabtreter für die anderen wirst. *Ich liebe den, der freien Geistes und freien Herzens ist.*« Das Letzte klang wie ein Zitat.

»Du liebst doch nur dich selbst«, gab Koko zurück.

Da war wieder dieser merkwürdig vertraute Ton zwischen den beiden, der mich stutzig machte. Dabei waren sie doch Licht und Schatten, Feuer und Wasser, Erde und Luft. Absolute Gegensätze.

Ach, verdammt, dachte ich. Wir hatten echt andere Probleme. Lange konnten wir Bobbo nicht mehr ruhig halten, wir mussten die Sache so schnell wie möglich zu Ende bringen. Als ob er mich gehört hatte, meldete er sich von unten.

»Bobbo raus, Bobbo Mama«, rief er.

Betty redete auf ihn ein, erst in normaler Lautstärke, dann immer lauter werdend. »Du bleibst, wo du bist«, rief sie am Ende scharf, fast verzweifelt, da Bobbo sich überhaupt nicht von ihr beeindrucken ließ.

Bobbo jaulte und mir zerriss es das Herz.

»Lass ihn gehen«, rief ich Heiner zu. »Wir vergessen das Ganze.«

»Ja, wär ich auch dafür«, rief Tomi und Scholle fiel ein: »Es ist schon genug Mist passiert. Der arme Junge.«

»Haltet die Klappe, Meute!«, rief Heiner bestimmt. »Los, Koko, geh runter und beruhig den Spasti. Du kannst doch so gut mit ihm.«

»Nenn ihn nicht Spasti«, rief ich.

Heiner sah mich belustigt an. »Nein, wie soll ich ihn denn dann nennen?«

»Er heißt Bobbo«, sagte ich.

»Meinetwegen. Na los, Koko, dann geh runter zu Bobbo.« Den Namen betonte er besonders. »Euer dämliches Mitleid könnt ihr euch sparen«, knurrte Heiner, als Koko im Schacht verschwunden war. »Nur weil man die Dinge nicht beim Namen nennt, heißt das nicht, dass sie nicht existieren. Das ist das Dilemma der meisten Menschen, sie machen sich selber klein und verniedlichen alles. Ihr«, er sah von einem zum anderen, »müsst lernen, größer zu denken.«

Wir nickten ergeben.

Im Schacht war mittlerweile Ruhe eingekehrt.

Betty erschien wieder oben, setzte sich jedoch nicht zu uns, sondern blieb stehen und sah rüber auf die andere Seite, wo ein fetter Rauchpilz über den Kleingärten hing wie eine bedrohliche Wolke. Sie verbrannten dort wieder einmal ihre Abfälle.

Heiner kletterte nun ebenfalls zu Bobbo und Koko in den Schacht.

»Scheiße, was, Betty?«, sagte Tomi.

Sie sah ihn nicht an.

»Ich meine, das mit Bobbo. Ich wünschte, die Geschichte wäre hier zu Ende.«

»Ich auch«, sagte Scholle seufzend.

Betty drehte sich zu uns um. »Warum denn? Macht doch Spaß und wir kriegen Geld.«

Die beiden verstummten und vermieden es, Betty anzusehen. Auch ich traute mich nicht. Ich glaube, wir alle drei hatten das

Gefühl, dass wir Betty nicht widersprechen sollten, sie wie eine Schwerkranke behandeln müssten. Jedenfalls für eine Weile.

»Komm, Betty, wir brechen auf«, sagte Heiner, der wieder aufgetaucht war. »Will jemand mitkommen?«

Scholle und Tomi wollten nicht, ich eigentlich auch nicht, aber Heiner sah mich so durchdringend an, dass ich schließlich mitging. Zu dritt marschierten wir runter zur Post, wobei Heiner mit dem Kleingeld in seiner Tasche klimperte.

»Ein, zwei Anrufe, dann haben wir die Alte so weit. Dann könnt ihr alle wieder unter Mamas Rockzipfel. Stimmt's, Betty?«

Sie lächelte.

Ich wartete mit Heiner vor der Zelle. Gedämpft durch die Scheiben hörten wir Betty sagen: »Heute abbend wooln wirr das Gelt. Ich mälde mich um funfzzen Urr widder.«

Heiner lächelte zufrieden. »Betty ist tough. Die weiß, wie man überlebt.«

Mein Gesichtsausdruck schien Heiner nicht zu gefallen. »Ach komm, ist doch ein Abenteuer. Da stehen wir alle drauf. Außer den kleinen Schweinchens, die verstecken sich lieber im Haus.«

Kapitel 11

Bis fünfzehn Uhr hatten wir nichts zu tun und so vertrieben wir uns die Zeit damit, uns Sprüche für Kokos Vater auszudenken.

»Wie wäre es damit: ›Willst du einen Baum verstecken, tust du das am besten im Wald.‹«, schlug Koko vor.

Der war gut, fand ich, doch Scholle verschluckte sich fast vor Empörung. »Was ist das denn für ein Schwachsinn? Warum sollte denn jemand einen Baum verstecken wollen? Und wieso im Wald? Was soll das denn bedeuten?«

»Das ist doch nur ein Bild«, verteidigte ich Kokos Spruch. »Es bedeutet, dass man clever sein soll.«

Scholle verdrehte die Augen. Er hatte einfach keine Fantasie.

Betty eigentlich auch nicht, aber sie versuchte es wenigstens. »Wenn du in einen Scheißhaufen trittst, mach eine Blume dran.«

Ich sah zu Scholle und rechnete damit, dass er einen Spruch machte, aber er und Betty waren dazu übergegangen, sich mehr oder weniger zu ignorieren.

Zwischendurch sahen wir nach Bobbo, der im Schacht stand und mit zwischen den Zähnen geklemmter Zunge Striche an die Wände malte. Betty hatte ihm einen Tuschekasten mitgebracht und er hatte begeistert losgelegt. Das durfte er zu Hause garantiert nicht, und so wirkte er, als habe er seit Langem auf diese Gelegenheit gewartet.

»Ich hab auch noch einen«, sagte ich zu den anderen. »›Willst du die Wüste begrünen, lehre die Menschen das Weinen.‹« Ich lehnte mich zurück und tat so, als wäre mir der Spruch gerade eben erst eingefallen, dabei hatte ich schon intensiv darüber nachgedacht und an ihm rumgefeilt.

»Versteh ich nicht«, sagte Scholle.

»Boah, der ist gut«, sagte Betty und klopfte mir auf den Oberschenkel.

Ich versuchte mir meinen Stolz nicht anmerken zu lassen.

»Streber«, sagte Koko lachend.

»Was ist mit dir, Tomi? Du hast doch bestimmt eine Idee?«, wollte Betty von ihm wissen, doch er verzog nur den Mund und sah sie nicht an.

»Was ist denn los, Sunny?«, fragte Koko.

Tomi grunzte.

»Wahrscheinlich fällt ihm nichts ein«, unkte Scholle.

»Ihr spinnt doch«, sagte Tomi lauter werdend. »Wir haben da im Schacht einen behinderten Jungen versteckt und ihr denkt euch blöde Sprüche aus.« Er schüttelte den Kopf.

Niemand von uns hatte damit gerechnet, dass Tomi hier jetzt einen Moralischen kriegte. Aber er hatte ja recht. Wir verdrängten Bobbos Entführung. Wir wollten es uns nicht eingestehen.

Ich hatte mir eingeredet, dass Heiner schuld wäre, dass er uns erpressen würde. Aber das stimmte nur zu einem kleinen Teil. Ich war schließlich hier und machte mit. Aber das war kein Klingelstreich oder so etwas. Ich hätte an dieser Stelle aussteigen, die Polizei holen sollen oder wenigstens Kokos Vater. Stattdessen saß ich hier und war stolz auf meine Sprüche. Dabei hatte ich die Hosen voll.

»Ach komm, Tomi, spätestens heute Abend ist der Spuk vorbei«, unterbrach Betty meine Gedanken. »Denk dir lieber auch mal einen Spruch aus.«

»Leckt mich am Arsch!«

»Na ja, der ist ja so mittel«, sagte Koko. »Da fehlt die positive Message.«

Tomi zeigte ihr den Mittelfinger.

»Ich muss nach Hause«, verkündete Scholle plötzlich.

Wir sahen ihn verwundert an.

»Meine Mutter will, dass ich ihr beim Einkaufen helfe. Die schweren Sachen und so.« Er blickte uns nicht in die Augen. Das war so offensichtlich eine Lüge, aber es machte uns nichts aus. Irgendwie schien es, als würden wir nichts Gutes mehr voneinander erwarten.

»Aber sei rechtzeitig hier«, rief Koko dem davonstampfenden Scholle hinterher.

Per Schnick, Schnack, Schnuck losten wir aus, wer Bobbos Kloeimer als Nächster ausleeren sollte. Tomi verlor, was ihn ziemlich wurmte.

»Kommt mal her«, rief er aus dem Schacht, nachdem er runtergeklettert war. »Das müsst ihr euch ansehen.«

Wir stürzten hinüber, besorgt, dass etwas mit Bobbo sein könnte, doch die beiden standen nur da und sahen die Wand an, die Bobbo bemalt hatte. Wir trauten unseren Augen nicht. Was anfangs nur aus wirren Strichen zu bestehen schien, hatte jetzt Formen angenommen. Große schwarze Zylinder, in denen Augen wucherten. Die Köpfe der Wesen waren seesternartig und besaßen große Mäuler. Sie hatten dünne Strichärmchen und schienen sich auf Walzen oder so etwas fortzubewegen. Mindestens drei davon prangten an der Wand und wirkten so beiläufig hingemalt, als hätte Bobbo nur das wiedergegeben, was er wirklich sah, und das machte die Figuren so unheimlich. Er stand da mit dem tropfenden Pinsel in seiner Hand. Sichtlich stolz.

»Allins«, sagte er.

»Ja, das sieht man«, meinte ich.

»Die sind echt gut«, sagte Koko.

»Also ich kann nichts erkennen«, verkündete Betty.

Bevor Bobbo weitermalte, fotografierten wir das Bild mit unseren Handys. Wir waren froh, dass er etwas gefunden hatte, das ihn beschäftigte, und außerdem waren ja noch drei Wände und die Decke anzumalen.

»Das scheint ihn glücklich zu machen, er hat nicht mal nach Schokolade gefragt«, sagte Tomi.

Wir überlegten uns noch ein paar Sprüche. Nachdem wir etwa zehn zusammenhatten, von denen wir noch drei rausschmissen, machte ich mich mit Koko auf zu ihrem Vater, den wir in seiner Werkstatt fanden.

»Ja, die sind gut«, sagte er begeistert, wobei er nur mit halbem Ohr hingehört hatte. Das Ding, an dem er gerade herumschraubte und das die Arbeit von Millionen von Fensterputzern erleichtern sollte, wie er uns begeistert erklärte, nahm seine ganze Aufmerksamkeit in Anspruch. Am Ende gab er uns fünf Euro und wir zogen zufrieden ab. Das war leicht verdientes Geld. Wir kauften davon Schokolade, eingeschweißte Sandwiches, zwei Äpfel und eine Flasche Saft.

Als wir zurück waren, hatte auch Tomi seine gute Laune wiedergefunden. Er grinste uns an und rappte: *»Ich hör die Leute sagen: Das Leben ist so kurz. Aber wer so denkt, der ist für mich ein*

Furz – denn ich leb ewig durch meine Reime und das ist kein Geschleime – und wenn euch die Würmer fressen, dann seid ihr längst vergessen.«

Betty war unten bei Bobbo und sah ihm gebannt beim Ma len zu. Sie versuchte noch immer, etwas in seinen Bildern zu erkennen.

»Irre«, sagte sie, als ich meinen Kopf durch die Luke steckte. »Man könnte fast denken, dass Bobbo das mit Absicht malt.«

»Vielleicht tut er das«, gab ich zurück.

Betty nickte und sah wieder Bobbo zu. »Vielleicht können wir die verkaufen«, sagte sie und Bobbo schnalzte mit der Zunge.

Gegen Mittag tauchte Scholle wieder auf und kurz darauf Heiner.

»Ich hab mir was überlegt«, sagte er mit ernstem Gesicht. »Wir müssen die Gruppe stärken. Gerade jetzt ist es wichtig, dass wir alle an einem Strang ziehen. Wir brauchen etwas, das uns zusammenschweißt, vor allem nach der kleinen verunglückten Lovestory gestern.«

Heiner sah Betty lange an, dann Scholle, der sichtlich verunsichert von einem Bein auf das andere trat.

»Also, ich denke, ihr zwei solltet euch erst mal aussprechen und anschließend feiern wir die Gruppe. Ich habe auch schon eine Idee. Das wird euch gefallen.« Als er mit seiner Ansprache geendet hatte, sah Heiner in die Runde. »Noch Fragen?«

Hatten wir nicht. Trauten wir uns nicht. Und wozu auch? Heiner hatte uns in der Hand. Wir waren doch nur seine Marionetten.

Auf Heiners Befehl zogen Betty und Scholle mit gesenkten Köpfen ab. Sie setzten sich ein Stück abseits, wo sie jeder in verschiedene Richtungen sahen.

»Nur zu«, rief Heiner ihnen fröhlich zu, bevor er sich wieder an uns wandte und sagte: »Na das wird schon wieder mit den beiden.«

»Du musst es ja wissen, so als Beziehungsexperte.«

»Warum so spöttisch, Koko? Da kommt einer wie ich, holt euch aus eurem Stumpfsinn raus, gibt euch die Möglichkeit, Geld zu verdienen, etwas zu erleben, und alles, was ihr könnt, ist jammern. Ihr seid nie zufrieden. Was seid ihr bloß für eine jämmerliche Generation? Lasst euch doch mal auf was Neues ein.«

»Wir waren zufrieden«, murmelte Tomi vor sich hin, doch Heiner ignorierte ihn.

Ich sah rüber zu Betty und Scholle. Sie saßen möglichst weit voneinander entfernt und schwiegen sich an. Es war allerdings eine Art dröhnendes Schweigen, etwas, das sich in einem kaum hörbaren Frequenzbereich abspielte, ein störender Unterton, wie ein Tinnitus, den man zwar eine Weile ignorieren konnte, jedoch nicht auf Dauer.

»Also«, sagte Heiner und rieb sich die Hände. »Ich denke, es wird Zeit für unser kleines Gruppenritual.« Er holte aus einer Plastiktüte ein paar alberne Partyhütchen, Konfetti, einen Klappspaten und ein Skalpell. Wir sahen uns verwundert an, als er die Sachen vor sich ausbreitete. In diesem Moment stießen Betty und Scholle wieder zu uns. Heiner strahlte sie an. »Und? Alles geklärt?«

Sie nickten kaum merklich. Sie hatten zwar kaum miteinander gesprochen, aber das hatte Heiner in seiner Ignoranz gar nicht mitbekommen.

»Gut«, sagte er und lud uns mit einer Handbewegung ein, Platz zu nehmen. Dann verteilte er an jeden von uns ein Partyhütchen mit der Aufforderung, es aufzusetzen. Koko setzte ihres sichtlich angewidert auf, Betty eifrig, Tomi gelangweilt, Scholle mit besorgtem Blick, und ich zögerte.

»Na los«, sagte Heiner zu mir.

Meines war silbern mit einem Spinnennetz drauf und Fransen an der Spitze. So eine Art Zauberhut. Kokos Hut war goldfarben und hatte die Form eines kleinen Zylinders. Bettys war ein winziger Stahlhelm in Tarnfarbe, Tomis ein Cowboyhut und Scholles war rund und rosafarben mit einem Ringelschwänzchen, das ihm zwischen die Augen hing. Heiners Hut war viereckig, schwarz und glänzend wie ein Sarg.

Wir sahen aus wie Idioten. Heiner nahm den Klappspaten und fing an, eine kleine Grube zu buddeln, in die wir uns anschließend alle stellen mussten. Dann befahl er uns, den rechten Arm vorzustrecken. So standen wir da, im Kreis, in einem Dreckloch, und sahen aus, als würden wir um etwas betteln.

Heiner fing bei sich an: Er nahm das Skalpell und ritzte sich oberhalb des Handgelenkes die Haut auf, bis das Blut herausströmte.

Scholle stöhnte.

»Spinnst du?«, fragte Koko angewidert.

»Das mache ich nicht!«, rief Tomi.

Heiner ging wortlos zu Betty, nahm ihren Arm und schnitt ihr die Haut auf. Betty schien das zu gefallen, sie sah Heiner begeistert an.

Dann ging er zu Koko, die ihren Arm wegzog, doch Heiner griff danach und hielt sie fest. Koko wehrte sich zwar ein bisschen, aber sie ließ ihn schließlich gewähren. Ich war kurz davor, Heiner anzuschreien, er solle Koko in Frieden lassen, doch da floss auch schon etwas Blut aus ihrer Wunde. Dann griff Heiner nach meinem Arm und hielt ihn fest. Er hatte mehr Kraft, als ich ihm zugetraut hätte.

Ich biss die Zähne zusammen und sah nicht hin, spürte jedoch den scharfen Schmerz, als die Klinge in mein Fleisch drang. Blutstropfen perlten hervor und glänzten in der Sonne. Scholle stöhnte, als Heiner den Schnitt setzte. Tomi wehrte sich anfangs wie Koko, aber es brachte ja doch nichts, und so hielt er mit zusammengebissenen Zähnen den rechten Arm hin, unterstützt vom linken, den er unter seinen Oberarm geklemmt hatte.

»So, jetzt die Wunden aufeinanderpressen«, befahl Heiner.

Ich wollte das nicht, ich hatte gehofft, Heiner würde unser Blut wenn schon, dann in einer Schale oder so was sammeln und dann vermischen. Ich konnte förmlich vor mir sehen, wie feindliche Viren in unseren Blutbahnen Amok liefen und uns mit tödlichen Krankheiten ansteckten.

Sechs linke Handgelenke, vorgestreckt wie Schwerter bei einem Massenduell, stocherten herum auf der Suche nach einem Gegenstück. Schließlich hatten wir es geschafft, uns alle zu berühren, und jeder war des anderen Blutsbruder geworden. Heiner strahlte und bewarf uns mit dem Konfetti.

»Das Loch, in dem wir stehen, ist quasi der Mutterschoß«, sagte er. »So haben das die alten Germanen gemacht. Wir sind sozusagen neugeboren als Brüder und Schwestern.«

»Eher als Clowns«, ätzte Koko, nahm ihr Partyhütchen ab und warf es in hohem Bogen weg.

»Ach, Koko«, sagte Heiner sanft. »Die Hüte sollten dem Schwur ein bisschen den Ernst nehmen. Etwas Ironic. Lach doch mal über dich selber. Du bist immer so ernst.«

Scholle kotzte schwungvoll ins Gras.

»Das ist doch toll«, sagte Betty. »Wir sind jetzt Blutsbrüder. Für immer.«

Tomi mahlte mit den Zähnen.

»Ja, und für immer mit Heiner verbunden«, sagte Koko und spuckte auf den Boden.

»Wie in einer guten Ehe, Koko«, sagte Heiner grinsend. »Da bleibt man zusammen bis zum Tod.«

»Du bist so ein Arschloch«, sagte Koko und wandte sich ab.

»So, jetzt da das geklärt ist und wir eine Familie sind, wobei ich sozusagen das Oberhaupt bin, wenden wir uns wieder unserer Arbeit zu.« Er sah auf seine Uhr. »In einer halben Stunde rufen wir die Alte wieder an und sagen ihr, wo sie mit dem Geld hinkommen soll.«

»Wohin denn überhaupt?«, wollte ich wissen.

Heiner betrachtete mich nachdenklich. »Gute Frage. Müssen wir mal überlegen.«

»In den Rathaus-Park«, schlug Betty vor. »Da gibt's dieses riesige Gebüsch und in der Mitte ist eine kleine Lichtung. Und es gibt zwei Zugänge.«

»Genial, Betty«, lobte Heiner sie, wobei ihr Gesicht voller Stolz strahlte. »Du denkst wenigstens mit.«

Wir ließen Bobbo, der mittlerweile eine weitere Wand mit seinen zylinderförmigen Wesen vollgemalt hatte, bei Koko,

Scholle und Tomi. Betty und ich machten uns mit Heiner auf den Weg. Ich wollte diesmal nicht mit zur Telefonzelle, aber Heiner hatte mir keine Wahl gelassen. Ich kam mir vor wie in einem schlechten Traum. Ständig rechnete ich damit, aufzuwachen. Aber nichts passierte. Niemand rüttelte mich. Wie wäre es, wenn ich einfach tot zusammenbrechen würde, überlegte ich. Herzinfarkt! Der Situation nicht gewachsen, würden sie meinen Eltern sagen. Der Stress und so. Und dann würde Heiner bedauern, mich da hineingezogen zu haben. Er würde an meinem Grab stehen und weinen. Daneben Koko, die sich die Augen ausheulte und …

»Scheiße, die Bullen!«, riss Heiner mich aus meinen Gedanken.

Kapitel 12

Ich konnte regelrecht fühlen, wie mein Herz sich zusammenzog … ausdehnte … zusammenzog … Es pumpte in wahnsinniger Geschwindigkeit kochend heißes Blut durch meine Adern. Vor allem in meinen Kopf, der jeden Moment zu platzen drohte. Ich sah mich panisch nach allen Seiten um.

»Lass dir nichts anmerken«, zischte Heiner neben mir.

Betty sah starr nach vorn und wirkte wie ein Zombie, der von einem unnatürlichen Hunger vorwärtsgetrieben wurde. »Los, wir gehen in die Post«, presste Heiner zwischen zusammengebissenen Zähnen hervor. »Und glotzt ja nicht die Telefonzelle an, wenn wir da vorbeigehen.«

Das war einfacher gesagt, als getan. Die Telefonzelle zog meinen Blick an wie ein Magnet einen Eisenspan. Rechnete ich doch damit, dass ein Polizist in der Zelle hockte. Aber sie war leer. Und überhaupt sah ich keine Polizisten. Auf dem Parkplatz vor der Post saß ein Mann in einem Auto, der überhaupt nicht wie ein Beamter aussah. Eher wie jemand, der auf seine Frau wartete.

Wir gingen in die Post, reihten uns in die Schlange vor einem Schalter ein und warteten mit klopfenden Herzen, wobei Heiner immer wieder zur Tür sah.

»Hier drin sind bestimmt auch welche«, sagte er leise, mit zur Seite gedrehtem Mund und ohne die Lippen zu bewegen, wodurch er wie ein Bauchredner aussah.

Aus den Augenwinkeln beobachtete ich die Frau, die hinter

uns die Post betreten hatte und an dem kleinen Stehtischchen einen Zettel ausfüllte. Sie war jung und durchtrainiert und hätte eine gute Polizistin abgegeben. Vorn in der Schlange stand ein Mann mit angegrauten Schläfen und witzelte mit dem Typen hinter dem Schalter. Für einen Augenblick bildete ich mir ein, dass seine Lederjacke sich auf Brusthöhe ausbeulte, als trage er darunter etwas Schweres, Sperriges. Hinter dem Schalter stand ein Mann und musterte alle neu Reinkommenden mit finsterem Blick. Ich schwitzte Blut und Wasser. Nach einer gefühlten Ewigkeit waren wir endlich an der Reihe und kauften Briefmarken. Nichts passierte.

»Mann, war das knapp«, sagte Heiner, als wir schon fast wieder den Schacht und die anderen erreicht hatten. »Gut, dass ich die noch rechtzeitig entdeckt habe.«

Ich war mir immer noch nicht sicher, ob wirklich Polizisten da gewesen waren.

Aus Betty, die bislang mit geballten Fäusten geschwiegen hatte, brach es jetzt hervor: »Diese Schweine, diese verdammten Schweine.«

»Lass es raus, Betty«, ermunterte Heiner sie, als wäre er so eine Art Motivationstrainer.

Tränen liefen ihr über das Gesicht. »Ich gehe nicht in den Knast.«

»Genau, Betty, du gehst nicht in den Knast. Wir werden es diesen Schweinen zeigen.«

Nachdem wir den anderen berichtet hatten, was passiert war, beratschlagten wir, wie es weitergehen sollte.

»Das wird zu heiß«, gab Tomi zu bedenken. »Wir sollten Bobbo gehen lassen«, worauf Heiner nur gehässig lachte.

»Ja, meine ich auch«, sagte Scholle.

»Und wie komme ich dann an mein Geld?«, fragte Heiner.

»Wir können ja für dich sammeln, du arme Sau«, schlug Koko vor.

Tomi sprang abrupt auf und schrie: »Mir reicht's! Ich gehe jetzt zur Polizei.«

Er war schon ein paar Schritte gegangen, als Betty mit den Worten: »Bleib hier, du dämlicher Kanake«, hinter Tomi herrannte und ihn schließlich von hinten ansprang. Er versuchte, sie abzuschütteln mit dem Ergebnis, dass sie – ineinander verknäult – beide im Dreck landeten. Sie kämpften verbissen, bis Betty es schaffte, ihren Arm um Tomis Hals zu schlingen.

Sie drückte erbarmungslos zu.

»Urgh, de drchsst midilutab«, stöhnte Tomi.

»Betty lass ihn, er wird schon ganz lila«, schrie Koko und zerrte an ihrem Arm. Ich half ihr und zusammen gelang es uns, sie von Tomi wegzuziehen.

Scholle stand mit offenem Mund da und zitterte. Er war unfähig, ein Wort zu sagen. Heiner dagegen hatte ein leichtes Grinsen im Gesicht.

»Nicht gleich so grob, Betty«, sagte er. »Sonst müssen wir eine Leiche entsorgen.« Er hatte es scherzhaft gesagt, aber hinter seinen Worten schimmerte etwas Kaltes durch.

Tomi hustete. Er hatte sich auf den Boden gekniet, die Brust auf die Erde gepresst und die Arme nach vorn gestreckt, als wollte er beten. Er schluchzte hemmungslos, wobei sein ganzer Körper bebte. Koko kniete sich neben ihn und strich ihm über das Haar.

»Ich will nach Hause«, rief Tomi.

Mir kamen fast die Tränen. Was taten wir uns gegenseitig an?

Heiner schickte Betty weg, sie sollte ein paar Schritte gehen und tief durchatmen.

»Hör mal zu, Tomi«, begann Heiner, als sie weg war. »Das hat doch keinen Sinn. Was glaubst du, was passiert, wenn du jetzt zu den Bullen gehst? Die Entführung ist längst passiert. Du machst es nicht besser. Ganz im Gegenteil. Wir müssen uns jetzt zusammenreißen und überlegen, wie wir die Geschichte zu einem guten Ende bringen.«

Tomi schluchzte leise weiter.

»Geh nach Hause, schlaf ein bisschen, beruhige dich und dann kommst du wieder.«

»Ich muss auch nach Hause«, sagte Scholle.

Heiner sah ihn verächtlich an und wandte sich wieder Tomi zu. »Wir müssen zusammenhalten. Wir sind jetzt eine Familie, Blutsbrüder. Wir stehen füreinander ein. Wie die drei Musketiere. Du weißt doch: Einer für alle ...«

»Alle für keinen«, vollendete Tomi dumpf, den Kopf noch immer auf die Erde gepresst.

Heiner tätschelte ihm die Schulter, doch Koko schlug seine Hand weg.

»Lass ihn in Ruhe«, sagte sie und funkelte Heiner böse an.

»Krieg dich wieder ein, Koko. Wir müssen jetzt funktionieren, sonst haben wir ganz schnell die Bullen hier.«

Sie beachtete ihn nicht weiter. »Geht es wieder, Tomi?«

Der nickte und kam langsam auf die Beine. Betty war ebenfalls wieder zurück.

»Hör mal, Tomi ...«, sagte sie, doch er ignorierte sie.

Wir beschlossen, nein, Heiner beschloss, dass wir weitermachten wie bisher. Wir würden Bobbos Mutter wieder anrufen, diesmal von der Telefonzelle am Schulzentrum, ihr sagen, dass wir von den Bullen wüssten und weiterhin Geld wollten. Diesmal zehntausend Euro mehr. »Strafgeld«, wie Heiner das nannte. Die Art der Übergabe würden wir ihr noch mitteilen.

»Spätestens morgen«, verkündete Heiner. »Morgen haben wir das Geld, lassen Bobbo frei und jeder geht seiner Wege.«

Ich weigerte mich, zum Telefonieren mitzugehen. Und auch als Heiner drohend sagte: »Du kannst hier nicht machen, was du willst, das ist keine Demokratie. Du kommst jetzt mit, sofort!«, gab ich nicht nach. Koko gab mir Rückendeckung.

»Lass ihn in Ruhe. Du schaffst das auch ohne ihn. Hast doch Betty dabei. Die beschützt dich schon.«

Heiner lächelte sein fieses Lächeln, zog jedoch mit Betty ab, und ich hatte das Gefühl, einen kleinen Sieg davongetragen zu haben.

»Das hast du gut gemacht«, sagte Koko zu mir.

»Danke«, erwiderte ich, »bekomme ich jetzt ein Leckerli?«

Koko lachte. »Sorry!«, meinte sie und kurz darauf: »Braver Hund!«, was mich ebenfalls zum Lachen brachte.

Als Scholle und Tomi uns verwundert ansahen, mussten wir noch mehr lachen, was sie mit verwirrtem Gesichtsausdruck quittierten.

»Was ist mit euch los?«, fragte Tomi. »Hier ist absolut nichts lustig. Ganz im Gegenteil. Wir werden im Gefängnis landen, unser Leben ist verpfuscht wegen diesem Mist.«

Scholle blickte bei Tomis Worten wie ein geprügelter Hund drein und Koko und ich sahen uns an und lachten und lachten. Tomi hatte recht, es gab nichts zu lachen, aber Koko und ich konnten nicht anders. Sahen die beiden denn nicht, wie absurd das alles war? Wie unwahrscheinlich es war, in so eine Situation zu gelangen? Und wir hatten es geschafft. Wir hatten den Stein angestoßen, er war ins Rollen geraten und jetzt war er zu einer donnernden Lawine geworden, die uns mitriss in den Abgrund. Irgendwie lustig.

Betty und Heiner blieben ziemlich lange weg und wir dachten schon, dass die Polizei sie geschnappt haben könnte. Immer wieder sahen wir auf unsere Handys. Sie anzurufen, trauten wir uns aber nicht.

Tomi schimpfte die ganze Zeit abwechselnd auf Betty und auf Heiner. Dann sagte er wieder, dass er zur Polizei gehen würde, aber wir anderen redeten es ihm aus.

Bobbo blieb glücklicherweise die ganze Zeit ruhig. Wir gaben ihm hin und wieder ein Stück Schokolade und auch einen Apfel, damit er mal was Gesundes aß zwischendurch. Er war eifrig mit seiner Malerei beschäftigt. Als ich einmal nach ihm sah, hatte Bobbo den Pinsel quer im Mund zwischen die Zähne geklemmt, betrachtete völlig versunken seine Bilder und schien nachzudenken. Er wirkte in diesem Moment wie ein normaler Junge und es kam mir vor, als würde ich den Bobbo sehen, der er einmal gewesen war. Als wäre sein altes Ich aus ihm herausgetreten, hätte sich wie eine Folie über ihn gelegt und dazu gebracht, diese Bilder zu malen. Und seine Bilder waren echt abgefahren: Wesen mit Kiemen und Poren, aber sie waren keine Fische oder überhaupt etwas, das auf unserer Welt existierte. Diese Wesen gab es nur in Bobbos Universum. Seine persönlichen Aliens! Aber nicht alle Wesen waren unheimlich. Irgendwie wirkten sie in der Welt, in der sie lebten, normal.

Schließlich tauchten Betty und Heiner wieder auf. »Wir haben Umwege gemacht, um die Bullen abzuhängen«, erzählte Betty atemlos.

Sofort waren wir auf den Beinen und umringten die beiden.

»Die waren auch bei der Telefonzelle?«, schnaufte Scholle ungläubig.

»Ja, nein«, sagte Betty, »ich weiß nicht, könnte sein. Da waren so komische Leute auf einmal.«

Ich sah zu Heiner, der danebenstand und in sich reingrinste. Da wurde mir etwas klar: Er erpresste uns nicht nur, er manipulierte uns. Da war keine Polizei gewesen, das hatte er Betty nur eingeredet, um ihre Paranoia zu schüren. Wahrscheinlich war auch beim ersten Mal keine Polizei da gewesen, als wir uns panisch in die Post geflüchtet hatten. Mit dem Glauben, dass die Polizei uns fast erwischt und er, Heiner, uns gerettet hatte, konnte er uns einfach noch viel besser kontrollieren.

»Mann, Betty«, sagte Scholle anerkennend. »Da habt ihr ja echt Glück gehabt.« Es war das erste Mal, nach Bettys Liebeserklärung, dass sie und Scholle wieder normal miteinander redeten.

»Aber ihr habt mit Bobbos Mutter geredet, ja?«, wollte Koko wissen.

»Ja, ja«, sagte Betty aufgeregt und strahlte Heiner an, als würde sie ihm jeden Moment die Füße küssen wollen.

»Was habt ihr ihr gesagt, Heiner?«

»Morgen Punkt zwölf Uhr soll sie das Geld im Park in dem großen Gebüsch verstecken«, antwortete Betty an Heiners Stelle.

»Und ihr meint, das geht so leicht über die Bühne, ja?«

»Mir reicht es langsam mit deiner Aufmüpfigkeit, Koko«, sagte Heiner scharf mit seiner hohen Stimme, die mir in den Ohren wehtat. »Und außerdem: Willst du deinen Freunden noch mehr Angst einjagen? Geht es dir darum? Weißt du was? Ich glaube, du bist vor allem stinkig, weil du hier nicht mehr das Sagen hast. Weil deine Freunde sich deiner Kontrolle entziehen. Weil du Betty nicht mehr rumschubsen kannst.«

»Du bist ein Idiot, Heiner! Du hast noch nie kapiert, wie Beziehungen funktionieren, weil du nur einen Menschen liebst. Und das bist du selbst.«

Heiner lachte verächtlich. »Scheiß drauf! Du übernimmst die nächste Nachtwache, Koko.«

»Ich bin dabei«, sagte ich schnell, bevor sich jemand anderes meldete. Aber die anderen waren erleichtert, dass sie die Nachtschicht nicht übernehmen mussten, wie sie überhaupt erleichtert waren, dass nicht sie Heiners Wut abbekommen hatten.

Meinen Eltern würde ich einfach wieder erzählen, dass ich bei Koko schlafen würde. Ewig würde das allerdings nicht funktionieren. Selbst Eltern konnte man nicht auf Dauer für dumm verkaufen. Auch wenn sie manchmal nichts mitkriegen, sollte man sie doch nicht unterschätzen.

Später, die anderen waren längst gegangen, lag ich in meinem Schlafsack in einer Ecke des Schachtes, Koko in der gegenüberliegenden. Quer in der Mitte lag Bobbo. Wie der Kreisel eines Kompasses hatte er sich erst im Kreis gedreht, um dann einfach liegen zu bleiben. Koko und ich sahen uns über seine eingemummte Gestalt hinweg an. In Schatten getaucht konnte ich ihr Gesicht nur erahnen.

»Abgefahren, oder?«, sagte ich und deutete mit dem Kopf auf Bobbos Bilder, die gerade eben noch vom sterbenden Sonnenlicht beleuchtet wurden und dadurch gleich noch seltsamer aussahen. »Als würde man in seinen Kopf gucken.«

»Mir kommt es eher so vor, als würde man durch ein Fenster auf das Böse gucken.«

»Aber nicht alle von Bobbos Wesen sind böse«, warf ich ein. »Guck doch mal, der da sieht eher traurig aus, als hätte er was verloren.«

Kokos Blick folgte meinem ausgestreckten Arm. Sie betrachtete das Bild eine Weile und sagte schließlich: »Dann sucht er eben. Der eine ist böse und der andere sucht etwas. Aber zufrieden ist er auch nicht.«

»Aber wenn er gefunden hat, was er sucht, dann vielleicht«, gab ich zu Bedenken.

Koko lächelte mich nachsichtig an, so wie man ein Kind anlächelt, das nichts begriffen hatte. »Wie du meinst«, sagte sie nur und drehte sich auf den Rücken.

Was war bloß mit Koko passiert? Es war ein bisschen wie bei Bobbo. Als wäre plötzlich ein anderer Mensch aus ihr herausgetreten und hätte sie übernommen. War das bei mir auch so? Veränderte ich mich, auf eine Weise, dass die anderen es zwar mitbekamen, ich selber aber nicht?

Ich hatte gehofft, dass Koko dazu beitragen könnte, meine Gedanken zu ordnen, die wie kopflose Hühner im Kreis umherrannten und einfach krepierten, ohne etwas Greifbares zu hinterlassen. Meine Eltern hatten mir immer eingeschärft, die Konsequenzen für mein Handeln zu tragen, Verantwortung zu übernehmen. Das hörte sich in der Theorie echt gut an. So edel irgendwie. Aber versuch mal, dich verantwortungsvoll zu verhalten, wenn dich jemand wie Heiner in so eine Situation gebracht hat. Da versuchst du, um jeden Preis zu überleben. Da kommt so richtig das Schwein in dir zum Vorschein. Und das verwirrte mich.

»Glaubst du, wir kommen ohne Schaden aus der Geschichte raus?«, fragte ich Koko. Ich rechnete nicht wirklich mit einer Antwort. Was sollte sie auch schon sagen? Sie wusste es genauso wenig wie ich. Aber ich wollte einfach ein paar tröstende Worte hören, auch wenn sie nicht wahr waren.

»Selbst wenn das hier echt böse endet, kannst du immer noch froh sein«, sagte Koko nach einer ganzen Weile.

Ich konnte ihr nicht ganz folgen.

»Du bist ein Kind der Liebe.«

»Häh?«, machte ich.

»Deine Eltern stehen hinter dir. Du bist nicht allein.«

»Du doch auch nicht, du hast deinen Vater«, gab ich zurück.

Koko seufzte. »Ja, aber du kennst ihn doch. Der kann sich nicht mal allein die Nase putzen. Wenn es hart auf hart kommt, weiß er nicht, was er tun soll.«

»Was ist eigentlich mit deiner Mutter?«

»Was soll sein?«

»Wo ist sie?«

»Sie ist, wo sie sein will, und sie kann mir nicht helfen.«

»Aber wo ist sie denn genau? Hast du Kontakt zu ihr?«

»Nein, habe ich nicht.«

»Warum nicht?«, wollte ich wissen.

»Weil das nicht geht.«

»Aber wieso? Ist sie im Ausland? Im Gefängnis?«

»Hör auf jetzt mit deinen dummen Fragen«, sagte Koko scharf und drehte mir den Rücken zu. Damit war das Thema für sie beendet. Ich hätte sie auch gern noch über Heiner ausgefragt und was für eine Beziehung sie zu ihm hatte, aber ich traute mich nicht.

»Was hier passiert, kannst du irgendwann mal für deine Geschichten verwenden«, schlug Koko nach einer Weile vor.

»Ich weiß nicht. Das wirft doch kein gutes Licht auf uns.«

»Aber es ist echt.«

»Wer will schon was Echtes?«, fragte ich.

»Alle«, sagte sie. »Wer will schon belogen werden?«

»Das meinte ich damit nicht«, gab ich zurück. »Aber Geschichten müssen nicht unbedingt stimmen.«

Koko seufzte. »Die Leute merken es, wenn du sie nicht ernst nimmst, wenn du ihnen irgendeinen Quatsch erzählst.«

»Ja, vielleicht«, meinte ich. »Aber die pure Wahrheit?«

»Ach komm, sei jung und schön und trau dich was.« Das war so typisch Koko. »Du musst …«, begann sie und fing an zu lachen. »Was für ein Schwachsinn.«

Ich lachte auch. Ja, was für ein Schwachsinn.

Trotz der Cola, die wir in Mengen runterstürzten, schliefen wir doch irgendwann ein.

In dieser Nacht träumte ich von Koko. Ihre Lidschatten waren echte Regenbögen. Sie leuchteten und strahlten und ließen Kokos Gesicht darunter nur erahnen. Das hatte was absolut Beruhigendes, weil ich wusste, dass diese Regenbögen in ein Land voller Liebe führten. In ein Land, wo es nichts Böses gab und man in Sicherheit war.

Mitten in der Nacht wachte ich von einem Geräusch auf. Es

klang rhythmisch, *bab-bab-bab-bab-bab*, und zuerst dachte ich, dass es das Echo eines Zuges war, das in der Ferne verhallte, bis mir klar wurde, dass es aus Bobbos Richtung kam.

Ich schaltete meine Handy-Taschenlampe ein, deckte den Strahl mit den Fingern ab und richtete das Licht auf ihn. Zuerst sah ich nichts, hörte nur dieses rhythmische Geräusch. Dann bemerkte ich, wie Bobbos Decke sich in Hüfthöhe hebte und senkte, hebte und senkte. Ich schnallte noch immer nicht, was da los war, kroch näher und hörte Bobbo leise stöhnen.

»Bleib ruhig«, flüsterte Koko. »Er holt sich einen runter.«

»Was?!«, flüsterte ich zurück.

»Bobbo hat auch Bedürfnisse. Lass ihn.«

Ich hätte nie gedacht, dass Bobbo solche Gelüste hatte. Ich dachte, seine Gedanken kreisten um Aliens, Schokolade und seine Mutter. Wer konnte denn ahnen, dass auch Behinderte so was wie Geilheit kannten. Irgendwie erschütterte das mein Weltbild. Und außerdem war das schon peinlich genug, aber das auch noch mit Koko erleben zu müssen, gab mir den Rest.

Koko und ich lagen still da, während Bobbo weitermachte. Es dauerte ewig, kam mir jedenfalls so vor, bis Bobbo aufstöhnte und kurz darauf weiterschnarchte, als wäre nichts gewesen. Dummerweise hatte ich jetzt einen Steifen und konnte ewig nicht einschlafen.

Kapitel 13

Tomi, Betty und Scholle waren früh dran. Sie hätten kaum geschlafen, vor lauter Aufregung, sagten sie. Wir waren alle total von der Rolle. Heute sollte schließlich die Geldübergabe stattfinden und damit die Geschichte ein Ende finden.

Wir sahen uns belustigt an, klatschten uns ab, als hätten wir es schon hinter uns. Wir lachten übermütig und hatten das Gefühl, wir würden nur ein Theaterstück aufführen, als wäre das alles nicht ernst. Dabei wussten wir es alle: Hinterher würde nichts mehr sein wie zuvor. Das war es jetzt schon nicht mehr, auch wenn wir uns der Illusion hingaben, wir würden nur eines unserer wilden Spiele spielen. Ich hoffte nur, dass unsere Freundschaft überleben würde.

Heiner ließ sich erst spät blicken. Er kam über den Bahndamm angeschlendert und winkte uns schon von Ferne zu. »So«, sagte er, als er uns erreicht hatte. »Jeder auf seinem Posten, meine kleinen Bauern?«

Wir waren so aufgedreht, dass wir sogar über diesen miesen Witz lachten und scharten uns um Heiner, als würde er uns die Rettung bringen. Er sah auf seine Uhr, so ein klobiges Ding, das ich noch nie an ihm bemerkt hatte. Auf dem Ziffernblatt war ein umkreistes A aufgedruckt.

»Also, die Alte soll das Geld um zwölf Uhr im Gebüsch verstecken. Betty und ich werden gleich zum Park gehen, auf sie warten, alles checken, gucken, wie sie das Geld versteckt, und dann noch eine Weile warten, um sicherzugehen, dass keine

Bullen in der Nähe sind. Ist alles klar, wird Betty die Kohle holen. Anschließend kommen wir wieder her, jeder bekommt seinen Anteil und dann lassen wir Bobbo frei.« Das klang alles so einfach, wie ein Spiel mit klaren Regeln.

Wir sahen nach Bobbo, er schlief noch. Er hatte sich wieder gedreht und zeigte mit dem Kopf in Richtung unserer Siedlung. Ein gutes Omen.

Betty nahm einen entschlossenen Gesichtsausdruck an, als Heiner sie fragte, ob sie bereit wäre. Sie drückte den Rücken durch und blähte die Nasenflügel.

»Ich wusste, dass du ein Navy SEAL bist«, sagte Heiner. »Du bist nur einfach im falschen Körper, am falschen Ort, im falschen Land und in der falschen Siedlung geboren.«

Betty salutierte.

Tomi holte uns in die Wirklichkeit zurück. »Lasst uns diesen Mist jetzt endlich hinter uns bringen.«

Betty und Heiner verschwanden in Richtung Park, während Koko und ich jeweils nach Hause gingen, um frische Sachen anzuziehen. Tomi und Scholle blieben derweil bei Bobbo.

Meine Eltern waren nicht da, sie hatten mir aber einen Zettel hingelegt. Ich faltete ihn auseinander, etwas fiel raus und ich las:

Hier schreiben dir deine Eltern. Wir hoffen, dass du noch weißt, wer wir sind. Zur Erinnerung haben wir dir ein Foto beigelegt.

Ich hob das Foto, das herausgefallen war, auf und betrachtete es. Meine Eltern hatten ein Selfie gemacht und ausgedruckt. Darauf blickten sie lächelnd in die Kamera und beide hielten gemeinsam zwischen Daumen und Zeigefinger, einer links, einer rechts, ein Foto von mir hoch. Es war im letzten Jahr auf dem Schützenfest gemacht worden, wie ich in einer Achterbahngondel saß, kurz bevor die Fahrt losging. Ich sah irgendwie ängstlich aus, aber auch gespannt und voller Vorfreude. Hinterher hatte ich die totale Erleichterung empfunden, aber ich hatte auch ziemlich weiche Knie gehabt. Ich las weiter.

Nimm dir aus der Teedose zehn Euro und kauf dir und deinen Freunden ein Eis. Genießt eure Zeit! Und es wäre schön, wenn wir uns heute Abend sehen.
Mama und Papa

Ich musste mich setzen. Dieser Brief machte mich traurig. Ich war mir sicher, wenn meine Eltern jetzt da gewesen wären, ich hätte ihnen alles gebeichtet, mich schluchzend in ihre Arme geworfen und sie gebeten, alles wiedergutzumachen.

Zum Trost hörte ich eine Platte meines Vaters: »*Le vent nous portera* – Der Wind wird uns tragen« von Noir Désir. Das war eines der Lieblingslieder meiner Eltern. Ich weinte sogar ein bisschen, weil ich so gerührt war und mich ihnen nahe fühlte durch das Lied.

Dann duschte ich, zog mich um und ging rüber zu Koko. Ihr Vater war auch da. Er klatschte mich ab. »Wie geht's dir so?«, fragte er.

»Ach, gut«, sagte ich ausweichend.

»Schön«, freute er sich. »Komm mal mit, ich hab was für dich.«

Koko grinste wissend.

Wir bahnten uns in seinem Arbeitszimmer einen Weg durch

das Chaos aus Maschinenteilen, Werkzeug, Schrauben, Nägeln, Klebeband und leeren Plastikcontainern zu seinem Schreibtisch, der übersät war mit Konstruktionsplänen. Er räumte alte Zeitschriften von einem Stuhl, zeigte darauf und während ich mich setzte, kramte er auf dem Tisch herum. Triumphierend hielt er kurz darauf eine dunkelgraue, fünfeckige Pappschachtel hoch, etwa so groß wie meine beiden Handflächen zusammen.

»Mach sie mal auf«, sagte Kokos Vater und hielt sie mir hin. Ich drehte die Schachtel in den Händen, versuchte herauszubekommen, wo vorn und hinten war, oben und unten, aber es gelang mir nicht. Ich versuchte, die Schachtel zu öffnen, aber auch das schaffte ich nicht.

»Ha!«, rief Kokos Vater triumphierend. »Die hat nämlich einen versteckten Mechanismus. Von wegen Kindersicherung und so.«

Er nahm mir die Schachtel ab, drehte daran herum, klappte einen kleinen Stift heraus und nahm schließlich den Deckel ab. Zufrieden grinsend hielt er mir die offene Schachtel hin. Innen war sie mit grünem Samt ausgeschlagen und in acht Vertiefungen waren die Nugatkapseln eingebettet. Neben- und übereinander waren sie aufgereiht wie Soldaten. Die Innenwand des Deckels war ein kleines Kunstwerk: Sanfte rot-grün-blaue Farbtöne liefen ineinander und bildeten Muster, Spiralen, Figuren, Rätselhaftes. Die Kapseln glänzten in einem durchsichtigen metallischen Grün und auf jeder war ein winziger Totenkopf aus Zuckerguss angebracht.

»Die sind ja toll«, sagte ich. Dabei hatte ich die Kapseln bis dahin komplett vergessen gehabt, die gehörten zu einer anderen, unschuldigen Welt.

»Ich habe meine Idee gegen Beteiligung an »Schoko-Nerd« verkauft und ein Designer hat diese Schachtel entworfen. Und weißt du was? In diesen Kapseln stecken deine Arbeiten. Und ich hoffe, du lieferst mir noch mehr.«

»Meine Arbeiten?«, echote ich.

»Ja, die sind echt verdammt gut. Du hast Talent zum Schreiben, das merkt man.«

»Aber woher …?«

»Koko hat sie mir gebracht. Sie hat alle deine Sprüche aufgeschrieben. Wusstest du das nicht?«

Nein, das hatte ich nicht gewusst. Ein Glücksgefühl durchströmte mich und ich verspürte Stolz und gleichzeitig flammte meine Zuneigung zu Koko wieder neu auf. Diese ganze Geschichte um Bobbo und Heiner hatte sich wie Staub und Dreck über unsere Freundschaft gelegt.

»Du solltest wirklich schreiben«, sagte Kokos Vater nachdrücklich.

Normalerweise hielt ich nicht so wahnsinnig viel von mir selber. Ich war nicht unbedingt der letzte Loser, aber ich war auch kein Winner. Ich war normal, wenn man mal davon absah, dass ich gern las und selber Schriftsteller werden wollte. Klar gaben mir meine Eltern das Gefühl, etwas Besonderes zu sein, aber das war ihr Job. Das sollten alle Eltern mit ihren Kindern tun. Aber ansonsten …?

Von meinen Lehrern hatte ich noch niemals gehört, dass ich etwas besonders gut konnte oder gemacht hatte. Es war das erste Mal, dass jemand zu mir sagte, ich hätte ein Talent.

Gerade als ich etwas erwidern wollte, flog die Tür auf und Koko stand da mit hektischen Flecken im Gesicht. »Wir müssen los«, rief sie mir zu. Sie versuchte, locker zu klingen, aber ich konnte ihr ansehen, dass etwas Schlimmes passiert war.

»Nimm das mit, das ist ein Prototyp«, sagte Kokos Vater noch und drückte mir die Schachtel in die Hand. Ich vergaß, mich zu bedanken, und stürmte mit Koko aus der Wohnung.

»Bobbo ist weg«, sagte sie, als wir uns im Laufschritt Richtung Bahndamm bewegten.

»Wie weg?«, fragte ich atemlos, während ich versuchte, mit Koko Schritt zu halten.

»Er ist nicht mehr da«, sagte sie genervt.

»Wie geht das denn?«

»Was weiß ich? Tomi und Scholle haben ihn aus den Augen gelassen.«

»Und jetzt?«, wollte ich wissen. »Weiß Heiner das schon?«

»Was denkst du denn?«, erwiderte sie. »Sie haben ihn sofort angerufen. Die Geldübergabe ist abgeblasen. Wir müssen Bobbo finden.«

Oder auch nicht, dachte ich. Dann würde die Geschichte ein Ende haben.

Als wir am Schacht ankamen, standen Scholle und Tomi aufgereiht vor Heiner, der auf sie einredete. Er war weiß im Gesicht, was ihm das Aussehen eines Toten gab. Eines sehr, sehr wütenden Toten. »Ihr dämlichen Schweinchens, wie konntet ihr den Idioten aus den Augen lassen. Das wäre Betty nicht passiert.« Er warf ihr einen Blick zu und Bettys Gesicht nahm einen harten Ausdruck an. »Ich hab mir schon gedacht, dass ihr Amateure seid. Dumme, kleine Kinder.«

»Aber das war nicht abzusehen«, verteidigte sich Tomi. »Bobbo hat die ganze Zeit gemalt.«

»Halt den Mund!«, herrschte Heiner ihn an. Er sah sich um. »Wir müssen den Idioten wiederfinden.«

Scholle stand schweigend mit gesenktem Kopf da und malte mit der Schuhspitze Muster in den Sand.

»Könnt ihr euch überhaupt nur ansatzweise vorstellen, welche Auswirkungen das auf unseren Plan hat?«, wetterte Heiner weiter. »Aber dazu seid ihr ja zu beschränkt. Ihr seid …«

»Nun komm mal wieder runter«, fuhr Koko dazwischen. »Wir sind doch keine Profientführer.«

»Nee, jetzt komm du mal wieder runter, Koko. Was glaubst du, was passiert, wenn der Idiot nach Hause geht. Seine Alte ruft doch sofort die Bullen.«

»Das würde sie auch tun, wenn ihr das Geld mitgebracht hättet«, sagte Koko.

»Ja, aber dann hätten wir wenigstens Geld. So haben wir gar nichts. Und vielleicht hätte sie auch nicht die Bullen gerufen. Manche schämen sich und sind froh, wenn ihren Leuten nichts passiert ist. Und jetzt haben wir gar nichts.« Er holte mit der Faust aus, als wollte er Tomi und Scholle schlagen.

»Vielleicht stromert Bobbo hier noch irgendwo rum«, sagte ich schnell.

Heiner drehte sich zu mir um. »Ach ja, du Genie? Und wo?«

Ich zuckte mit den Achseln. »Wir können ja mal gucken, ob er hier irgendwo am Bahndamm noch unterwegs ist. Er mag Züge und manchmal nimmt er sie mit so einem kleinen Aufnahmegerät auf.« Insgeheim hoffte ich, dass Bobbo nach Hause gegangen und in Sicherheit war. Heiner nickte in meine Richtung: »Das ist der Einzige von euch Trotteln, der mitdenkt. Na los, schwärmt aus, Meute!«

Er zeigte auf Betty und Scholle. »Ihr geht nach rechts«, dann auf Koko und mich, »ihr geht nach links und Tomi und ich sehen uns in der Siedlung um.«

Wir stoben wie Wassertropfen auseinander und fingen mit der Suche an. »Was jetzt?«, fragte ich Koko.

»Was weiß ich?«, fragte sie genervt zurück.

Wenn Koko in dieser Stimmung war, konnte man nicht mit ihr reden, aber wir waren ja schließlich alle in einer ziemlich extremen Situation. Ripwinkel wusste, dass Menschen in Extremsituationen auch extreme Verhaltensweisen ausbildeten. Die Persönlichkeit wurde dann von etwas überlagert, was sie ein Negativ nannte. Und schwups, erkannte man den anderen kaum wieder.

Ich ging oben am Hang entlang, während Koko unten die Gleise ablief. Von Bobbo war weit und breit nichts zu sehen und bald schon standen wir vor dem verlassenen Eisenwerk; einer riesigen verlassenen Fabrik, in der vor gar nicht allzu langer Zeit Maschinen hergestellt worden waren. Die Roten Khmer erzählten immer, dort würde es spuken. Na gut, die erzählten eh viel Schwachsinn, aber so richtig reingetraut hatte sich bislang niemand von uns. Das Höchste an Mutprobe war es, wenn sich einer allein ein Stück weit in den Hof wagte. Aber meist rief dann ein anderer von draußen: »Pass auf, hinter dir!«, und schon rannte man in einem Affentempo zurück zu den anderen, um sich auf dem Rückweg aufgedreht gegenseitig zu versichern, dass in einem der Fenster plötzlich etwas Schwarzes aufgetaucht wäre oder ein Horrorclown seinen Kopf aus einem Keller gesteckt hätte.

»Vielleicht ist er dadrin?«, mutmaßte Koko.

»Niemals«, sagte ich. »Da traut sich auch Bobbo nicht rein.«

»Da wär ich mir nicht so sicher. Lass uns mal nachsehen.«

»Spinnst du?«

»Hast du Schiss? Ich dachte, aus dem Gespensteralter bist du raus.«

Ja, war ich ja eigentlich auch, aber man wusste ja nie.

Ich wand mich noch ein bisschen, aber Koko war schon dabei, durch die zerbrochene Glastür zu steigen. Wir duckten uns unter einer schweren Eisenkette durch, welche um die beiden Türgriffe geschlungen war.

»Warte doch mal«, rief ich, während ich ihr folgte. Auf keinen Fall wollte ich mir vorwerfen lassen, ich wäre aus Angst vor Gespenstern draußen geblieben. Ich ging dicht hinter Koko her, die die Taschenlampe ihres Handys eingeschaltet hatte, da es wegen der vernagelten Fenster ziemlich düster war.

»Wir sollten uns aufteilen«, schlug Koko vor. »Du suchst hier unten, ich gehe nach oben.« Noch ehe ich protestieren konnte, verschwand sie auf der geschwungenen Treppe ins obere Stockwerk.

Ich stand für eine kurze Weile stocksteif da, ehe ich mich traute, meine Handylampe anzuknipsen. Unheimliche Schatten wogten an den Wänden, wenn ich vorüberging. Wir waren im ehemaligen Bürotrakt der Fabrik. Zu beiden Seiten befanden sich dicht an dicht kleine Büros, die durch Glasscheiben vom Flur getrennt waren, den ich nun entlangschlich. In den Büros standen noch Aktenschränke, Stühle, Schreibtische. Und auf den Tischen lagen aufgeschlagene Aktenordner, Papiere, Stempel, die auf ihren nächsten Einsatz warteten, als seien die Arbeiter nur kurz zum Essen gegangen. Absolut gespenstisch. Ein paar Meter weiter stach mir ein ekelhafter Geruch in die Nase. Süßlich und faulig schwer hing er in der Luft und bildete eine Grenze, die ich nicht überschreiten wollte. Trotzdem trieb meine Neugier mich weiter und im nächsten Büro sah ich, was den Gestank verursachte: ein verwesender Hund. Irgendeine weggelaufene Promenadenmischung, die sich zum Sterben hierhin zurückgezogen hatte.

Als ich näher ging, hörte ich ein Kratzen und Schaben, als würden Klauen über die Wände streichen. Ich machte mir fast in die Hose, redete mir aber ein, dass dort wahrscheinlich nur eine Katze oder eine Ratte wäre, und ging langsam rückwärts. Der tote Hund hatte wohl meine Nerven angegriffen.

»Koko?«, rief ich leise, aber sie antwortete nicht. Das Geräusch stammte aus dem Büro links vor mir. Licht fiel durch das Fenster vom Bahndamm herein, wo ein paar Bretter weggerissen worden waren.

Ich sah vorsichtig um die Ecke und erstarrte. Da stand Bobbo und malte. Er pinselte mit großen Schwüngen eines seiner Wesen an die Wand. Eine Art Wurm mit trichterförmigem, aufgerissenem Maul und einem einzigen riesigen Auge. Das Kratzen und Schaben war das Geräusch seines Pinsels. Erleichtert ging ich hinein.

»Mensch, Bobbo«, sagte ich. »Du hast mich vielleicht erschreckt.«

Er hielt inne, um sein Werk zu betrachten, bevor er weitermalte. Hinter mir rumpelte es und dann hörte ich Koko fluchen, die über einen Hocker gestolpert war.

»Ich hole die anderen«, sagte sie und wollte los, doch ich hielt sie am Ärmel fest.

»Lass doch«, sagte ich. »Wir können doch sagen, dass wir Bobbo nicht gefunden haben.«

In ihren Augen blitzte Zustimmung auf, sie nickte kaum merklich, da klingelte ihr Handy und der Moment war vorbei.

»Ja?«, sie lauschte wortlos und sagte dann ins Telefon: »Bobbo ist hier. Im Erdgeschoss in den Büros.« Dann legte sie auf.

Entgeistert starrte ich Koko an. »Heiner?«, fragte ich überflüssigerweise. »Warum hast du es ihm gesagt?«

Koko sah mich an und meinte: »Was weiß ich? Einfach so. Vielleicht weil du mich angeguckt hast wie ein blöder, niedlicher Hundewelpe, der gestreichelt werden will.«

»Ach ich bin schuld oder wie?«, protestierte ich. »Du hättest die Sache hier und jetzt beenden können und Heiner hätte nichts erfahren.«

Koko winkte ab. »Glaubst du denn, du kommst einfach so aus der Geschichte raus? Von wegen göttliche Fügung und so? Bobbo ist nun mal nicht weg. Wir stecken alle viel zu tief in der Geschichte drin, denkst du, Heiner hätte gesagt: ›Ja, okay, dann ist Bobbo eben abgehauen.‹ Heiner hätte uns bis aufs Blut weiterterrorisiert oder uns sogar verraten. Da kennt der nichts. Und am Ende hätte er von uns das Geld erpresst.«

Ich wollte etwas sagen, aber in diesem Augenblick hörte ich Schritte, die über Glas knirschten, und kurz darauf drängten sich die anderen in das kleine Büro.

»Da ist ja unser Ausreißer«, sagte Heiner und tätschelte Bobbo die Schulter, der gar nicht auf ihn achtete und stattdessen seinen Pinselstrich weiter ausführte.

»Seht euch das an«, sagte Heiner und zeigte auf die vollgemalte Wand. »Wir sollten mit Bobbos Malerei Geld verdienen. Auf so was stehen die Leute, wenn irgendwelche Behinderten Kunst machen.«

»Hör auf«, sagte ich.

»Das ist so authentisch«, sagte Heiner ironisch. Er sah sich um, ging ein Stück den Flur runter, kam zurück und meinte: »Was stinkt hier eigentlich so?«

Ich erzählte ihm von dem toten Hund.

»Okay«, sagte Heiner. »Das ist gar nicht schlecht, das hält die Leute davon ab, hier rumzuspionieren. Und zur Not kann der Dicke das Vieh ja zum Verwursten zu seinem Alten mitnehmen.«

Koko verzog angewidert das Gesicht.

»Was für ein geiler Ort«, redete Heiner weiter. »Warum haben wir den Jungen nicht gleich hier versteckt. Ist doch viel besser als der olle Schacht und hier kann er alles vollmalen. Ab sofort operieren wir von hier aus.«

»Du, Genie«, meinte Koko nur.

»Schön, dass du das endlich anerkennst«, erwiderte Heiner. »Okay, ab sofort werden wir den Mongo hier verstecken. Du«, er zeigte auf mich, »besorgst neue Farbe für ihn zum Malen.« Er drehte sich zu Koko um. »Und wäre es zu viel verlangt, wenn Madame Bobbos Sachen aus dem Schacht holt und vielleicht noch was zu essen besorgt? Wir anderen richten uns schon mal hier ein, oder, Betty?«

Betty nickte eifrig.

»Das wird lustig hier, nicht wahr, Jungs«, sagte Heiner an Scholle und Tomi gewandt. »Wir werden uns hier so richtig amüsieren.«

Ich sah zu Tomi und Scholle. Sie standen wortlos da wie zwei zum Tode Verurteilte. Wo waren meine lustigen Freunde abgeblieben? Diese Geschichte riss mehr und mehr große Stücke aus unseren Seelen.

»Bring den Kassenzettel mit, das wird alles abgerechnet. Und kauf ja die billigste Farbe«, sagte Heiner, als er mir einen zerknitterten Geldschein in die Hand drückte. »Und lasst euch Zeit«, rief er Koko und mir noch hinterher. »Ihr habt gute Arbeit geleistet, das muss belohnt werden. Gönnt euch ein Eis oder was Kinder in eurem Alter sonst so machen. Aber nicht von meinem Geld.«

»Fick dich!«, rief Koko und zeigte ihm den Mittelfinger, ohne sich umzudrehen.

Heiner lachte dreckig.

Koko und ich trennten uns vor dem Eisenwerk. Während sie Richtung Schacht marschierte, ging ich bergauf Richtung Einkaufszentrum. Ich ließ mir wirklich Zeit, schlenderte herum, bevor ich Bobbos Farben kaufte. Aber nicht die billigsten. Ich kaufte die extraguten, die für raue Wände geeignet waren. Und nicht einfach Blau oder Grün sondern Horizon Blue, Mamba Green und andere Exoten. Ich würde Heiner einfach sagen, die billigsten wären ausverkauft gewesen.

Schon als ich mich unter der Eisenkette durch die Glastür duckte, hörte ich einen Schrei. Es hatte wie Tomis Stimme geklungen.

Fast wäre ich umgedreht und panisch weggelaufen, aber ich konnte meine Freunde doch nicht im Stich lassen. Jetzt hörte ich ein Klatschen und dann, wie Scholle aufjaulte. Mit klopfendem Herzen spähte ich vorsichtig um die Ecke und sah, wie Scholle und Tomi in einem der Büros nebeneinander auf dem

Betonboden knieten. Und ich sah Betty, die gerade ausholte, einen Zweig in der Hand, und ihn erst auf Tomis Wange, dann auf Scholles klatschen ließ. Sie krümmten sich vor Schmerz. Heiner saß mit einer Pobacke auf dem Schreibtisch und sah der Szene ungerührt zu. Ich stand wie festgetackert da, doch Heiner hatte mich bemerkt und winkte mich ins Büro.

»Nur eine kleine Erinnerung für die beiden. Nichts Schlimmes.«

Ich sah zu Tomi und Scholle. Ihre Gesichter waren rot und geschwollen und auf der Haut hatten sich Quaddeln gebildet.

»Na komm, Betty, noch ein bisschen«, forderte Heiner sie auf und Betty ließ den Zweig abwechselnd in ihre Gesichter klatschen.

»Bist du nicht ganz sauber, Betty«, sagte ich tonlos, als mir klar wurde, dass sie einen Brennnesselzweig in der Hand hielt, mit dem sie den beiden in die Gesichter schlug. Sie hatte ein glänzendes Gesicht und ihr Blick war ganz woanders.

»Betty!«, rief ich und riss ihr den Zweig aus der Hand.

Für einen Moment war sie verwirrt und schien nicht ganz bei sich zu sein.

»Betty«, sagte ich noch einmal.

»Was denn«, meinte sie. »Ist doch nicht schlimm. Ich hab sie ja nicht doll geschlagen. Eher durchs Gesicht gewischt.«

Heiner hüpfte vom Tisch. »Reg dich ab, du Gutmensch. Die beiden haben Mist gebaut und dafür bezahlt. So ist das im Leben.« Er hielt erst Tomi, dann Scholle die Hand hin und zog sie auf die Beine. Scholle weinte lautlos, während Tomi einen grimmigen Blick aufgesetzt hatte.

»Das wird schon wieder«, sagte Heiner zu den beiden. »Und nächstes Mal passt ihr besser auf, stimmt's?«

Sie nickten gleichzeitig.

»Und jetzt geht ihr nach Hause, kühlt eure Gesichter und kommt morgen früh wieder. Ich überlege mir inzwischen, wie es weitergeht und wie ihr an euer Geld kommt. Seid froh, dass ihr mich habt, der für euch denkt.«

Tomi und Scholle schlichen davon wie geprügelte Hunde. Ich wollte hinter ihnen her, etwas Tröstliches sagen, aber es gab nichts zu sagen. Nichts Echtes, nur Floskeln.

»Und sagt zu Hause, ihr seid beim Spielen in die Brennnesseln gefallen«, rief Heiner ihnen noch nach und zündete sich eine Zigarette an.

Betty stand da mit leerem Blick, als hätte jemand ihren Verstand abgesaugt. Ich sah zu ihr rüber, machte ihr Zeichen, aber sie ging nicht darauf ein. Heiner nahm mir die Tüte mit den Farben ab, warf einen Blick auf den Kassenzettel und verzog das Gesicht. »Teurer ging es wohl nicht? Da hätteste dem kleinen Scheißer ja auch gleich Ölfarben holen können, hätte auch nicht mehr gekostet.«

Ich ging nicht auf Heiners Boshaftigkeit ein, ich war noch immer geschockt. Vor allem wegen Betty. Was hatte sie dazu gebracht, ihre Freunde zu schlagen? Nur weil dieser kranke Heiner ihr das befohlen hatte?

Betty hatte schon immer was Gewalttätiges an sich gehabt, aber uns gegenüber war sie immer total lieb gewesen. Das hätte ich nicht erwartet und mir wurde klar, dass ich meine Freunde nicht richtig kannte. Konnte man überhaupt einen Menschen richtig kennen? Erst Koko, die immer verschlossener wurde und irgendein Geheimnis hütete, jetzt Betty und dazu Tomi, der immer schweigsamer, immer trauriger wurde. Nur Scholle blieb sich treu, aber das lag daran, dass er einfach keine Fantasie hatte und ziemlich eindimensional dachte und fühlte. Aber was war mit mir? Bemerkten die anderen auch eine neue Seite an mir, die mir selber gar nicht bewusst war?

Hier waren Kräfte am Werk, die uns durchkauten, durcheinanderwirbelten und wieder ausspuckten. Wäre also ein Wunder, wenn sich niemand von uns dadurch verändern würde.

In diesem Moment tauchte Koko auf. »Hab was zu essen«, sagte sie und schwenkte ihre Tüte. Sie merkte, dass irgendwas nicht stimmte.

»Was ist hier los?«, fragte sie ungewöhnlich scharf und für einen Moment blitzte die alte Koko wieder auf. »Heiner, was hast du gemacht?«

Der antwortete mit einem Kopfnicken zu Betty: »Frag sie.«

»Also, Betty …«, begann Koko, doch Betty nestelte verlegen am Ausschnitt ihres T-Shirts.

»Sie hat Scholle und Tomi geschlagen«, sagte ich an Bettys Stelle. »Sie hat sie mit einem Brennnesselzweig geschlagen.«

Koko wandte sich Betty zu. »Stimmt das?«

»Ach, hör doch auf«, explodierte Betty. »Ich hab sie nur gestreichelt. Sie hätten ja auch nicht mitmachen müssen. Die wollten das doch auch. Außerdem hat Heiner gesagt, dass das wichtig wäre. Für die Gruppe.« Sie fing an zu schluchzen, Rotz lief ihr aus der Nase, den sie mit dem Handrücken abwischte. »Wir müssen doch zusammenhalten, wir müssen uns aufeinander verlassen können. Scholle und Tomi hätten auf Bobbo besser aufpassen müssen. Die reiten uns rein. Uns alle.« Sie schluchzte mittlerweile so stark, dass sie nicht mehr weitersprechen konnte.

»Du mieses Schwein!«, sagte Koko zu Heiner und warf die Tüte mit dem Essen nach ihm. Heiner duckte sich, sonst hätte er sie an den Kopf gekriegt. Sie fiel auf den Boden, platzte auf und der Inhalt verteilte sich. Äpfel kullerten herum, mit Butter beschmierte Brothälften hatten sich aufgeklappt, aus einem Tetrapack pluckerte Milch wie aus einer Wunde, ein hart gekochtes Ei war in den Rippen der Heizung stecken geblieben.

»Reg dich ab, Koko«, sagte Heiner und hob abwehrend die Hände, als hätte er Angst, sie könnte noch mehr nach ihm werfen. »Du bist ja die Unschuld in Person, nicht wahr. Warum erzählst du deinen Freunden nicht mal von deinen Leichen im Keller?«

»Ich warne dich!«, sagte Koko mit erhobenem Zeigefinger, »treib es nicht zu weit.« Sie marschierte wortlos aus dem Büro, wir hörten ihre Absätze den Flur runterknallen.

»Weiber«, sagte Heiner kumpelhaft zu mir und zwinkerte mir zu.

In diesem Moment hasste ich ihn. Vorher hatte ich nur Angst vor ihm gehabt, aber jetzt hasste ich ihn noch dazu. Was hatte er aus uns gemacht? Was hatten wir aus uns machen lassen? Außerdem hatte er mir ungefragt ein anderes Bild von Koko eingepflanzt.

Den Abend verbrachte ich mit meinen Eltern. Betty hatte freiwillig angeboten, bei Bobbo zu übernachten. Allein, weil niemand von uns anderen mit ihr zusammen sein wollte.

Jetzt wuselten meine Eltern in der Küche umher, ich konnte sie mit den Tellern klappern hören. Dann aßen wir zusammen, unterhielten uns, wobei ich ständig mit meinen Gedanken abschweifte, wir schauten einen Film, auf den ich mich nicht konzentrieren konnte. Meinen Eltern zuliebe tat ich aber, als wäre ich voll dabei, und lachte, wenn sie lachten, stöhnte, wenn sie stöhnten, und rief erschrocken: »Oh!«, wenn sie erschrocken »Oh!« riefen. Um zehn ging ich ins Bett, sagte, ich sei müde vom Rumtoben am Bahndamm, worauf sie verständnisvoll nickten und mir eine gute Nacht wünschten.

Jetzt, sagte ich mir, als ich im Bett lag. Du musst es ihnen jetzt sagen. Aber etwas hielt mich davon ab. Angst, Unsicherheit, Solidarität mit meinen Freunden (wenn sie es denn überhaupt noch waren?) oder einfach Scham, dass sie mich fortan mit anderen Augen ansehen würden.

Ich konnte ewig nicht einschlafen, meine Gedanken schossen wie Spinnfäden hin und her, gingen neue Verknüpfungen ein, zerrissen alte und sorgten für reichlich Chaos in meinem Kopf.

Ich dachte an Bobbo, der die neue Situation einfach hinnahm wie einen Regenguss und der das Beste daraus machte, indem er einfach malte. Er schien sogar richtig glücklich zu sein, dass er jetzt so viele Wände bemalen durfte, ohne dass jemand mit ihm schimpfte. Zu Hause durfte er das bestimmt nicht. Ich dachte an seine Mutter, die sicherlich ebenfalls nicht schlafen konnte vor lauter Sorge. Ich dachte an meine Eltern und welche Ängste sie ausstehen würden, wenn ich einfach verschwand. Ich dachte und dachte und bekam Kopfschmerzen, und statt einzuschlafen, fiel ich am Ende einfach in ein schwarzes Loch.

Kapitel 14

Am nächsten Morgen tat mir alles weh. Ich hatte wohl schief gelegen.

Nach dem Frühstück, meine Eltern waren unterwegs, machte ich mich auf zum Eisenwerk. Schon als ich aus dem Haus trat, sah ich sie: Polizei! Drei Uniformierte und zwei Mann in Zivil kamen unseren Weg entlang. Ich fummelte am Briefkasten rum, guckte in die andere Richtung, als sie an mir vorbeigingen, und rannte mit klopfendem Herzen wieder die Treppe hoch. Im Schlafzimmer meiner Eltern stellte ich mich ans Fenster und sah hinaus. Die Beamten standen mit Bobbos Mutter vor ihrem Haus und redeten. Eine Freundin hatte sich bei ihr eingehakt und gab ihr Halt. Ich rechnete damit, dass sie jeden Moment zu uns hochzeigen und die Polizisten bei uns klingeln würden. Also hatte Bobbos Mutter doch die Polizei geholt. Wir mussten uns stellen. Gar keine Frage.

Ich rief Koko an, dann Scholle, dann Tomi, dann, ich zögerte ein wenig, auch Betty, doch niemand ging ans Telefon. Heiners Nummer hatte ich nicht, und es war mir auch egal, ob er davon erfuhr oder nicht.

Meine Gedanken fuhren Achterbahn. Was sollte ich jetzt tun? Ich versuchte es wieder bei Koko und diesmal nahm sie ab.

»Hast du schon gesehen, dass …«, begann ich, doch sie fiel mir ins Wort.

»Wir müssen sofort zum Eisenwerk, um Betty zu warnen.«

»Die Polizei ist überall«, gab ich zu bedenken.

»Also ich seh nur die paar unten vorm Haus. Bis jetzt durchsuchen sie hier noch nichts. Hast du was von den anderen gehört?«

Ich verneinte, worauf Koko sagte: »Hol Scholle und Tomi ab und dann kommt ihr so schnell wie möglich zum Eisenwerk. Wenn sich was ändert, rufe ich dich an.« Dann legte sie grußlos auf.

Ich spähte aus der Haustür, ob die Polizisten noch immer mit Bobbos Mutter dort standen, aber sie waren alle weg. Trotzdem ging ich einen Umweg zu Scholle, der mir im Schlafanzug die Tür aufmachte.

»Ich hab heute keine Zeit«, sagte er sofort. »Ich muss meinem Vater im Laden helfen.« Sein Gesicht war noch leicht gerötet.

»Im Schlafanzug?«, fragte ich, worauf Scholle an sich heruntersah und antwortete: »Nee, ich zieh mich gleich um. Musste nur noch …« Den Rest vernuschelte er.

»Scholle, die Polizei ist in der Siedlung. Die haben mit Bobbos Mutter geredet. Wir müssen zum Eisenwerk und überlegen, was wir jetzt machen.«

Er sah mich erschrocken an. »Ich, aber ich …«, stotterte er. »Mein Vater. Der wartet auf mich.«

»Dann ruf ihn an und sag, du kommst später.«

Scholle warf mir einen so traurigen Blick zu, dass ich fast nachgegeben hätte. »Scholle«, sagte ich vorsichtig. »Wir müssen ins Eisenwerk.«

Er schüttelte sich, wie um die Traurigkeit zu vertreiben, und sagte: »Ich weiß nicht.«

»Los jetzt, zieh dich an«, sagte ich energisch und drängte ihn in die Wohnung. Ich war über mich selbst erstaunt. Ein paar

Tage zuvor hätte ich mich noch widerspruchslos von Scholle wegschicken lassen und jetzt ließ ich nicht locker.

»Los, mach schon«, drängelte ich. »Wir müssen Tomi auch noch abholen.«

Als Scholle endlich fertig angezogen war, fiel ihm noch ein, dass er vergessen hatte, sich die Zähne zu putzen.

»Du spinnst ja wohl«, warf ich ihm vor. »Ich trete dir gleich in deinen dicken Hintern.« Auch das war ein neues Verhalten für mich und Scholle sah ein, dass es mir ernst war, schnappte sich seine Schlüssel und eilte hinter mir her.

Tomi hatte schon auf uns gewartet. Koko hatte ihn angerufen. Wir gingen zu dritt über Umwege zum Eisenwerk, falls uns jemand beobachtete oder die Polizei am Bahndamm rumschlich.

Die anderen waren bereits versammelt und Bobbo schlief.

»Der hat die ganze Nacht gemalt«, maulte Betty. »Ich konnte gar nicht schlafen. Bobbo hat mich wach gehalten und dann diese gruseligen Bilder.« Sie zeigte an die Wände. »Überall Monster und so Zeugs.«

Betty war normalerweise nicht so leicht aus der Fassung zu bringen, aber das hier überforderte sie. Dabei fand ich die Bilder nicht gruselig. Sie waren ungewöhnlich, aber das war auch Bobbo. Er hatte seine Motive erweitert: Jetzt bevölkerten nicht mehr nur die zylinderartigen Wesen die Wände, sondern auch pflanzenartige Gebilde, die sich um seltsame Gebäude rankten, aus denen wiederum Augen wuchsen und Hände.

»Hat jemand Heiner erreicht?«, unterbrach Betty meine Gedanken.

»Der geht nicht ans Handy«, sagte Koko. »Ich hab auch bei

ihm geklingelt, aber entweder schläft er noch oder er ist nicht da.«

»Wo kann der sein?«, fragte Betty leicht panisch. Ohne Heiners Anweisungen war sie aufgeschmissen. »Der muss doch jetzt hier sein.«

»Ist doch besser, wenn er nicht kommt. Vielleicht haben sie ihn ja auch verhaftet oder er ist abgehauen«, sagte Tomi.

»Schön wär's«, meinte Koko.

Jetzt, wo Heiner nicht mehr wie ein bedrohlicher Schatten über uns schwebte, fühlten wir eine Ahnung unserer früheren Freiheit. Wenn wir das nutzten und uns der Polizei stellten, könnten wir vielleicht, aber auch nur vielleicht, unsere Achtung voreinander und auch vor uns selbst wiedergewinnen. Gerade als ich den anderen das sagen wollte, hörten wir Schritte, die über Glas knirschten, und sahen uns entsetzt an. Polizei? Wir waren gespannt wie Federn, jederzeit bereit, durchs Fenster abzuhauen. Doch es war Heiner, der jetzt breit grinsend das Büro betrat.

»Na, Schiss gehabt, ihr schreckhaften kleinen Schweinchens?«, fragte er. »Ihr solltet eure Gesichter sehen: von Angst zerfressen. Angst um eure kleinen beschissenen Existenzen. Ihr seid klein und werdet es auch bleiben.«

»Wo warst du denn?«, fragte Koko ihn.

»Geschäfte«, sagte Heiner lässig und betrachtete, sich langsam um die eigene Achse drehend, Bobbos Bilder.

»Nehmt euch ein Beispiel an dem Idioten«, sagte er dann. »Der malt, der schafft sich seine eigene Welt. Ihr dagegen könnt das nicht. Ihr könnt nur reagieren. Ihr seid nur Schauspieler, die Rollen spielen. Den Text hat aber jemand anderes für euch geschrieben.«

»Amen!«, erwiderte Koko salbungsvoll.

»Ja, ich weiß, dass du dich gern über alles lustig machst, aber versuch mal, deinen Kokon zu durchbrechen, Koko. Versuch mal, das Leben nicht durch deinen Filter zu betrachten. Stell dich den Realitäten, besonders deinen eigenen. Oder soll ich den anderen hier mal erzählen, was die nach außen so starke Koko im Inneren so kleinhält?«

»Hast du schon mitgekriegt, dass Bobbos Mutter die Polizei gerufen hat? Oder haben dich deine ›Geschäfte‹ so in Anspruch genommen?«, zischte Koko.

Heiner gefror sein überhebliches Grinsen. »Du spinnst ja.«

»Wirklich?«, fragte Koko. »Frag doch mal die anderen.«

Heiner drehte sich zu uns um, doch als er unsere Gesichter sah, erübrigte sich jede Frage.

»Diese verdammte Alte«, fluchte er. »Die hat es tatsächlich gewagt, die Bullen zu rufen.« Heiner war regelrecht fassungslos. Da hatte es jemand gewagt, sich seinen Anweisungen zu widersetzen und damit kam er gar nicht klar. Ich musste an diese russischen Figuren denken, wo eine in der anderen steckte, immer kleiner werdend. So war es auch bei Heiner. Er wurde immer weniger in meinen Augen. Nichtsdestotrotz machte er uns noch immer eine Scheißangst.

»Was machen wir denn jetzt?«, fragte Betty. »Ich meine, wir können Bobbo doch nicht hierlassen. Die werden bestimmt alles in der Gegend absuchen.«

Als ob er seinen Namen gehört hätte, stand Bobbo plötzlich in der Tür. »Tschokkolade, Fruhstuck«, sagte er.

Wir sahen uns an. Verdammt! Wir hatten vergessen, welche einzukaufen.

»Ich hole welche, Bobbo«, sagte ich.

»Tschokolade!«, sagte Bobbo noch einmal. Er weinte jetzt fast. »Bobbo Tschokolade.«

»Hast du die Pralinen von meinem Vater noch?«, fragte Koko.

Hatte ich. Also holte ich sie aus meinem Rucksack und gab Bobbo eine. Er kaute geräuschvoll darauf herum, während ihm braun gefärbter Schokospeichel aus dem Mundwinkel lief. Plötzlich hustete er, würgte, griff sich in den Mund, zog den Zettel raus und betrachtete ihn ratlos.

»Nicht dass der noch an einem Zettel von deinem Alten erstickt«, sagte Heiner. »Das ist ja lebensgefährlich.«

»Also, was machen wir jetzt?«, fragte Betty noch einmal.

»Wir können Bobbo hier jedenfalls nicht rausschaffen, solange die Polizei draußen rumläuft«, gab Koko zu bedenken.

»Wir machen weiter wie bisher«, entschied Heiner. »Nachher rufen wir noch mal die Alte an und erzählen ihr, dass wir von den Bullen wissen. Sie soll das Geld irgendwohin überweisen.«

»Was?«, fragte Scholle entgeistert. »Wie soll das denn gehen? Du kannst doch nicht einfach ein Konto bei der Bank aufmachen.«

Heiner grinste. »Warum nicht, vielleicht unter anderem Namen, vielleicht unter deinem, Dickerchen.«

»Pff«, machte Scholle. Diese Diskussion war unter seinem Niveau. Bei Finanzfragen verstand Scholle keinen Spaß. »Bitcoins«, sagte er nur triumphierend.

Wir sahen ihn fragend an.

»Im Darknet. Das ist jetzt noch die einzige Möglichkeit.« Er hatte das so überzeugend gesagt, dass jeder Widerspruch zwecklos war.

»Kennst du dich damit aus?«, fragte Heiner.

Scholle lief jetzt zur vollen Form auf. »Ist keine Kunst«, sagte er. »Wir müssen nur …«

In diesem Moment unterbrach Bobbo Scholles Erklärung. »Wiss do ein Lichkt sei dan leukte mi de Graaft daine Hersen«, las er stotternd von dem Zettel ab, der in der Schokolade gesteckt hatte.

»Was, was, was?«, fragte Tomi entgeistert.

»Willst du ein Licht sein, dann leuchte mit der Kraft deines Herzens«, übersetzte Scholle.

»Wieso kann der lesen?«, fragte Heiner fassungslos. »Ich dachte, der ist auf dem geistigen Stand einer Parkuhr.«

»Du unterschätzt doch jeden«, sagte Koko zu ihm.

»Mensch, Bobbo«, sagte ich. »Du bist echt gut.« Doch Bobbo war schon wieder in die Betrachtung seiner Bilder versunken. Es interessierte ihn nicht im Geringsten, was wir von ihm hielten. Er brauchte uns nicht. Und unsere Anerkennung erst recht nicht. Wer waren hier eigentlich die wahren Idioten?

»Was soll der Spruch überhaupt bedeuten?«, fragte Betty.

»Benutz deinen Verstand«, sagte Heiner. »So was in der Art. Gar nicht schlecht. Bisschen kitschig, aber wahr.«

Kitschig? Ich konnte mich gerade noch stoppen, sonst hätte ich Heiner etwas erwidert, aber dass der Spruch von mir war, mussten die anderen ja nicht wissen. Und ja, er war ein bisschen kitschig. Na und? Dafür lächelte Koko mich wissend an.

»Schöne Einlage, kleiner Bobbo«, sagte Heiner und wandte sich uns zu. »Okay, weiter im Text. Da das hier keine Demokratie ist, lege ich jetzt mal fest, wie es weitergeht. Du, Fettbolzen«, er zeigte auf Scholle, »kümmerst dich um diese Bitcoin-Geschichte. Und du«, wobei er auf Tomi zeigte, »du bleibst bei dem Idioten bis heute Abend. Wir treffen uns alle gegen sieben hier und ihr erstattet Report.«

Heiner wirkte wie ein Feldherr, der seine angeschlagene Truppe in die letzte Schlacht schickte.

Tomi schien alles egal zu sein. Er nickte nur. Für einen Moment hatte ich den Eindruck, ihn als alten, müden Mann zu sehen, der sich dahinschleppte und auf den Tod wartete.

»Betty kann nach Hause gehen und schlafen«, fuhr Heiner fort, »und Koko und du«, er zeigte auf mich, »ihr habt jetzt erst mal frei und übernehmt dann die Nachtschicht.«

»Ich kann heute Abend nicht«, widersprach Koko.

»Willst du mich verarschen, Koko?«, fragte Heiner. »Du passt schön auf Bobbo auf.«

»Und wenn nicht? Was willst du dann machen, Heiner? Mich anzeigen?«, fragte Koko zurück. »Ich werde den Abend mit meinem Vater verbringen. Wir gehen essen, um seinen Erfolg zu feiern.«

»Erfolg? Was für ein Erfolg? Dein Vater weiß ja nicht mal, wie das Wort geschrieben wird.« Er lachte, um Koko noch mehr zu demütigen, doch sie sagte nur:

»Entschuldige, Heiner, ich habe grad nicht zugehört. Was hast du gesagt?«

»Okay, Koko«, sagte Heiner wütend, »ausnahmsweise lasse ich dir das durchgehen. Betty macht heute Abend den Anruf, sobald Schweinchen Schlau das mit den Bitcoins rausgekriegt hat, und morgen wird kassiert und dann bin ich sowieso weg, ihr Schwachmaten. Und du ...«, er sah mich an, »du machst hier die Nachtwache.«

»Aber nicht allein«, protestierte ich. »Was soll ich denn machen, wenn Bobbo abhaut?« Das war zwar ein mageres Argument, denn Betty hatte schließlich auch allein bei Bobbo geschlafen, aber die hätte ihn wahrscheinlich k.o. gehauen, hätte er versucht, abzuhauen. Heiner seufzte, sah erst Tomi an, dann Scholle und schüttelte schließlich den Kopf. »Okay, okay! Dann bleibe ich mit dir hier. Ausnahmsweise. So kurz vor dem Ende darf hier nichts schieflaufen«, schloss Heiner drohend.

Mist, das hatte ich nicht gewollt, da würde ich die Nacht ja lieber allein bei Bobbo verbringen.

»Und wehe, ihr beiden Hampelmänner versaut wieder alles«, sagte Heiner zu Tomi und Scholle.

»Und wenn die Polizei herkommt?«, fragte Tomi.

»Dann gehst du mit Bobbo einfach weiter ins Gebäude rein und versteckst ihn da irgendwo. Ich glaube nicht, dass die Bullen hier alles auf den Kopf stellen. Die sind zu blöd für so was.«

»Ja sicher, Heiner. Alle anderen außer dir sind ja auch blöd«, sagte Koko. Er ignorierte sie.

»Also macht keine Fehler, Schweinchens. Heute Abend um sieben bin ich wieder hier.« Er zeigte auf Betty. »Ruf die Alte um sechzehn Uhr an und dann meldest du dich bei mir. Und du, Fatty: Sobald du was über die Bitcoins rausgekriegt hast, sagst du Bescheid«, sagte Heiner noch, bevor er verschwand.

»Das kann so nicht weitergehen«, meinte Tomi, als Heiner außer Sichtweite war. »Der zieht uns alle mit runter. Lasst uns zur Polizei gehen. Ich halte das nicht mehr aus.«

»*Du* hältst das nicht mehr aus«, schluchzte Betty plötzlich los.

»Ja, ich halte das nicht mehr aus«, schrie Tomi. Sie weinten jetzt beide. »Du machst doch gern bei dem Scheiß mit, Betty. Dir macht das doch richtig Spaß. Kannste dich so richtig schön ausleben.«

»Du Arschloch«, schrie Betty zurück. »Ihr habt mich doch immer nur verarscht. Nie ernst genommen. Für euch war ich immer nur die pummelige Betty mit den roten Haaren und der Assifamilie.«

Ihre Gesichter waren nur noch ein paar Millimeter voneinander entfernt. Es fehlte nur ein Funke, und sie wären sich an die Kehlen gegangen.

»Leute, das bringt doch nichts«, mischte sich Scholle ein. »Ich meine, Heiner ist der Böse. Nicht wir. Wir müssen zusammenhalten.«

»Ach ja?«, brüllte Tomi. »Das sagst du, nachdem Betty uns gestern mit Brennnesseln geschlagen hat?!«

»Weil Heiner das so wollte«, sagte Scholle. »Wir machen doch alle, was er sagt.«

»Hör doch auf mit diesem Mist«, wandte sich jetzt auch Betty gegen Scholle. Mit vereinten Kräften beschimpften sie ihn.

Meine Freunde waren nur noch ein Schatten ihres früheren Selbst und selbst ihr Streit wirkte wie ein Fotonegativ unserer Beziehung vor der Entführung.

»Betty, geh nach Hause und schlaf dich aus«, sagte Koko schließlich. »Wir sind alle mit den Nerven fertig.«

Tomi, Betty und auch Scholle sahen zu Koko, dann gaben sie sich verschämt die Hände. Wenigstens das kriegten wir noch hin.

Ich ging mit Koko zur Siedlung zurück. Komisch, wieso fiel mir erst jetzt auf, wie fertig sie aussah? Ihre übliche Eleganz war wie abgekratzt und darunter war ein gewöhnliches Mädchen zum Vorschein gekommen. Ich hatte für einen kurzen Moment das Gefühl, eine andere Koko neben mir zu sehen, eine gewöhnlichere Ausgabe. Doch dann war der Eindruck auch schon wieder vorbei.

Auf der Wendeplatte für die Autos stand ein Polizeiwagen. Ich wollte abhauen, doch Koko zog mich dorthin. »Bist du verrückt«, flüsterte ich. »Wenn die was merken.«

Koko sah mich durchdringend an. »Was sollen die merken? Dass du dir vor Angst in die Hose gemacht hast? Los, komm schon, wir müssen wissen, was die wissen.«

Ehe ich noch weiter protestieren konnte, hatte sie mich an die Seitentür des Wagens geschoben. Auf dem Beifahrersitz saß ein junger Polizist und ignorierte uns. Er hatte die Schirmmütze tief ins Gesicht gezogen wie die Cops in amerikanischen Filmen.

Seine Kollegen waren wohl in der Siedlung unterwegs oder bei Bobbos Mutter.

Koko räusperte sich, doch der Polizist achtete nicht auf uns. Er tat immer noch, als würde er uns nicht bemerken und müsste mit Furcht einflößendem Blick die Sträucher am Rand der Wendeplatte in Schach halten.

Ripwinkel hatte dazu geschrieben, dass dieses Verhalten dazu diente, das Wild, das man jagte, glauben zu machen, man sei Teil der Landschaft und damit ungefährlich. Der Polizist war nun ein Teil der Wendeplatte.

»Herr Wachtmeister, Sie«, säuselte Koko mit ihrer süßesten Stimme. Mein Magen kräuselte sich wie die See bei Sturm. Ich wusste, was jetzt kam. Hoffentlich ging das nicht schief. Der Polizist ignorierte Koko.

»Hallo«, sagte sie und tippte dem Beamten leicht auf die Schulter.

Der Polizist – er war noch ziemlich jung – tat so, als würde er uns erst jetzt bemerken.

»Ist was passiert, weil Sie hier so Wache stehen? Wir haben Ihre Kollegen auch schon in der Siedlung gesehen. Müssen wir uns Sorgen machen, mein kleiner Bruder und ich?«

Ich wäre vor Angst, Scham und Peinlichkeit fast im Boden versunken.

Jetzt wandte der Polizist sich zum ersten Mal Koko richtig zu. »Solange ich hier bin, musst du vor gar nichts Angst haben. Ein Junge wurde entführt.«

Was für ein Wichtigtuer! Dabei war der Polizist gerade mal ein paar Jahre älter als wir. Wahrscheinlich im ersten Jahr seiner Ausbildung.

»Entführt!«, echote Koko und schlug die Hände übertrieben vor den Mund. Als Schauspielerin war sie eine Null, aber der Polizist schien selten ins Kino zu gehen, oder er guckte nur Schrott wie »Berlin – Tag & Nacht«.

»Jemand aus der Siedlung?«, fragte Koko weiter.

Der Polizist nickte wichtigtuerisch. »Ein Junge namens Robert, aber psst.« Er legte den Zeigefinger auf die Lippen.

»Ja, natürlich, von uns wird das niemand erfahren, oder?« Koko drehte sich zu mir und ich nickte eifrig.

Der Polizist schien erst jetzt Notiz von mir zu nehmen. Auch wenn er jung war, so war er doch ein Polizist und ich machte mir fast ins Hemd, als er mich ansah. Wie konnte Koko nur so lügen? Ich wusste, wie tough sie sein konnte, aber damit überraschte sie mich ziemlich. Da war wieder eine Facette an Koko, die ich nicht kannte, und ich fragte mich, ob man einen anderen Menschen überhaupt jemals richtig kennen konnte.

»Und Sie haben schon eine Spur?«, fragte Koko weiter.

Der Polizist wiegte die Handfläche hin und her. »Nicht so richtig. Aber es scheint ihn jemand entführt zu haben und der will jetzt Geld von der Mutter.«

Koko entfuhr ein Ächzen. Der Polizist sah sich um, ob uns auch niemand belauschte oder seine Kollegen zurückkämen, dann sagte er mit gedämpfter Stimme: »Den haben wir aber bald. Solche Leute verraten sich immer durch irgendwas.«

»Vielleicht ist der Junge auch weggelaufen«, sagte ich, jetzt mutiger geworden. »Manchmal hauen Kinder doch auch einfach ab und tun so, als wären sie entführt worden.«

»Der nicht«, sagte der Beamte vertraulich. »Der ist behindert.«

»Ach, Sie meinen Bobbo!«, rief Koko und erntete einen überraschten Blick seitens des Polizisten. »Der ist gar nicht so, wie er immer tut, aber psst.« Jetzt legte Koko ihren Zeigefinger auf die Lippen, worauf der Polizist sich neugierig ein Stück aus dem Auto beugte und mit Daumen und Zeigefinger tat, als würde er seine Lippen versiegeln.

»Der kann zum Beispiel lesen«, fuhr Koko fort. »Jeder denkt, dass er ein Idiot ist, aber das stimmt gar nicht. Oder?« Sie drehte sich zu mir und ich nickte eifrig. »Lesen?«, wiederholte der Polizist dümmlich, als hätte er das Wort noch nie gehört. »Uns hat die Mutter erzählt, dass der Junge auf dem Stand eines Fünfjährigen sei.« Er sah Koko und mich prüfend an. »Stimmt das auch?«

Wir nickten gleichzeitig.

»Das könnte der Geschichte ja eine komplett andere Richtung geben.«

»Meinen Sie wirklich?«, fragte Koko übertrieben beeindruckt.

»Ja, klar. Das muss ich den Kollegen erzählen«, sagte der Beamte und faltete sich aus dem Wagen. »Wie heißt ihr denn eigentlich?«, wollte er wissen.

»Ich heiße Dolores«, sagte Koko, »und das ist mein kleiner Bruder Amando.«

»Du solltest zur Polizei gehen, Dolores. So kluge Köpfe brauchen wir da.« Ich hätte am liebsten gesagt: Kein Wunder, wenn sie solche Idioten wie dich einstellen.

Koko winkte ab. »Ach, das könnte ich nicht. Ich lerne Friseurin. Ich bin im ersten Lehrjahr.«

Ich musste ein Lachen unterdrücken. Koko und Friseurin. Genauso gut hätte sie sagen können, sie wäre Schlangenbändigerin, das wäre genauso absurd gewesen.

»Na ja, vielleicht komme ich mal zum Haareschneiden«, sagte der Junge, winkte uns noch einmal und verschwand in Richtung Bobbos Haus.

Koko hakte sich bei mir ein und wir versuchten so gelassen wie möglich um die Ecke zu gehen. Mit fiel das schwer, weil meine Beine zitterten, und auch Koko schien mitgenommen, was mich beruhigte, da sie vielleicht doch nicht so abgebrüht war, wie ich gedacht hatte.

»Uff!«, atmete sie hörbar aus, als wir ein paar Meter gegangen waren. »Ich hab gedacht, gleich holt er die Handschellen raus, weil er uns was ansieht.«

»Ich auch«, gab ich zurück.

Ich gab ihr aus Erleichterung einen Klaps und wir schubsten uns ein bisschen. Dann lud ich Koko zum Pommesessen ein, wo wir weiter rumalberten und über irgendwelchen Quatsch lachten. Zum ersten Mal seit ein paar Tagen dachten wir weder an Bobbo noch an Heiner und auch nicht an die Konsequenzen, die uns erwarteten. Wir waren einfach Kids, die Sommerferien hatten und das Leben genossen.

Nachdem wir noch in Asches Eisdiele gewesen waren, gingen Koko und ich in dem kleinen Rathaus-Park spazieren. Wir hatten es beide nicht eilig, in die Siedlung zurückzukommen. Da würden wir noch früh genug wieder sein und dann wären wir wieder mitten drin in der Realität mit all ihren Schrecken und scharfen Kanten.

Auf dem Heimweg fragte ich Koko: »Was glaubst du, kommen wir aus der Geschichte halbwegs heil heraus?«

Koko überlegte eine Weile, schließlich sagte sie: »Niemand von uns wird da unbeschadet rauskommen, egal wie es ausgeht.«

»Sollten wir nicht lieber zur Polizei gehen?«, fragte ich. »Ich meine, Betty hat sich ja jetzt auf Heiners Seite gestellt, auf die brauchen wir doch keine Rücksicht mehr zu nehmen.«

Koko warf mir einen Blick zu. »Willst du sie im Stich lassen?«

»Nein«, protestierte ich. »Aber sie hat Scholle und Tomi geschlagen.«

Koko nickte bedächtig.

»Das ist doch keine Freundin mehr«, sagte ich.

»Aber sie war es und vielleicht wird sie es wieder. Ich glaube, sie ist verwirrt und hat Angst.«

Manchmal wusste ich nicht, ob ich Koko klug oder dämlich finden sollte.

Vor Kokos Haus verabschiedeten wir uns. Ich sah ihr nach, wie sie mit ihrem Schlüssel die Tür öffnete und dann im Hausflur verschwand. Ich machte mich auf zu unserem Haus und in Gedanken versunken bemerkte ich den Wagen erst, als er scharf neben mir bremste. Aus dem geöffneten Fenster dröhnte wieder irgend so ein Schmusesong. Freddy! Er stieg umständlich aus dem Wagen und trottete auf mich zu.

»He, Freddy«, sagte ich und wollte ihn abklatschen. Schließlich waren wir ja jetzt so was wie Verbündete. Stattdessen bekam ich eine Ohrfeige, die meine Brille in hohem Bogen davonfliegen ließ.

»Ich hab gehört, dass du dich mit diesem Arschloch Heiner rumtreibst.« Ich wollte gerade etwas sagen, da bekam ich noch eine Schelle. »Das ist kein Umgang für dich. Halt dich von dem fern, verstanden?« Ich hielt mir die Backe und nickte. »Nicht, dass ich noch mal kommen muss«, sagte Freddy drohend, schwang sich wieder hinter das Steuer und fuhr mit quietschenden Reifen davon.

Ich sah ihm ratlos nach, wie er auf der Wendeplatte drehte und an mir vorbeischoss, ohne mich zu beachten. Irgendwie knallten in dieser Siedlung bei jedem langsam die Sicherungen durch.

Kapitel 15

Ich ließ meinen Eltern einen Zettel da, dass ich wieder bei Koko schlafen würde, bevor ich zum Eisenwerk ging.

Polizisten waren keine unterwegs. Kauend und schmatzend wollte ich gerade durch den schmalen Gang schlüpfen, der hinter den Garagen zum Bahndamm führte, als ich mich ein letztes Mal umdrehte, ob alles sicher war. Nicht weit von mir entfernt stand Heiner mit dem Rücken zu mir und gestikulierte. Er schien mit jemandem zu reden, der von der Hausecke verdeckt wurde.

Erst wollte ich weiter, aber dann meldete sich doch meine Neugier. Mit wem redete Heiner da? Ich duckte mich hinter die Blutberberitze, machte mich klein und kroch näher an Heiner heran, wobei ich immer wieder durch die Lücken in der Hecke sah, um herauszufinden, mit wem Heiner sich da unterhielt. Die andere Person stand etwas im Schatten und die Sonne blendete mich, sodass ich anfangs nicht erkennen konnte, wer da bei Heiner stand.

Aber zumindest konnte ich ein paar Satzfetzen verstehen, die der Wind zu mir rüberwehte, auch wenn die beiden sich bemühten zu flüstern – allerdings recht laut und verärgert.

»Wehe dir, Heiner. Ich meine es ernst«, sagte Koko gerade. Mein Herz hörte für eine Nanosekunde auf zu schlagen. Ernsthaft.

»…«, den Anfang verstand ich nicht, »… Sorgen, immer nur Sorgen«, zischte Heiner.

»Ja, du bist ja auch so frei und …«, hörte ich Koko mit ironischem Unterton sagen. »Ich warne dich«, fuhr sie fort. »Das geht niema… an.«

»Wovor hast du so ei… ßangst?«, fragte Heiner. »Du … nicht rechtfertigen, du musst …«

»Du hältst den Mund«, sagte Koko jetzt ziemlich laut. »Und lass ihn … Ruhe. Zieh ihn nicht mit runter.«

Heiner machte eine abwehrende Handbewegung. Dann hörte ich es klatschen und einen Schrei von Heiner. Koko hatte ihm eine gescheuert. Ich jubelte innerlich. »Spinnst …«, hörte ich ihn mit unterdrückter Wut sagen.

»Koko«, bettelte er dann, »wir beide … lass uns … irgendwohin.«

Sie stampfte wütend mit den Füßen auf, drehte sich um und ging einfach davon. Heiner stand starr da, wie ein Verurteilter. Ich glaubte, ihn sogar schluchzen zu hören, bevor er plötzlich losmarschierte. Genau auf mein Versteck zu. Ich duckte mich tiefer in die dornige Hecke, die Spitzen stachen mir überall hin und ich musste einen Schmerzensschrei unterdrücken. Heiner schimpfte vor sich hin, entdeckte mich glücklicherweise jedoch nicht, obwohl er einfach nur den Kopf hätte drehen müssen, bevor er in dem schmalen Gang hinter den Garagen verschwand. Ich blieb noch einen Moment reglos liegen, dann richtete ich mich auf und fing an, mir die Dornen aus den Armen und einen sogar aus meinem Hals zu pulen.

Ich wartete eine Weile, schob mich dann ebenfalls durch den Gang, ging am Bahndamm jedoch entgegengesetzt des Eisenwerks. Ich war total verwirrt und konnte jetzt niemandem der anderen begegnen. Ich musste nachdenken, meine Gedanken sortieren. So setzte ich mich auf eines der toten Gleise und überlegte, was Heiner auf gar keinen Fall verraten sollte? Und wem vor allem? Ich war total verwirrt.

Ich saß bestimmt eine halbe Stunde reglos da, bevor ich mich aufraffte und zum Eisenwerk ging. Die Grübelei hatte doch keinen Sinn und vielleicht sollte ich Koko einfach fragen. Andererseits hatte sie mich bisher nicht eingeweiht, was zwischen ihr und Heiner lief, also warum sollte sie es jetzt tun.

Als ich im Eisenwerk ankam, waren außer Heiner auch Tomi, Scholle und Betty da. Ich versuchte, mir nicht anmerken zu lassen, dass ich Heiner und Koko beobachtet hatte. Aber niemand beachtete mich.

»Also, Dicker, du hast was rausgefunden, hoffe ich«, sagte Heiner gerade schroff zu Scholle.

»Na ja, das ist nicht so einfach mit den Bitcoins«, gab Scholle zurück. »Ich war im Darknet.«

»Wärst lieber im Darkroom gewesen, was, Dicker«, lachte Heiner tonlos. »Und?«

»Das ist echt schlimm da«, fuhr Scholle fort. »Da kriegst du alles. Waffen, Drogen, Sprengstoff.«

»Komm zur Sache«, fuhr Heiner dazwischen.

»Na ja«, druckste Scholle herum. »Das mit den Bitcoins geht nicht so schnell. Man muss erst legale Bitcoins kaufen und dann muss man die Transferwege verschlüsseln, damit keiner nachvollziehen kann, wo das Geld am Ende hingeht. Und wir brauchen auch ein Konto und ich glaube nicht, dass Bobbos Mutter …«

»Willst du mich verarschen, Dicker?«, schrie Heiner plötzlich los. Er sah aus, als würde er Scholle am liebsten schlachten.

»Du dämlicher Molch«, schimpfte er. »Und was jetzt, wie kommen wir an unsere Kohle?«

»Weiß ich nicht«, erwiderte Scholle kleinlaut. »Vielleicht könnte man ...«

»Ach halt die Fresse. Könnte, müsste, vielleicht, ja, nein. Scheiße ey! Kann hier keiner von euch mal was richtig machen? Ihr seid solche Versager. Alles muss man selber machen.«

Wir standen wie erstarrt. Heiner sah missmutig in die Runde, dann fummelte er ein Handy aus seinem Rucksack und warf es Betty zu.

»Hier hab ich besorgt. Da ist 'ne Prepaidkarte drin. Ruf die Alte an und sag ihr, wenn sie die Bullen nicht wegschickt, kriegt sie einen abgeschnittenen Finger von ihrem Schwachkopfsohn geschickt.« Heiner schlug sich mit dem Handrücken mehrmals gegen die Stirn. »Nein, das ist Mist.« Er lief auf und ab. Blieb stehen, lief wieder hin und her, blieb erneut stehen und sagte zu Betty: »Ruf sie an und sag ihr, dass wir uns morgen wieder melden und ihr sagen, wie die Sache läuft. Und dann nimmst du die Karte raus und wirfst sie auf dem Nachhauseweg weg. Ich hab noch eine gekauft. Mit der rufen wir morgen an. Verstanden?«

Betty nickte.

»Was ihr mich alles schon an Geld gekostet habt, Schweinchens«, schimpfte Heiner. »Nur durch eure Unfähigkeit. Das will ich alles wiederhaben. Mit Zinsen. Und jetzt haut ab. Und überleg dir was bis morgen, Dicker.«

»Warum ich?«, kreischte Scholle. »Das kann doch auch Tomi oder so machen.«

»Geht mir bloß aus den Augen, ihr Trottel«, schrie Heiner

und entließ die anderen mit einer Handbewegung. Sie schlichen davon wie geprügelte Hunde. Allerdings getrennt.

Sie hielten es nicht mal aus, die paar Meter zur Siedlung zusammen zu gehen. Heiner hatte uns auseinandergebracht und wie losgerissene Boote bei Windstärke zehn drifteten wir immer weiter voneinander weg.

Als sie weg waren, gingen Betty und Heiner in ein anderes Büro, um dort mit Bobbos Mutter zu telefonieren. Ich ging in der Zwischenzeit zu Bobbo. Er hatte weitere Wände vollgemalt. Seine seltsamen Wesen hatten nun so eine Art Haustiere bekommen, die sie spazieren führten und denen sie Kunststücke beibrachten. Es war genial. Über eines der Wesen hatte Bobbo eine Sprechblase gemalt, in der stand: »Halo Robet wie get dir?« Das gab mir den Rest und ich musste mich auf den Boden setzen.

Dann kamen Betty und Heiner zurück. »Also geh jetzt und komm morgen früh«, hörte ich Heiner zu ihr sagen.

Betty verschwand grußlos. Ich hörte ihre Schritte auf dem zersprungenen Glas knirschen.

Heiner und ich richteten uns in dem Büro für die Nacht ein. Er schimpfte die ganze Zeit leise vor sich hin und ich wagte es nicht, ihn anzusprechen. Dann fiel mir auf, dass etwas fehlte: der Gestank des verendeten Hundes. Ich fragte Heiner danach.

»Hat der Dicke für seinen Alten zum Verwursten mitgenommen.«

Das war offensichtlicher Quatsch, aber ich fragte nicht weiter, um Heiner nicht noch mehr zu reizen. Wahrscheinlich hatte Tomi den Kadaver irgendwo anders hingebracht.

Ich nahm mir mein Ripwinkel-Buch vor, das ich extra eingepackt hatte, und las das Kapitel über Gruppendynamik; dass der

Einzelne in der Gruppe – und dann noch unter Druck – seine Entscheidungsfähigkeit verliert, dass er Teil der Masse wird, unfähig zum kritischen Denken.

Heiner pulte eine Weinflasche aus seinem Rucksack und trank sie fast auf ex. Bald hatte er sie leer und öffnete eine zweite.

»Was liest 'n da für 'n Scheiß?«, fragte er nuschelnd, nachdem er mir eine Weile schweigend zugesehen hatte.

Ich zeigte ihm das Buch. Er nahm es mir aus der Hand, um den Klappentext zu lesen, wobei er seine Augen zusammenkneifen musste. »Gott, was für 'n Kinderkram.« Mit diesen Worten schmiss er mir das Buch hin. Er kramte in seinem Rucksack rum und zog schließlich selbst ein Buch heraus.

»Da«, sagte er und warf es mir in den Schoß. »Das ist das einzige Buch, das man lesen sollte.« Gerade als ich danach greifen wollte, riss Heiner es an sich, drückte es an seine Brust und rief: *»Es ist die Sache der Wenigsten, unabhängig zu sein – es ist ein Vorrecht der Starken.«*

Ich sah ihn fragend an.

»Schon mal von Nietzsche gehört?«

Ja, hatte ich, aber nichts Gutes. War ein Philosoph und war im Irrenhaus gestorben, weil er auf der Straße ein Pferd umarmt hatte. Das war's.

»Jenseits von Gut und Böse«, deklamierte Heiner, als würde er auf einer Bühne stehen, wobei ich sein Publikum war. Hoffentlich erwartete er nicht von mir, dass ich klatschte.

»Solltest du lesen, darin steht die Wahrheit.« Er klopfte auf den Buchrücken. »Hundertdreißig Jahre alt und heute wahrer denn je.«

Er richtete seine Augen auf mich und ich hatte den Eindruck, dass sein Blick wie ein Röntgenstrahl war, der in jeden Winkel meines Kopfes kroch. Selbst in die verstaubten, längst vergessenen Räume.

»Du willst doch auch hier raus, oder?«

»Ja, sicher«, stotterte ich und dachte, er meinte die Situation, die durch Bobbos Entführung entstanden war.

»Diese ganze Welt hier wird dir langsam zu klein, stimmt's?« Heiner breitete die Arme aus und faltete sie langsam wieder zusammen, bis seine Handflächen sich berührten. »Die Siedlung, die kleinen Leute hier, das ganze muffige Leben, in dem man irgendwas Kleines wird und bleibt. Stimmt's?« Er wartete meine Antwort jedoch gar nicht ab. »Du gehörst hier nicht her, genau wie ich«, redete er weiter. »Und weißt du, wie du hier rauskommst?«

Ich schüttelte den Kopf. »Du musst abhauen und dich neu erfinden. Du musst dich zu dem machen, der du eigentlich schon längst bist. So einfach ist das.« Er schnippte mit den Fingern. »Die meisten Leute haben leider keine Fantasie. Die denken, sie müssten das bleiben, was man ihnen eingeimpft hat. Stimmt aber nicht.« Er fuhr sich mit dem Zeigefinger über die Schneidezähne. »Und wirklich frei macht dich nur die Kunst.«

Ich fühlte mich regelrecht erkannt von Heiner. Außer Koko hatte ich auch noch niemandem erzählt, dass ich Schriftsteller werden wollte. Nicht mal meinen Eltern. In meiner Familie wurde man nicht Schriftsteller. Im Regal meiner Eltern standen auch nur ganz wenige Bücher und die stammten auch noch von der Büchergilde, waren uralt, ungelesen und rochen nach Staub. Die Freunde meiner Eltern waren Friseure, Taxifahrer, Elektriker und so was. Die hatten praktische Berufe und genau so waren sie auch im Leben. Da war nicht viel Platz für die Kunst. Die kam höchstens aus dem Fernseher.

Ich kannte auch niemanden, der studiert hatte, außer meinen Lehrern, und bei denen konnte man es oft nicht glauben.

»Du bist echt 'ne Type«, sagte Heiner. Dann wurde er plötzlich ernst. »Du bist was Besonderes, glaub mir. Echt, das kann ich sehen. Ich bin nicht schwul oder so, aber du hast was an dir.«

Meinte er das ernst oder war das nur betrunkenes Gequatsche?

Er zwinkerte mir zu, nahm einen großen Schluck aus seiner Weinflasche und hielt sie mir hin. Als ich zögerte, sagte Heiner: »Nimm schon, hab noch mehr dabei.«

Ich nippte zweimal, ich mochte keinen Wein, außerdem war ich erst dreizehn. Na gut, fast vierzehn, aber trotzdem.

»Los, mehr, mach«, forderte Heiner mich auf und so nahm ich einen größeren Schluck.

Ich spürte den Wein meine Magenwände herunterrinnen, warm und irgendwie klebrig, aber nicht unangenehm.

»Und du liest – was echt wichtig ist. Bringt dein Gehirn auf Touren.« Er tippte sich gegen die Stirn. »Koko liest gar nicht«, fuhr Heiner fort. »Hab ihr schon so oft was empfohlen. Interessiert die nicht. Aber das ist okay. Die hat so viel Weisheit in sich, die braucht das nicht. Koko ist fertig auf die Welt gekommen.«

Ich wusste genau, was er damit meinte.

»Und die anderen Spackos, deine komischen Freunde. Was sollten die auch lesen? Der Dicke höchstens was übers Schweineausweiden und der andere übers Frauenaufreißen, der hat doch nix im Kopf. Genau wie Betty. Die kommt höchstens mit Gebrauchsanweisungen klar, wo ihr jemand erklärt, wie alles zu laufen hat. Aber das sind eben andere Typen als du und ich. Wir brauchen niemanden, der uns sagt, wo es langgeht. Deswegen werden wir beide auch nie richtige Freunde haben. Du kannst dich in der Not sowieso auf niemanden verlassen.«

Ich wollte einwenden, dass ich bis vor Kurzem Freunde gehabt hatte, aber Heiner hätte sicherlich nur gelacht und darauf hingewiesen, dass meine sogenannten Freundschaften scheinbar atomisiert waren.

»Diese Idioten brauchen Führung«, sagte Heiner jetzt. Er redete sich in Rage. »Führung!«, schrie er mehrmals, worauf ich jedes Mal zusammenzuckte. Dann fuhr er mit normaler Stimme fort: »Und der Idiot da?« Er nickte in Richtung Bobbo. »Außer Malen hat der nix im Kopf, oder? Aber die großen Maler hatten auch nix anderes im Kopf. Nimm mal Picasso oder Van Gogh oder so. Den ganzen Tag gemalt. Scheiße, ich sollte ihn managen, anstatt ihn zu entführen. Was meinst du?« Heiner haute mir mit der Faust spielerisch gegen die Schulter und kicherte.

Ich grinste. Der Wein kreiste in meinem Organismus und gab mir ein gutes Gefühl.

»Halt dich an mich, dann fährste gut«, sagte Heiner und trank glucksend.

Ich fühlte mich gut in diesem Moment und fast fand ich Heiner sympathisch und er wirkte auch nicht mehr so bedrohlich wie vorher. Wir waren einfach zwei Kumpels, die über das Leben philosophierten.

Heiners Worte hallten in meinen Gedanken nach wie ein Echo, während sich dessen Sinn langsam aber sicher wie feiner Staub über alle meine Gewissheiten legte und damit über alles, an das ich bislang geglaubt hatte. In einem hatte Heiner völlig recht: Man musste an sich glauben. So einfach war das. Und man konnte sich auf niemand anderen verlassen außer auf sich selbst.

In diesem Moment bewunderte ich Heiners Unabhängigkeit und seine Unbeirrbarkeit, seinem eigenen Stern zu folgen.

»Los, lass uns mal ’n bisschen auf Erkundung gehen, was?«, schlug er vor, stemmte sich mühsam hoch, schwankte leicht hin und her wie eine Fahne im Wind und versuchte, mich hochzuziehen, was ihm aber nicht gelang. »Ey, Robbo«, rief er. »Mein Kumpel hier und ich machen mal ’n Gang. Du bleibst hier. Wennde abhaust, holen dich die Monster ausm All.«

Bobbo beachtete ihn gar nicht, er war damit beschäftigt, seine eigenen Monster an die Wände zu malen.

Hinter den Büros befand sich eine riesige leere Werkhalle. Heiner leuchtete mit seiner Taschenlampe in alle Ecken. Wir stießen auf einen verrosteten Schraubenzieher, einen abgebrochenen Bohrer, eine angekokelte Decke und auf die Überreste eines Handkarrens. Nichts Spannendes. Über uns war ein leises Scharren zu hören, und als Heiner den Strahl seiner Taschenlampe hochschwenkte, entdeckten wir auf einem Eisenträger über uns ein paar Tauben. Sie hockten dort und hatten die Köpfe ins Gefieder gezogen wie in einen kleinen Schlafsack. Heiner klaubte eine Spiegelscherbe vom Boden auf, etwa handtellergroß, und schleuderte sie auf die Vögel. Die spritzten auseinander und flogen schimpfend davon, bis auf eine, die von der Scherbe getroffen umherflatterte, um schließlich wie ein Stein zu Boden zu klatschen.

»Mensch, die Taube«, rief ich entsetzt.

Er lachte nur und rief: »Volltreffer.«

Zwar konnte ich im Halbdunkel Heiners Gesicht nicht richtig erkennen, doch hatte ich den Eindruck, dass er lächelte.

Die Taube lebte noch. Heiner richtete den Lichtstrahl auf sie und wir konnten beobachten, wie sie taumelnd auf ihren winzigen Füßchen zu stehen kam und dabei den linken Flügel ausgestreckt hielt, der mit einem ratschenden Geräusch über den Boden schleifte, als sie – wie ein kleines Model – umhertippelte.

»Die is' hinüber«, sagte Heiner. Er nahm die Taube vorsichtig auf den Arm und strich mit den Fingern über ihren Flügel.

Ich dachte, dass es Heiner leidtat, dass er irgendwas unternahm, um die Taube gesund zu machen, stattdessen drehte er ihr mit einer schnellen Handbewegung den Hals um. Ich konnte die kleine Wirbelsäule brechen hören und hätte mich fast übergeben.

»Ich hätte sie doch gesund pflegen können«, sagte ich den Tränen nah.

»Ach was«, sagte Heiner. »Die wäre nicht mehr geworden. Die hätte sich nur gequält. Ist besser so.«

Ich hatte keine Lust mehr, auf weitere »Erkundungen« und so gingen wir zurück, wo Bobbo in seinen Schlafsack eingewickelt lag und leise schnarchte. Mittlerweile war es so dunkel geworden, dass wir ein paar Kerzen anzündeten.

Heiner hielt mir die Weinflasche hin, von der ich einen Schluck nahm. »Warum hast du die Taube getötet?«, fragte ich anschließend. »Die hätte überlebt.«

»Das ist doch nur romantischer Quatsch«, sagte Heiner. »Die Schwachen und Kranken am Leben zu lassen, is' doch Bullshit, glaub mir. 'n schnelles Ende is viel humaner.« Er zeigte auf den schlafenden Bobbo. »Wenn man den ertränkt hätte nach seinem

Unfall, wär das besser gewesen. Der quält sich doch nur, genau wie die Taube.«

»Das kannst du gar nicht wissen«, protestierte ich. »Du steckst doch nicht in Bobbos Kopf. Und außerdem hast du nicht das Recht, das zu bestimmen.« Ich war Heiner gegenüber mutig geworden, weil der Wein alles verzerrte und ich mir fest einbildete, Heiner und ich seien Seelenverwandte.

»Aber einer muss es machen«, sagte Heiner. Er lallte jetzt ziemlich. »Ihr hockt ja alle nur in euren Komfortzonen, glotzt aus dem Fenster und traut euch nicht raus – dahin, wo das echte Leben spielt.« Seine Stimme war lauter geworden. »Es muss eben Menschen geben, die den anderen vorangehen.« Heiner packte die Weinflasche am Hals und zerschlug sie auf dem steinernen Boden. Ich zuckte zusammen. Er drehte den gezackten Flaschenhals in den Händen. »Das kostet mich nur 'n Lächeln, dem Idioten die Kehle durchzuschneiden.«

Ich war wie gelähmt vor Angst. Was sollte ich machen, wenn Heiner tatsächlich auf Bobbo losgehen würde. Panisch fummelte ich mein Handy raus, hielt es hoch und rief: »Ich ruf die Bullen, wenn du ihm was tust.«

Heiner lachte dreckig. »Das traue ich dir sogar zu.«

Er warf den Flaschenhals quer durch den Raum, setzte sich wieder, zog die Knie an und sagte laut: »Ihr seid alle solche Schisser mit eurer kleinlichen Moral.«

Ich wollte Heiner am liebsten mit Ripwinkel erwidern, dass Moral sich während der Evolution entwickelt hat, dass sie in unseren Genen festgeschrieben war. Und dass uns genau das zu Menschen, zu sozialen Wesen machte. Wir würden allein nicht überleben, nur in der Gruppe. Aber ich traute mich nicht. Heiner hatte wieder dieses hyänenhafte Grinsen, das mir Angst machte.

»Ich hab gedacht, du hast was drauf«, sagte er nur und ignorierte mich für eine ganze Weile. Bald öffnete er die dritte Flasche Wein, nahm einen großen Schluck und hielt sie mir hin. Ich trank ebenfalls einen großen Schluck, dann sagte Heiner versöhnlich: »Hey, das war nur Spaß eben mit Bobbo. Ich würde dem nie was tun. Außerdem sind seine Bilder echt abgefahren. Davor hab ich Respekt. Hieronymus Bosch, verstehste? Der hat auch so abgefahrene Wesen gemalt, ist weltberühmt damit.« Er zog scharf die Luft ein.

»Du musst das hier als deine Ausbildung zum Künstler sehen, als Grenzüberschreitung, als Performance. Du musst dich von dem ganzen bürgerlichen Scheiß lösen, den dir die Gesellschaft eingetrichtert hat. Und dann machste dein Ding, dann biste frei. Bloß kein Opfer sein.« Der rötliche Widerschein des flackernden Kerzenlichtes huschte über Heiners Gesicht, während er sich über die Lippen leckte. »Scheiße, ich hab Hunger«, klagte er.

»Ich hab was«, sagte ich und holte die Schachtel mit den Schokokapseln von Kokos Vater aus meiner Tasche und gab Heiner eine davon.

Der hielt sich die Kapsel nah vor die Augen und sagte: »Sehen verdammt echt aus die Dinger. Wie richtige Giftkapseln. Hätte ich Kokos Altem gar nicht zugetraut.«

Er steckte sich die Kapsel in den Mund, kaute schmatzend darauf herum, bis er den Zettel aus dem Mund zog.

»Sei dir selbst ein Freund, dann bist du es auch für andere«, las Heiner vor.

»Ist von mir«, bemerkte ich stolz.

Heiner warf den Kopf in den Nacken und lachte lauthals. »Was für ein Schwachsinn«, keuchte er. »Das ist der reinste Poesiealbumkitsch.« Er machte eine wegwerfende Handbewegung. »Aber da stehen die Leute drauf. Esoterikquatsch und Glückskeksbotschaften.« Er lachte wieder, was mich ärgerte, denn ich hatte eine ganze Weile über den Spruch nachgedacht. Und so schlecht war er schließlich auch nicht.

»Apropos Koko: Lass die Finger von ihr«, sagte Heiner unvermittelt.

»Häh?«, machte ich.

Heiner drehte sich zu mir und sah mich streng an. »Die is' nix für dich. Ich sag das nicht aus Eifersucht oder so, aber du übernimmst dich, glaub mir.«

»Wir sind nur Freunde«, sagte ich und merkte selbst, wie schwach das klang.

»Ja, klar. Aber wennde könntest, wiede wolltest …«, lachte Heiner. »Koko kann sich nicht binden. Die ist sich selbst genug. Das ist ihre Stärke, aber auch ihre Schwäche.« Er trank gluckernd und setzte die Flasche krachend ab. »Die bricht dir das Herz.«

Normalerweise hätte ich das Folgende nicht gefragt, aber normalerweise hätte ich auch nicht angetrunken mitten in der Nacht mit Heiner im Eisenwerk gesessen, um auf Bobbo aufzupassen, und außerdem musste ich daran denken, wie ich Koko und Heiner vorhin beobachtet hatte. Ich musste es einfach wissen. »Hat sie dein Herz gebrochen?«

Heiner sah mich mit großen Augen an, aus denen die Wut regelrecht herausquoll, und für einen Moment hatte ich Angst, dass er mich schlagen könnte. Stattdessen knurrte er: »Ach was weißt du schon, du blödes Kind? Das geht dich einen Scheiß an.«

Er brütete eine Weile dumpf vor sich hin, bis er schließlich sagte: »Aber ich kann dir was über Koko verraten? Soll ich?«

»Hm«, machte ich, weil ich mir nicht sicher war, ob ich das wirklich wissen wollte, aber Heiner war das egal.

Ohne meine Antwort abzuwarten, sagte er: »Sie hat ihre Mutter auf dem Gewissen.« Er hatte es hastig gesagt, wie jemand, der schon lange darauf wartete, ein Geheimnis loszuwerden.

»Wie?«, fragte ich fassungslos. »Umgebracht?«

»Yepp«, sagte Heiner und nickte mir verschwörerisch zu. »Ihre Mutter hat sich umgebracht, weil Koko mit ihr gestritten hat. Koko ist schuld.«

»Aber wegen einem Streit bringt man sich doch nicht um«, rief ich ungläubig.

»Ihre Mutter war im Kopf entgleist, die musste Tabletten nehmen und durfte sich nicht aufregen. Koko wusste das und hat voll mit ihr rumgezofft. Da hat die Alte 'ne Überdosis Pillen geschluckt. Koko hat sie gefunden und auch den Abschiedsbrief, in dem stand, dass Koko sie in den Tod getrieben hätte.« Heiner ließ seine Worte sacken.

»Deswegen redet sie nie über ihre Mutter«, sagte ich nach einer Weile.

»Genau«, meinte Heiner. »Das ist Kokos Waterloo. Da kommt sie nich' drüber weg, so tough sie sonst auch is'.«

»Das ist ja schrecklich!«, rief ich. »Die arme Koko!«

»Die arme Koko!«, äffte Heiner mich nach. »Du bist echt

so ’n richtiger Gutmensch, wie?«, knurrte er. »Aber das ist das Gift, das dir die anderen einimpfen. Das musste dir abgewöhnen, wennde Künstler sein willst.« Er rülpste. »Die Alte war ’ne Belastung für Koko und ihren Vater, und wer zu schwach ist, der hat hier im Leben nix verloren. Wenn du anfängst, Skrupel zu haben, dann haben sie dich mit ihrer Sklavenmoral. Man muss hart sein, vor allem zu sich selbst. Und du darfst dich vor nichts und niemandem erniedrigen, auch nicht vor dir selbst.«

Wir schwiegen eine Weile, bis Heiner sagte: »Wenn das hier gelaufen is’, geh ich nach Berlin. Da kann man gut untertauchen, da interessiert sich keiner für den anderen. Du solltest da auch irgendwann hin, wenn du alt genug bist.«

»Ja, warum nicht?«

»Hier wirste doch nichts. Um ein guter Künstler zu werden, muss man früh anfangen, Erfahrungen sammeln und so. Mit dem Geld von Bobbos Mutter kann man ’ne Weile überleben.«

Der Gedanke, hier wegzugehen, erschreckte mich, aber er hatte auch seinen Reiz. Früher oder später würde ich das sowieso tun. Hier war doch alles im Arsch.

Heiner saß an einen Aktenschrank gelehnt in seiner ganzen giftigen Pracht und lächelte betrunken vor sich hin.

Ich könnte mit Heiner abhauen, überlegte ich. Er würde mich bestimmt mitnehmen, schließlich hatte er gesagt, dass wir uns ähnlich wären. Das wir Künstler wären. Ich könnte mich als sein kleiner Bruder ausgeben und in Berlin unter anderem Namen zur Schule gehen. So richtig hielt mich in der Siedlung nichts. Klar, meine Eltern, aber ich würde den Kontakt ja nicht abbrechen, wir könnten uns heimlich treffen und ich würde somit auch einer Strafe entgehen. Dann müssten es zwar die anderen allein ausbaden, aber was sollte ihnen passieren? Scholle und Tomi waren erst dreizehn. Betty würden sie drankriegen, aber die hatte es auch verdient. Und Koko? Die war auch schon vierzehn, die würde auch bezahlen müssen. Aber das konnte mir doch egal sein.

Kapitel 16

Am nächsten Morgen erwachte ich verwirrt und ich brauchte eine ganze Weile, bis ich mich zurechtfand. Neben mir schlief Heiner. Seine Augen waren nicht ganz geschlossen und durch die Schlitze schimmerten seine Augäpfel kupferfarben, weil sein Gesicht von den ersten Sonnenstrahlen beleuchtet wurde. Es sah aus, als würde er innerlich brennen. Irgendwie gruselig.

Bobbo schlief ebenfalls noch. Ich lag still da und versuchte das Pochen in meinem Kopf zu ignorieren. Das klappte aber nicht ganz. Dazu verspürte ich einen Durst wie noch nie zuvor. Ich robbte zur Wasserflasche, die ich mir klugerweise mitgenommen hatte, und trank gierig und mit großen Zügen.

Eine ganze Weile noch lag ich still da mit geschlossenen Augen und ließ die Bilder in meinem Kopf herumwirbeln. Da waren Koko und Scholle und Tomi und Betty und die harmlosen Spiele, die wir vor Kurzem noch gespielt hatten. Ich wünschte mir in diesem Augenblick nichts sehnlicher, als wieder dahin zurückgehen zu können. Das musste doch möglich sein. Ein Teil von mir wollte das glauben, wollte glauben, dass alles wieder gut werden würde. Aber da war auch dieser andere Teil, der eben nicht daran glaubte, der sicher wusste, dass es kein Zurück geben würde.

Und dann war da auch noch Kokos Mutter, die sich umgebracht hatte und von der sie uns nie erzählt hatte. Weil sie uns nicht traute? Weil sie nicht der Typ war, der einem anderen Menschen sein Herz ausschüttete? Hatte ich überhaupt ein Recht, das zu wissen? Wenn Koko beschlossen hatte, die Geschichte für sich zu behalten, war das ihre Sache. Aber was war mit unserer Freundschaft? Ich hatte Koko immer alles erzählt. Oder? Na ja, alles vielleicht nicht. Ich hatte ihr zum Beispiel nie erzählt, dass ich bis zu meinem zwölften Lebensjahr noch Nacht für Nacht zu meinen Eltern rübergegangen war, um in ihrem Bett zu schlafen. Das war mir einfach peinlich. Und ich hatte Scholle, Betty und Tomi nie erzählt, dass ich Schriftsteller werden wollte. Aber wenn ich meinen Freunden nicht alles erzählte, belog ich sie dann? War ich nicht aufrichtig zu ihnen?

Doch hätte Betty andererseits nicht besser die Klappe gehalten, bevor sie Scholle ihre Liebe gestanden hatte? Dann wäre alles vielleicht anders gekommen und wir wären jetzt nicht zerstritten. Vielleicht. Ach, es war alles so kompliziert und je älter man wurde, desto schlimmer wurde es. Dann regte sich Heiner neben mir. Er riss den Mund gähnend auf, sah anschließend auf seine klobige Uhr und rief: »Verdammt, ist das spät. Ich muss weg.«

Ich nickte nur.

»Bin am Nachmittag zurück. Betty muss bald kommen. Die löst dich ab. Dann hast du erst mal frei. Wir treffen uns um drei wieder hier. Dann sehen wir weiter. Spätestens heute Abend haben wir dann das Geld und lassen Bobbo gehen.«

Mit diesen Worten verschwand er.

Ich schämte mich, weil ich auf Heiners Geschwätz reingefallen war. Ich fühlte mich irgendwie beschmutzt und hatte das Gefühl, meine Freunde verraten zu haben. Und wie war ich bloß auf diesen Schwachsinn gekommen, mit Heiner nach

Berlin gehen zu wollen? Ich würde nie wieder Alkohol trinken.

Während ich auf Betty wartete, frühstückte ich mit Bobbo ein paar Stücke Schokolade, die wir mit Wasser runterspülten. Dann sah ich mir seine Bilder an und kommentierte sie, was ihn aber nicht im geringsten interessierte.

»So eine Scheiße«, hörte ich Betty schon im Flur rufen. »Überall in der Siedlung ist Polizei. Hab Umwege gemacht, um hierherzukommen. Hoffentlich ist das bald zu Ende.« Sie sah schlimm aus: übernächtigt, verweint, zerzaust, deprimiert. »Weißt du, ob Scholle und Tomi auch bald kommen?«, fragte sie.

»Keine Ahnung«, gab ich zurück.

»Meinst du, die beiden können mich noch leiden?«

Ich sagte ihr noch einmal, dass ich keine Ahnung hätte. Außerdem sprachen wir alle ja kaum noch miteinander.

»Heiner hat mich dazu überredet, das mit den Brennnesseln zu machen. Ich wollte das nicht. Er hat wieder mit der Polizei gedroht. Und in den Knast gehe ich nicht.« Das Letzte hatte sie mit trotzig hervorgerecktem Kinn gesagt.

Betty tat mir leid und so sagte ich, was mir gerade einfiel: »Ich glaube, sie nehmen dir das nicht übel. Die wissen ja auch, dass Heiner schuld ist.«

Betty strahlte mich an. »Meinst du?«

»Klar«, sagte ich. »Wenn der erst mal weg ist, dann wird es wie früher.«

»Das wäre so schön«, sagte Betty. »Und weißt du noch, unser Garten?«

Betty redete, als wäre das ein paar Jahre her, dabei waren es nur ein paar Tage. Aber es stimmte schon, man könnte meinen, es wäre vor einer Ewigkeit gewesen. Es war zu viel passiert in der kurzen Zeit. Und irgendwie kam das Zeitgefühl da nicht mehr mit, ließ sich an der Nase rumführen. Ripwinkel hatte gesagt, dass in unserem Gehirn so eine Art Gaspedal sitze, das die Zeitwahrnehmung beschleunige, wenn wir ungewohnte Dinge erlebten.

Ich vereinbarte mit Betty, dass ich am Nachmittag wiederkommen würde, dann machte ich mich auf den Weg in die Siedlung. Wie mir Betty geraten hatte, ging ich nicht über den Bahndamm, um die Aufmerksamkeit der Polizisten nicht auf mich zu lenken. Auf dem Weg vor dem ersten Block standen ein paar Nachbarn und tratschten. Ein paar Polizisten sah ich auch. Sie klingelten an den Wohnungen, wahrscheinlich suchten sie nach Zeugen für Bobbos Verschwinden.

Als ich an der Wendeplatte entlangging, rief mir jemand zu: »Junge, hey!«

Ich drehte mich um, da sah ich den Polizisten vom Vortag, der mich zu sich winkte.

»Sag mal«, meinte er und sah mich streng an, was ihm aber nicht so recht gelingen wollte, weil er so bubihaft aussah. Trotzdem durfte ich nicht den Fehler machen, ihn zu unterschätzen. »Sag mal, Junge, ich habe mich nach euch erkundigt. Nach dir und deiner Schwester.« Mir fiel das Herz in die Hose. »Und niemand kennt eine Dolores.« Er sah mich scharf an. »Und dich kennt hier auch niemand.«

Ich hatte das Gefühl, übermäßig zu schwitzen. »Das, äh, das liegt daran, dass wir erst vor Kurzem hierhergezogen sind. Wir sind aus Berlin«, stotterte ich hilflos. Ich war mir sicher, dass er mich durchschauen würde, so nervös wie ich augenscheinlich war. Wo war Koko, wenn man sie brauchte? Schließlich hatte sie mir diesen Schlamassel eingebrockt.

Um den Polizisten von mir abzulenken, fragte ich: »Gibt es denn was Neues von dem verschwundenen Jungen?«

»Nicht wirklich, aber euer Hinweis, dass der Junge lesen kann, war gut. Ich hab das meinem Vorgesetzten gesagt und der hat gesagt, dass wir jetzt noch in andere Richtungen ermitteln werden.«

Der Polizist sah mich prüfend an. »Aber mehr kann ich dir nicht sagen. Und das bleibt absolut unter uns beiden.«

»Klar«, sagte ich bemüht fröhlich und ging davon, wobei ich den Blick des Polizisten in meinem Rücken brennen spürte. Bildete ich mir zumindest ein. Ich schaffte es, ohne zu stolpern, zu unserer Haustür. Zwar bekam ich den Schlüssel beim ersten Mal nicht ins Schloss, doch als ich mich umdrehte, war der Polizist sowieso verschwunden. Ich war kein Verdächtiger.

In der Wohnung angekommen machte ich mir einen Kakao und schaltete das Radio ein, wo sie in den Nachrichten über Bobbos Verschwinden berichteten. Die Geschichte wurde immer größer, immer unkontrollierbarer.

»… ist die Polizei sicher, den Jungen bald unversehrt aufzufinden«, sagte die Sprecherin gerade. Vielleicht hatten sie doch eine Spur, vielleicht waren sie bereits dicht an uns dran und vielleicht sollte ich den Rest des Tages einfach zu Hause bleiben und mir die Bettdecke über den Kopf ziehen. Sollten sie doch die anderen hängen, vor allem Heiner, der uns das alles eingebrockt hatte. Aber ich wusste, dass ich ins Eisenwerk gehen würde. Ich fühlte mich Koko, Betty, Tomi und Scholle gegenüber verpflichtet, ich würde sie nicht im Stich lassen. Klar hätte man mein Verhalten auch einfach als dumm bezeichnen können, aber Ripwinkel wusste, dass Freundschaft Opfer erforderte.

Kapitel 17

Ich überlegte, Koko anzurufen und sie zu fragen, warum sie mir nichts über den Tod ihrer Mutter erzählt hatte, kam aber schnell von dem Gedanken ab. Im Augenblick war nicht die richtige Zeit für Fragen.

Als ich kurz aus dem Küchenfenster sah, entdeckte ich Heiner, der sein Rad die Anhöhe zur Eisenbahnbrücke hochschob. Wo will der jetzt hin?, überlegte ich. Ging der einkaufen oder so was? Hinterher!, durchfuhr es mich.

Ich stürzte die Treppen runter, schwang mich auf mein Rad und raste los. Als ich oben auf der Brücke ankam, war von Heiner nichts mehr zu sehen. Verdammt? Ob er nach links, Richtung Chemikalienfirma, abgeschwenkt war oder doch geradeaus Richtung Messegelände fuhr? Wäre er nach rechts gegangen, hätte ich ihn bei den Gärten sehen müssen. Ich entschied mich dafür, es Richtung Messe zu versuchen, und fuhr langsam los, wobei ich immer wieder nach links und rechts schaute, ob er eine der kleinen Seitenstraßen genommen hatte oder über den Hof der Speditionsfirma fuhr. Doch ich entdeckte ihn nirgendwo. Gerade als ich aufgeben und zurückfahren wollte, überquerte er, nur ein paar Meter von mir entfernt, die Straße. Er musste von der Tankstelle gekommen sein. Ich warf mich mitsamt dem Rad in den riesigen Rhododendron neben dem Weg. Glücklicherweise hatte Heiner zuerst in die andere Richtung gesehen, bevor er die Straße überquert hatte, sonst hätte er mich entdeckt. Mir tat die Seite weh von dem harten Aufprall. Mühsam rappelte ich mich hoch und spähte vorsichtig und in gebückter Haltung aus dem Buschwerk, wobei ich Heiners Kopf gerade noch hinter der Mauer des Großmarktes ausmachen konnte. Ich nahm die Verfolgung wieder auf. Heiner war bereits ein ganzes Stück den Weg runter zum Großmarkt und tatsächlich bog er dort auf den Parkplatz ein. Ich fuhr langsam hinterher.

An dieser Stelle hätte ich eigentlich umkehren sollen, aber irgendwas ließ mich dranbleiben. Ich konnte mir gar nicht vorstellen, dass Heiner so etwas Banales tat wie einzukaufen. Aber er steuerte auch gar nicht auf die großen, hell erleuchteten Schiebetüren zu, die ins Innere des Marktes führten, sondern ging um das Gebäude herum und verschwand durch eine Tür mit der Aufschrift »Personal«.

Jetzt war ich verwirrt. Ich duckte mich hinter eine niedrige Mauer und wartete darauf, dass Heiner wieder rauskommen würde. In meiner Fantasie überfiel er gerade das Lohnbüro oder traf dort eine heimliche Geliebte oder sonst was Outlawmäßiges, aber was ich dann zu sehen bekam, übertraf alle meine Erwartungen. Als er wieder erschien, trug er einen grünen Overall und eine dazu passende Schirmmütze, auf der das Logo Autoputze gedruckt war. Und genau das Gleiche stand auch fett auf Heiners Rücken. Ich zog mich tiefer hinter das Mäuerchen zurück, während er in Richtung Waschanlage schlurfte, die in einer Ecke des riesigen Parkplatzes angelegt war.

Ich wartete kurz, dann schlich ich hinter Heiner her. Mir fiel auf, dass mit dem Outfit auch sein Gang irgendwie anders geworden war. Schlaffer und resignierter. So ganz verstand ich das Ganze noch immer nicht. War das vielleicht ein Trick von Heiner, um das Büro der Waschanlage zu überfallen? Doch als er mit dem Besitzer sprach und der dann zu ihm so laut, dass sogar ich es hören konnte, sagte: »Aber nimm nicht wieder so viel Shampoo, sonst zieh ich dir das vom Lohn ab«, erübrigten sich alle weiteren Fragen.

Ich setzte mich auf einen Palettenstapel und sah Heiner dabei zu, wie er mit einem langen Wasserstrahler den Dreck von den Autos spülte, wie er mit einem Lappen das Blech auf Hochglanz polierte, wie er vor den Leuten kroch und sich dann an die Mütze tippte, wenn er ein Trinkgeld bekam. Er war so dermaßen in seine Aufgaben vertieft, dass ich überhaupt keine Angst hatte, er könnte mich entdecken. Fast wünschte ich mir, er würde es tun. Ein paarmal war ich sogar kurz davor, auf mich aufmerksam zu machen, damit er sah, dass ich Bescheid wusste. Dieses Würstchen! Dieser kleine Vorstadt-Gernegroß! Es war alles nur Fassade und dazu die Lügen, die er mir in der vergangenen Nacht aufgetischt hatte. Das ganze Gequatsche über Härte und Unabhängigkeit und jetzt kroch Heiner hier mit einem Putzlappen rum und ließ sich beschimpfen, wenn er nicht schnell genug war. Mir war schlecht. Ich wollte so schnell wie möglich weg.

Mit dem Gefühl, verraten worden zu sein, lief ich bei den alten Lokschuppen entlang, balancierte auf toten Gleisen und überlegte, was ich nun tun sollte.

Ein Güterzug fuhr vorbei und bremste leicht ab, als er auf meiner Höhe war. Die Luft roch metallisch und ich hatte die irrwitzige Idee, aufzuspringen und einfach mitzufahren. So wie das die Hobos in Amerika zu Beginn des 20. Jahrhunderts getan hatten. Jack London, einer meiner Helden, war in seiner Jugend ein Hobo gewesen. Er war kreuz und quer auf Güterwaggons durch die Staaten gefahren, ausgestiegen, wenn es ihm passte, und weitergefahren, wenn es Zeit war.

Aber dann war der Zug auch schon vorbei.

Ich verstand das einfach alles nicht: Wieso gab Heiner sich als jemand aus, der er nicht war? Klar: Jeder Mensch hatte die Freiheit, sich neu zu erfinden. Aber du kannst doch nicht so tun, als wärst du heute jemand anderes als gestern, nur um morgen wieder jemand ganz anderes zu sein. Das ging doch einfach nicht. Mir war schon klar, dass wir Menschen selten ehrlich waren. Vor allem die Erwachsenen taten immer, als hätten sie alles im Griff. Hatten sie aber nie. Das Leben entglitt ihnen, sobald sie sicheren Boden verließen. Zwar versuchten sie, die Fassade aufrechtzuerhalten, aber meist war das nur billige Maskerade. Aber das lag wohl in der menschlichen Natur.

Von Heiner hatte ich allerdings mehr erwartet. Ich dachte, er wäre echt. Aber wenigstens hatte ich jetzt keine Angst mehr vor ihm. Vor allem wenn ich ihn mir in diesem albernen Arbeitsanzug vorstellte. Autoputze!

Ich musste unbedingt den anderen von meiner Entdeckung erzählen. Koko zuerst.

Ihr Vater machte mir auf. »Na«, sagte er fröhlich. »Du kommst gerade rechtzeitig. Ich habe soeben den Vertrag von der Schokofirma erhalten.

»Das ist ja großartig«, sagte ich und meinte es auch so. Wenigstens ein Mensch in meiner Umgebung, bei dem es gut lief.

»Koko ist noch im Bad«, sagte er.

Wir setzten uns in die Küche. »Und was liegt heute bei euch an?«, wollte er wissen, worauf ich mit den Schultern zuckte. »Nichts Besonderes. Einfach abhängen.«

»Sag mal, was glaubst du, was mit Bobbo passiert ist?«

Eine glühende Axt durchfuhr mich und spaltete meine Persönlichkeit. Ein Teil von mir hätte ihm am liebsten sofort alles gebeichtet, während der andere Teil mir unaufhörlich zuflüsterte: Sag nichts, sag nichts, sag nichts! Ich kam ins Schwimmen, zögerte, druckste rum und sagte schließlich: »Wahrscheinlich hat er sich verlaufen.«

Bobbos Vater sah mich kritisch an. »Glaubst du das wirklich?«

»Äh ja, kann doch sein.«

»Aber der kennt sich hier aus und geht nie weiter als bis zum Bahndamm. Du meinst also, die Entführer haben Bobbo gar nicht, das sind nur Trittbrettfahrer?«

»Könnte sein«, gab ich hilflos zurück.

»Ich glaube, jemand aus der Siedlung hat ihn entführt.«

»Was!?«, fragte ich lauter als beabsichtigt.

»Ja, es muss jemand sein, der Bobbo kennt. Jemand, der weiß, wie ängstlich seine Mutter ist.«

»Wer würde denn so was tun«, fragte ich und lachte übertrieben.

Er zuckte mit den Schultern.

In diesem Moment stand Koko glücklicherweise in der Küchentür und sie sah … hinreißend aus. Als würde sie jeden Moment in eine Kinoleinwand hechten, um dort die weibliche Hauptrolle zu übernehmen. Alles an ihr schrie nach Eleganz, Glamour, Verheißung.

Sie trug die Haare hochgesteckt, eine ihrer Marlene-Dietrich-Hosen und eine altmodische, goldfarbene Kragenbluse mit einer metallenen Brosche aus den Zwanzigerjahren in Form eines Menschen, der zu einer Maschine geworden war. Silberne Damenschuhe mit extrahohen Absätzen rundeten das Bild ab.

»Störe ich?«, fragte Koko. »Männergespräche?«

Ich war hingerissen von ihr, mein Zorn auf sie war verflogen, und ich wünschte mir nichts sehnlicher, als dass ich uns beide in eine Zeitmaschine packen und ein paar Tage zurück bringen könnte. Am besten in die Zeit vor dem verdammten Garten. Und dann würde ich die Maschine so manipulieren, dass wir auf ewig in der Zeit gefangen wären. Ich würde immer dreizehn bleiben. Was für ein Gedanke.

»Wir müssen los«, sagte ich zu Koko und sprang auf.

Koko, die meine Unruhe bemerkte, machte mit. »Ja, lass uns los.«

Als wir draußen waren, hakte sie sich bei mir unter und wir marschierten los. Mit den Absätzen überragte Koko mich mindestens um einen halben Kopf. Ich wunderte mich, wie sie auf den Dingern überhaupt das Gleichgewicht halten konnte. Sie musste wohl meine Gedanken erahnt haben.

»Wenn wir schon untergehen, dann wenigstens mit Stil«, sagte sie lächelnd. »So und jetzt erzähl. Du hast doch was.«

»Ich muss dir was über Heiner erzählen«, sagte ich und sprudelte auch schon los. Angefangen bei unserem Gespräch im Eisenwerk, dass ich ihm nachgeschlichen war, bis hin zu der Autowaschanlage, wo ich ihn beobachtet hatte. Koko war nachdenklich stehen geblieben.

»Dahin ist er also immer verschwunden, wenn er von ›Geschäften‹ gesprochen hat.«

Ich nickte eifrig.

»Das passt zu ihm«, sagte sie verächtlich. Ich sah sie fragend an, doch Koko winkte ab.

»Ich muss dir noch was erzählen«, sagte ich vorsichtig. »Heiner hat mir ein Geheimnis erzählt, das dich betrifft.«

Schlagartig war die Farbe aus ihrem Gesicht gewichen. »Ich kann mir vorstellen, was jetzt kommt«, sagte sie.

»Soll ich weiterreden?«, wollte ich wissen.

Koko nickte stumm.

»Die Sache mit deiner Mutter«, begann ich und beobachtete Koko, die auf ihrem Daumennagel herumkaute und zu Boden stierte.

»Er hat mir erzählt, dass sie sich umgebracht hat. Dass sie krank war. Und dass ihr euch vorher gestritten habt. Und …« Ich holte tief Luft.

Koko weinte stumm.

»… und dass du sie gefunden hast und auch den Brief.« Sie sah mich an, in ihrem rechten Augenwinkel bildete sich zitternd eine Träne, die perlmuttfarben schimmerte, bevor sie langsam Kokos Wange herunterlief.

»Und weiter?«, fragte sie leise.

»Na ja«, ich stockte, ich wollte es nicht aussprechen.

»Was noch?«, fragte Koko.

»Und dass sie dir in ihrem Brief die Schuld gegeben hat an ihrem Selbstmord, weil ihr euch gestritten hattet.«

Koko sah aus, als würde sie gleich zusammenbrechen. In ihrem Gesicht spiegelte sich eine Mischung aus Überraschung, Wut und Trauer. Sie schniefte leise, räusperte sich und sagte dann: »Meine Mutter hat sich nicht meinetwegen umgebracht. Sie hat sich umgebracht, weil sie nicht mehr leben wollte. Sie war monatelang in einer Klinik und da haben wir uns einmal gestritten. Das war bei meinem letzten Besuch bei ihr.« Koko schluckte, sie hatte Mühe weiterzusprechen.

»Zwei Tage später hat sie sich umgebracht. Sie hat Tabletten geschluckt, die sie gesammelt hatte.«

Wie gern hätte ich sie in den Arm genommen, aber ich traute mich nicht. Immerhin legte ich meine Hand auf ihre Schulter.

»In dem Brief stand, dass sie nicht mehr kann und dass es nicht an mir liegt oder sonst jemandem und dass ich mir auf gar keinen Fall die Schuld dafür geben darf. Dass sie das ganz allein für sich entschieden hat. Und dass sie lange darüber nachgedacht hat und sich die Entscheidung nicht einfach gemacht hat.« Koko sah mir in die Augen. »Sie hat geschrieben, dass sie es getan hat, weil sie es wollte, und dass ich mein Leben weiterleben soll. Aber das ist so schwer. Und ich gebe mir trotzdem die Schuld, weil ich so blöd zu ihr gewesen bin.«

Ihr Schluchzen war in ein Wimmern übergegangen. Ein älteres Paar ging vorüber, ließ sich jedoch nichts anmerken.

»Ich bin aber auch so wütend auf sie. Sie ist einfach abgehauen und hat mich im Stich gelassen.«

Da jede Antwort darauf unpassend gewesen wäre, hielt ich lieber den Mund.

»Sie hat nur an sich gedacht. Ich war erst elf!«

So hilflos hatte ich Koko noch nie erlebt. »Vielleicht hat sie gewusst, dass du stark genug bist, dass du das aushalten kannst, ohne kaputtzugehen.«

»Bin ich das?«, fragte Koko, wobei ihr weitere Tränen die Wangen herunterliefen.

»Ja, das bist du«, sagte ich voller Überzeugung.

»Tja«, sagte Koko behutsam lächelnd. »Bleibt mir wohl auch nichts anderes übrig.«

»Nein«, gab ich zurück und hatte gleichzeitig das Gefühl, eine Art Sonnenstrahl würde zwischen Koko und mir umherwandern, uns durchleuchten und verbinden. Nicht im Sinne von großer Liebe und so, eher so was wie ein Verstehen, ein Erkennen. Und da wurde mir klar, dass man einen anderen Menschen niemals besitzen konnte, man konnte sich nur miteinander verbinden und austauschen.

Ja, okay, das klang vielleicht ziemlich sentimental, aber ich hatte nun mal hin und wieder das Bedürfnis, Honig über alles zu gießen, bis es klebte und total süß war. Ripwinkel hatte eine Theorie dazu, die ziemlich logisch klang. Sentimentalität würde demnach dazu dienen, schwierige Situationen besser zu ertragen. Und das hier war eindeutig eine. Außerdem war ich Schriftsteller, da übertrieb man gern mal.

»Aber was ist mit dir und Heiner?«, fragte ich.

»Wir waren zusammen«, sagte Koko ohne Einleitung. »Sechs Wochen.«

»Ihr wart zusammen«, echote ich. »Sechs Wochen!«

»Jetzt komm mal wieder runter«, sagte Koko.

»Hat er dich mit Drogen vollgepumpt?«, wollte ich wissen.

Koko lachte. »Quatsch! Ich wollte es.«

»Also warst du in ihn verliebt.«

»Nein, ja, nein, vielleicht ein bisschen. Am Anfang. Ich weiß auch nicht, warum ich mit ihm zusammen war. Ich fand ihn irgendwie faszinierend. Heiner kann …« Koko suchte nach den richtigen Worten. »Er ist klug. Und er hat Charme. Das hast du ja selber mitgekriegt.«

Ich nickte eifrig.

»Er kann einen echt um den Finger wickeln, und wenn er dich hat, manipuliert er dich, dafür hat er echt Talent. Bei mir war es vor allem der Todestag meiner Mutter. Ich war die ganze Zeit vorher schon schlecht drauf. Und Heiner hat das gespürt. Der hat da eine Antenne für. Der ist wie ein Hai, der Blut riecht, nur dass Heiner … ich weiß nicht … Stimmungen riecht oder so.«

Ja, das passte. Im Grunde genommen, hatte Heiner gestern Abend im Eisenwerk genau das gesagt, was ich hören wollte.

»Der hat mich so weich gequatscht, dass ich ihm erzählt habe, dass meine Mutter sich umgebracht hat und auch von dem Brief. Heiner hat total auf Verständnis gemacht. Und seine Mutter ist ja auch tot, und er hat mir vorgejammert, wie sehr sie ihm fehlen würde. Und das hat mich irgendwie getröstet.«

»Ich hätte dich doch auch trösten können«, rief ich. »Wir sind doch Freunde.«

»Ach du«, sagte Koko lächelnd und strubbelte mir durch die Haare. »Manchmal braucht man eben einen anderen Trost.«

»Und dann?«, fragte ich.

»Und dann wollte er mich immer mehr kontrollieren. Wollte wissen, wo ich hingehe, mit wem, warum, weshalb. Er wollte immer nur mit mir zusammen sein. Der hat ja auch sonst niemanden. Und dann hat er gesagt, ich soll mich nicht mehr mit euch treffen. Dann fing er auf einmal an, dass wir zusammen gehören würden, weil wir so tolle, einzigartige Menschen wären und so. Und dass wir doch heiraten könnten, wenn ich alt genug wär und so was. Dass er sich schon immer eine kleine Familie gewünscht hätte.« Koko lachte bei der Erinnerung daran.

»So richtig spießig. Mit Kindern und ein kleines Auto wollte er auch haben und eine kleine Wohnung. So eine richtige Modelleisenbahnwelt.«

»Igitt«, sagte ich. »Heiner möchte ich garantiert nicht als Vater haben.« Das klang überhaupt nicht nach dem Heiner, den ich kannte beziehungsweise zu kennen glaubte.

»Er ist einfach verkorkst«, meinte Koko. »Irgendwie eine arme Sau.«

»Dann lass uns das jetzt beenden«, schlug ich vor. »Ich will nicht länger, dass Heiner mein Leben bestimmt. Ich will mit diesem Typen nichts mehr zu tun haben. Lass uns Bobbo holen und zur Polizei bringen. Wenn wir uns stellen und alles zugeben, kommen wir vielleicht noch halbwegs aus der Geschichte raus, egal ob Heiner uns droht. Wenn er das Geld hat und damit abhaut, können wir auch nicht sicher sein, dass er uns nicht doch irgendwie verrät. Wir sind so oder so die Deppen für ihn. Ich finde, wir haben jetzt genug Scheiße gebaut.«

Koko sah mich eine Weile prüfend an, dann nickte sie. »Sag mal, wirst du etwa erwachsen oder hast du Fieber?«

»Hast du nicht mal gesagt: Pass auf, dass du nicht in Situationen kommst, die du nicht kontrollieren kannst?«

»Hab ich das gesagt?«, fragte Koko, worauf ich nickte. »Ganz schön clever von mir«, meinte sie und ich schubste sie ein wenig, worauf sie auf ihren hohen Absätzen schwankte und ich sie festhalten musste, damit sie nicht umfiel.

»Aber du hast recht«, sagte Koko. »Heiner verdient es nicht davonzukommen. Mein Leben ist sowieso schon verkackt und mit Bobbos Entführung kommen wir eh nicht durch. Das gibt's nur in Büchern. Dafür müssen wir früher oder später bezahlen.

Und warum sollten wir Heiner mit dem Geld abhauen lassen und für seinen Plan bezahlen?«

»Dann gehen wir eben alle ins Gefängnis«, rief ich leidenschaftlich.

»Dir kann nicht viel passieren«, sagte Koko. »Du bist nicht mal strafmündig. Genau wie Scholle und Tomi. Für Betty wird es übel und für mich wahrscheinlich auch. Aber egal. Hauptsache, sie machen Heiner richtig fertig.«

»Außerdem hat der arme Bobbo echt genug durchgestanden«, sagte ich.

»Findest du?«, fragte Koko. »Dem geht es doch am besten von uns allen. Er ist von seiner kontrollsüchtigen Mutter weg, futtert Schokolade ohne Ende und darf die Wände vollmalen.«

»Mhm«, machte ich zustimmend, da war was dran.

»Gut, dann lass uns los«, sagte Koko entschlossen.

Wir riefen Tomi und Scholle an und sagten ihnen, sie sollten so schnell wie möglich zum Eisenwerk kommen, es hätte sich etwas geändert. Dann nahmen Koko und ich uns an den Händen und liefen los, wobei ich das ungute Gefühl hatte, dass wir, wie Hänsel und Gretel, immer tiefer in den dunklen Wald marschierten.

Kapitel 18

Tomi und Scholle trafen kurz nach uns ein.

Noch bevor jemand von den anderen etwas sagen konnte, verkündete ich: »Wir lassen Bobbo frei.«

»Was?«, fragte Scholle erschrocken, während Tomi und Betty uns ungläubig ansahen.

Ich erzählte, was ich über Heiner herausgefunden hatte.

»Glaubt ihr, der nimmt das einfach so hin?«, fragte Scholle.

»Was bleibt ihm denn anderes übrig«, fragte Koko zurück. »Vor allem, wenn er im Gefängnis sitzt.«

»Und wenn er auf Bewährung rauskommt? Der will sich doch an uns rächen.«

»Wir geben ihm einfach keine Gelegenheit«, sagte Koko. »Wenn wir wieder zusammenhalten, dann kann er uns gar nichts.«

»Ja, er macht uns nur so eine Angst, weil er uns auseinandergebracht hat«, sagte ich. »Weil jeder denkt, er wäre allein. Das sind wir aber nicht.« Ich kam mir vor wie einer dieser Anwälte in den amerikanischen Gerichtsfilmen, die am Ende immer ein brillantes Schlusswort halten und die Geschichte rumreißen.

Gerade als Scholle etwas sagen wollte, platzte es aus Tomi raus. »Ich wollte die ganze Zeit schon mit euch sprechen, aber ich hab mich nicht getraut. Wir haben uns ja irgendwie gehasst.« Er ballte die Fäuste.

»Wir sind jetzt wieder eine Gang«, sagte ich tröstend. Ripwinkel wusste, dass eine Gruppe ein gemeinsames Ziel brauchte, sonst drifteten die Mitglieder auseinander.

»Es tut mir so leid«, heulte Betty los und klammerte sich erst an Scholle, dann an Tomi. »Ich wollte euch nie wehtun.«

Zu dritt standen sie da und umarmten sich. Koko und ich gingen rüber und klinkten uns in die Umarmung ein. Das fühlte sich gut an.

Das erste Mal seit Tagen war ich zuversichtlich, dass wir halbwegs ungeschoren aus der Geschichte rauskommen würden. Das schwarze Loch, das mich zu verschlucken schien, wurde kleiner und kleiner.

Schließlich gingen wir rüber zu Bobbo, der mittlerweile sein drittes Büro anmalte. Die Wesen, die anfangs allein und verloren in geisterhaften Landschaften herumstanden, lebten jetzt in Städten, die aus quaderförmigen Blöcken bestanden. Es gab labyrinthartige Straßen und Wege, Brücken, Mauern, vor denen die Wesen in Gruppen entlanggingen. Es schien eine regelrechte Evolution in Bobbos Bildern gegeben zu haben.

»Ach, die ganze Meute ist schon versammelt«, hörten wir plötzlich Heiners höhnische Stimme hinter uns. Schlagartig hatte sich die Stimmung im Raum verändert, als hätte jemand einen Schalter umgelegt. Es schien kälter geworden zu sein. Heiner, der wie alle Manipulatoren eine feine Antenne für Stimmungen hatte, ahnte, dass etwas im Gang war, und fragte: »Was geht denn hier ab? So eine Art Rebellion?« Er sah von einem zum anderen, doch niemand von uns gab ihm eine Antwort. »Na los, Fettbröckchen«, forderte er Scholle auf. »Erzähl doch mal, was dir auf deinen großen Magen schlägt.«

Scholle sah stumm zu Boden.

»Betty«, wandte sich Heiner an sie. »Vielleicht solltest du schon mal Brennnesseln sammeln gehen. Die brauchen wir wohl gleich.«

»Wir bringen Bobbo jetzt zur Polizei«, sagte Koko mit fester Stimme und sah Heiner in die Augen.

Sie starrten sich ein paar Sekunden wortlos an, bevor Heiner den Mund verächtlich verzog und mitleidig sagte: »Glaube ich kaum, Koko!« Dann sah er von einem zum anderen von uns. »Das war ja klar, dass ihr kurz vor der Zielgeraden aufgebt. Ihr habt einfach keinen Mumm, ihr seid der übliche Durchschnitt. Schwach und feige. Aber ihr glaubt doch nicht wirklich, dass ihr aus der Nummer einfach so rauskommt.«

»Willst du uns aufhalten?«, fragte Koko.

Heiner nickte in Bettys Richtung. »Na ja, das wird sie übernehmen.«

»Werde ich nicht«, sagte Betty grimmig.

»Na, dann habe ich noch eine weitere Überredungshilfe hier.« Heiner zog langsam eine Pistole aus seinem Trenchcoat.

Tomi machte einen kleinen Hüpfer rückwärts und sagte: »Bist du bescheuert? Willst du uns erschießen?«

Betty hechelte. Scholle gab einen kieksenden Laut von sich, wurde tiefrot und zog sich – wie ein Krebs – in sich selbst zurück.

»Ihr seid nichts wert, ihr seid Dreck und ihr werdet nie aus dieser Siedlung rauskommen«, schimpfte Heiner.

»Leg das Ding weg«, sagte Koko ruhig.

Ich kam mir vor wie in einem Theaterstück, das mir zwar bekannt vorkam, dessen Titel ich jedoch vergessen hatte. Alles war so unwirklich.

»Warum sollte ich mit euch untergehen?«, hörte ich Heiner wie durch einen dichten Vorhang sagen und hatte immer mehr das Gefühl, dass wir hier ein Stück aufführten.

Wahrscheinlich gab mir das auch den Mut, mich ihm zu widersetzen. »Du bist doch schon unten, Autoputze«, rief ich, wobei ich das letzte Wort besonders betonte. Neben meiner Angst war da auch eine wahnsinnige Wut auf Heiner.

Heiners Lächeln gefror, als er mich durchdringend ansah.

»Was?«, fragte er ungläubig.

»Ich hab den anderen schon davon erzählt«, sagte ich.

»Du bist nur ein kleines Arschloch, ein ziemlich kleines sogar«, sagte Koko zu ihm.

»Ich bring euch alle um«, schrie Heiner jetzt und fuchtelte mit der Pistole rum. Ein Speichelregen spritzte in unsere Richtung.

»Wir gehen jetzt«, sagte Koko. »Und wir nehmen Bobbo mit.«

»Hier geht niemand irgendwohin, wenn ich das nicht will«, knurrte Heiner und richtete die Pistole auf mich. »Soll ich den kleinen Scheißer abknallen?«, hörte ich seine Stimme, die von weit her zu kommen schien. »Du scheinst es ja regelrecht darauf anzulegen. Spionierst mir nach, du Drecksack«, sagte er zu mir. »Und überhaupt, ihr glaubt doch nicht ernsthaft, dass ich Bobbo zurückgehen lasse. Auch wenn er dumm wie Brot ist, kann er uns verpfeifen.«

»Was hast du denn mit ihm vor?«, fragte Koko fassungslos.

Heiner grinste schmierig. »Vielleicht verläuft er sich ja hier im Eisenwerk und wird zu spät gefunden.«

»Das ist nicht dein Ernst«, sagte Tomi.

»Das ist doch wohl klar, dass man Zeugen beseitigt. Sonst könnten wir ja gleich zu den Bullen gehen. Los, Betty, du suchst jetzt irgendwas zum Festbinden, und dann holen wir uns das Geld.«

»Zum Festbinden?«, echote Betty.

»Ja, du Trottel«, schimpfte Heiner. »Zum Festbinden. Damit sie nicht abhauen. Überleg doch mal, wenn die zur Polizei gehen, bist du als Erste dran. Du wirst sitzen müssen, während deinen sogenannten Freunden wahrscheinlich nicht viel passieren wird. Die kriegen garantiert Bewährung oder eine Geldstrafe oder müssen Sozialstunden leisten. Aber du wirst richtig lange sitzen.«

Mit seinen Worten hatte er Betty verunsichert. Angst huschte wie ein Sturm über ihr Gesicht und verzerrte ihre Züge.

»Lass uns das Geld holen, Betty. Das teilen wir unter uns beiden auf. Diese Idioten hier kriegen gar nichts. Und dann rufe ich die Bullen an und schicke ihnen das Video, wie sie den armen behinderten Jungen entführen.«

»Betty ist auch mit drauf«, sagte Koko.

Betty blickte panisch zu Heiner.

»Ach Quatsch, da wo du zu sehen bist, das schneiden wir raus.«

Das war zwar offensichtlicher Unsinn, doch Betty konnte nicht mehr klar denken. Alle möglichen Empfindungen huschten gleichzeitig über ihr Gesicht und ließen sie mal wütend, mal ängstlich, mal verwirrt aussehen.

»Wenn ihr nicht mitmacht, bringe ich den kleinen Scheißer hier um«, sagte Heiner jetzt noch einmal und rammte mir den Pistolenlauf schmerzhaft unter das Kinn.

In diesem Moment ging alles blitzschnell. Betty stieß Heiner weg, sodass er ins Taumeln geriet, und rief: »Lauft!« Dann stürzte sie sich auf ihn und versuchte, ihm die Pistole aus der Hand zu reißen. Doch niemand von uns lief weg. Scholle nahm Heiner von hinten in den Schwitzkasten. Ich versuchte, Heiner einen schönen Haken zu verpassen, traf aber nur ins Leere. Koko trat Heiner gegen das Schienbein. Scholle fasste Heiner am Kragen, doch in diesem Moment konnte er sich losreißen, wirbelte herum und richtete die Pistole wieder auf uns.

»Lauft!«, brüllte Betty wieder. Instinktiv rannte ich los und merkte noch, wie die anderen es mir gleich taten. Ich hörte das Klackern von Kokos Absätzen auf dem Steinboden, dann ein ratschendes Geräusch, einen Schrei und den Aufprall. Als ich mich umdrehte, sah ich Koko, die mit ihren verdammten Stöckelschuhen hingeknallt war. Heiner beugte sich gerade über sie und drückte ihren Kopf runter. Als er sah, dass ich stehen geblieben war, richtete er die Pistole auf mich.

»Na, Schweinchen, willst den Helden spielen, was?«, sagte er mit einem bösen Grinsen. »Lass es lieber.«

Von Betty, Scholle und Tomi war weit und breit nichts zu sehen.

»Wenn einer von euch zu den Bullen geht, muss Koko dran glauben«, drohte Heiner. »Du holst jetzt die anderen wieder her, bevor die Scheiße bauen, und dann rufen wir Bobbos Alte an und fordern das Geld. Die wird zahlen, das garantiere ich euch, und wenn ich dem Idioten tatsächlich einen Finger dafür abschneiden muss. Die hat uns lange genug verarscht.« Heiner war total außer sich. Er hatte einen irren Blick und ich hatte Angst, dass er Koko etwas antun könnte.

»Wenn ich das Geld habe, lasse ich Koko laufen und dann könnt ihr mich alle mal. Aber bis dahin …« Er presste Koko den Lauf gegen die Stirn.

»Hör damit auf, Heiner«, keuchte Koko. Sie machte sich steif und ihre Gesichtszüge vereisten und wurden starr, als hätte sie ihren Körper für einen Moment verlassen.

»Los, geh schon!«, schrie Heiner mir entgegen. »Hol deine Freunde zurück, sonst wird Koko es bereuen.«

Ich zischte los wie ein Komet, sah nicht nach rechts und nicht nach links und hatte nur ein Ziel: Betty, Tomi und Scholle einholen, bevor sie die Polizei informieren konnten.

Heiner traute ich tatsächlich zu, Koko etwas anzutun. Sie hatte ihn verlassen, sie hatte ihn enttäuscht. Wer wusste schon, wozu dieser Typ alles fähig war.

Ich quetschte mich durch den engen Gang zwischen den Garagen, rannte über den Parkplatz, dann über den Rasen zwischen dem ersten und dem zweiten Block, doch ich entdeckte sie nicht. Gerade wollte ich runter zum dritten Block, als ich Freddy in die Arme lief, was ich allerdings erst richtig realisierte, als er mir in rascher Abfolge drei Ohrfeigen versetzte.

»Freddy!«, sagte ich mehrmals außer Atem.

»Hab ich dir erlaubt, meinen Namen so oft zu benutzen, du kranker Spinner?«, war seine Antwort, der er schnell noch eine Ohrfeige hinterherschob, bevor er sich umdrehte, um weiterzugehen.

»Freddy, Freddy, warte mal«, rief ich und rieb mir die Wange, denn mir war klar, dass Freddy der einzige Mensch war, der mir helfen konnte. Ich wollte Tomi, Betty und Scholle nicht holen und zurückbringen. Ich wollte nicht, dass Heiner uns noch länger wie Marionetten tanzen ließ, ich wollte, dass die Geschichte jetzt endete.

Freddy drehte sich langsam um. »Noch nicht genug?«, fragte er lauernd.

»Nein! Doch«, fügte ich schnell hinzu. »Es geht um Koko und Heiner.«

»Und?«

Ich sprudelte los, erzählte Freddy, dass Heiner Koko mit einer Pistole bedrohte, und noch bevor ich mehr erzählen konnte, fragte Freddy auch schon: »Wo?« Sein Gesicht hatte einen angespannten und entschlossenen Ausdruck angenommen.

»Im Eisenwerk.«

»Wir nehmen den Bahndamm«, befahl Freddy, »dann sind wir schneller als über die Straße.« Er zwängte seinen massigen Körper durch das Loch im Drahtzaun und hielt schließlich die Drahtmaschen für mich auseinander, damit ich durchschlüpfen konnte.

Ich kam kaum hinter Freddy her, der mit weit ausholenden Schritten durch das hohe Gras pflügte. Auf dem Weg versuchte ich ihm zu erzählen, wie es dazu gekommen war, dass Heiner uns mit einer Pistole bedrohte, aber er hörte gar nicht zu. Erst als ich Bobbo erwähnte, hielt er kurz inne und sah mich scharf an.

»Was ist mit Bobbo?« Freddy hatte einen drohenden Unterton in der Stimme, der mir etwas Angst machte. Vielleicht sollte ich ihm jetzt nicht zu viel erzählen, sonst würde er mich auf der Stelle umbringen und erst dann Heiner.

»Bobbo ist auch im Eisenwerk«, sagte ich nur. Er warf mir einen vernichtenden Blick zu und eilte weiter.

Kurz vor den Bürogebäuden des Eisenwerkes gab ich Freddy zu verstehen, dass er sich bücken sollte, damit Heiner uns nicht durch das Fenster entdecken konnte. Ich ließ mich auf alle viere nieder und machte Freddy Zeichen, es mir gleichzutun. Er warf einen mitleidigen Blick auf mich runter, marschierte dann wortlos weiter, trat die schwere Eisentür auf, stampfte den Flur zu den Büros entlang und rief dabei lautstark: »Heiner, du Drecksack!«

Heiners Kopf tauchte aus einem der Büros auf, als er über die Trennwand lugte. Freddy ging mit schnellen Schritten auf das Büro zu. Heiner hatte sich inzwischen aufgerichtet, neben ihm Koko, die er an der Schulter festhielt. Bobbo malte unbeirrt im Nachbarbüro die Wand mit seinen Figuren voll.

»Verpiss dich, Freddy!«, rief Heiner, fuchtelte mit der Pistole herum, wobei er abwechselnd auf Freddy und auf Koko zielte. Aber Freddy ließ sich davon nicht beeindrucken. Er stürmte wie ein wilder Stier durch die Tür ins Büro und eilte wie eine todbringende, unaufhaltsame Maschine auf Heiner zu. Heiner, der begriffen hatte, dass er Freddy nicht stoppen konnte, schubste Koko in dessen Richtung und rannte Richtung Fenster.

Freddy und Koko prallten kurz zusammen, verkrallten sich ineinander, um nicht umzufallen, lösten sich und drifteten wieder auseinander. Für einen Moment hatte ich das Bild eines kurzen, aber wilden Tanzes vor Augen.

Ich stürzte auf Koko zu, die noch immer taumelte, und fing sie auf. Freddy war bereits am Fenster, aus dem Heiner geflohen war, und schwang seine Beine über die Brüstung. Freddy war unaufhaltsam. Wie ein Bluthund, der seine Beute gerochen hatte.

Ripwinkel hatte den Jagdinstinkt mal als »Befreiung vom Denken« bezeichnet. Das hatte ich nie verstanden. Bis eben.

Ich fragte Koko, ob alles in Ordnung sei, und als sie nickte, rannten wir hinter Heiner und Freddy her.

Heiner hatte die Gleise erreicht und war schon fast an der gegenüberliegenden Brücke angelangt, als plötzlich von links mehrere Polizisten auftauchten, die sofort fächerförmig ausschwärmten, um Heiner den Weg abzuschneiden. Hinter den Beamten tauchten Betty, Scholle und Tomi auf. Jetzt hatten wir Heiner so gut wie eingekreist und ich fühlte mich tatsächlich wie ein Jäger kurz vor dem Finale. Vor allem fühlte ich mich als einer von den Guten, dabei würde sich bald herausstellen, dass ich Heiners Kumpan gewesen war. Kein Guter.

Heiner blieb jetzt nur noch der Weg über die Schienen. Die Polizisten hatten ihre Waffen gezogen und riefen: »Waffe weg oder wir schießen!«

»Stopp!«, rief Heiner, riss die Hand mit der Pistole hoch, während er die andere vor seinen Mund hielt. Zwischen Daumen und Zeigefinger klemmte ein kleiner dunkler Stift.

»Noch einen Schritt weiter und ich bringe mich um«, rief Heiner. »Das ist eine Giftkapsel hier.«

Als ich näher kam, entdeckte ich die Kapsel zwischen seinen Fingern.

»Das ist Zyankali. Wenn ihr näher kommt, schlucke ich das.«

Alle waren wie erstarrt, selbst Freddy stand reglos da, wobei er Heiner nicht aus den Augen ließ. Die Polizisten hatten ihre Waffen gesenkt.

Wo hatte dieser Typ plötzlich eine Giftkapsel her, fragte ich mich.

Da dämmerte es mir und auch Koko kam in diesem Moment drauf. »Das ist Schokolade!«, rief sie. »Das ist nur Schokolade.«

Die Polizisten sahen uns verdattert an, Freddy reagierte sofort, stürmte auf Heiner zu und versetzte ihm eine schöne rechte Gerade, die Heiner ins Taumeln brachte. Gerade als Freddy nachsetzen wollte, fing Heiner sich wieder und stürzte über die Gleise davon.

Und dann hörten wir plötzlich dieses monströse Kreischen und Schleifen. Die Bremsen eines Zuges. Wir hatten ihn gar nicht bemerkt, bevor er Heiner erwischte. Als sei er aus dem Nichts gekommen. Für den Bruchteil einer Sekunde sah ich Heiners erschrockenes Gesicht, bevor er, wie durch eine geheime Tür, unter dem Zug verschwand. Ich war mir nicht sicher, ob ich seinen Schrei wirklich gehört oder ob ich ihn mir nur eingebildet hatte, weil Heiners Mund so grotesk aufgerissen war und alles so wahnsinnig schnell ging.

Auf den Schienen glänzte es rot, was aber ziemlich unnatürlich aussah, wie unecht, wie Kunstblut im Film. Und dann rannten und schrien alle durcheinander, das totale Chaos. Ich dachte daran, dass Ripwinkel im Chaos die Geburt einer neuen Ordnung sah, aber ich stand nur hilflos da und wäre am liebsten abgehauen, hätte am liebsten diesen Ort hier hinter mir gelassen. Die ganzen Bilder flossen wie Wasser in mich rein, schwappten in meinem Inneren und brachten mich aus dem Gleichgewicht. Ich setzte mich auf den Boden, weil ich mich so schwach fühlte und nicht wusste, wie ich helfen konnte. Irgendwie tat es mir ja auch leid um Heiner. Und schließlich waren wir nicht unschuldig an seinem Tod.

Jemand redete auf mich ein, von dem ich kein Wort verstand.

Erst nach einer Weile wurde mir klar, dass es der junge Polizist war. Er sah mich mitleidig an. Bald wirst du deinen Blick ändern, dachte ich.

»Bobbo ist im Eisenwerk«, sagte ich zu ihm. »Es geht ihm gut.« Ich musste lachen, weil ich wie jemand aus einem Krimi klang.

Der Polizist war ziemlich irritiert, doch er nahm sein Funkgerät und schickte seine Kollegen dorthin.

Ich musste wieder lachen, das war alles so irre. Der Polizist ging zu seinen Kollegen, die unter dem stehenden Zug nach Heiners Überresten suchten. Einer der Polizisten sprach mit dem Zugführer, der mit hängenden Schultern dastand. Freddy half mir auf die Beine und gemeinsam mit Koko beobachteten wir das Spektakel.

»Heiner hatte schon immer einen an der Waffel«, sagte Freddy zu uns. »War nur 'ne Frage der Zeit, bis der abdreht und irgendeinen Scheiß macht.«

»Mhm«, machte ich. Was würde Freddy sagen, wenn er wüsste, dass wir mit Heiner gemeinsame Sache gemacht hatten? Doch bevor ich mir noch weitere Gedanken darüber machen konnte, sagte Tomi: »Das war es dann wohl.«

»Ja, das war's«, bestätigte Koko.

»Und was ist jetzt mit uns?«, fragte Scholle.

Betty drückte seine Schulter und sagte: »Wir springen dem Bären ins Maul.«

»Ja, wir schreiben ein neues Kapitel«, fügte ich hinzu und wollte noch sagen, dass es schon nicht so schlimm werden würde, wenn wir uns gegenseitig unterstützten, aber ich hielt lieber den Mund, weil ich den Eindruck hatte, dass jeder von uns sich gerade fragte, was uns eigentlich noch zusammenhielt außer unserer Schuld.

»Ich schätze mal, dass wir …«, begann Tomi, doch wurde er von einem der Polizisten unterbrochen, der plötzlich rief: »Er lebt! Der Junge lebt noch.«

Wir drehten uns um. Heiner lebte noch?

»Aber das Bein ist ab«, rief der Polizist, wie auf einer Theaterbühne unsichtbaren Zuschauern entgegen. Fehlte nur noch, dass er das Bein hochhielt und allen zeigte. Ich war erleichtert, dass Heiner nicht tot war. Er war zwar ein Schwein, aber das waren wir ja auch irgendwie und er hatte es nicht verdient zu sterben, denn dann hätten wir es irgendwie auch.

Sie trugen den bewusstlosen Heiner an uns vorbei. Seine Augenlider flackerten, als hätte er einen schweren Schlaf.

Dann standen wir plötzlich allein am Bahndamm, auch Freddy war verschwunden. Als wäre der Film aus und die Zuschauer nach Hause gegangen. Doch von uns konnte niemand einfach nach Hause gehen und sein Leben weiterleben wie zuvor. Wir hatten eine Schwelle übertreten und es gab kein Zurück.

»Und jetzt?«, fragte Scholle ratlos.

»Zum Eisenwerk«, befahl Koko. Niemand widersprach, wir wussten, was wir jetzt zu tun hatten, und so trotteten wir mit hängenden Schultern los, blieben dicht beieinander, ohne zu sprechen.

Im Eisenwerk war die Hölle los. Überall Polizisten in Uniform und Zivil, Sanitäter, sogar die ersten Journalisten waren eingetroffen.

»Ihr könnt hier nicht rein«, hielt uns ein Beamter auf. »Das ist ein Tatort.«

Koko sah uns an, von einem zum anderen, bis jeder von uns nachdrücklich nickte.

»Wir müssen ein Geständnis machen«, sagte Koko. »Bitte lassen Sie uns rein.«

Der Polizist, verdattert von unserer Ernsthaftigkeit, rief einen Kollegen, der uns reinführte.

Im Bürotrakt ging es geschäftig zu wie in einem Ameisenhügel: Polizisten in weißen Schutzanzügen sicherten Spuren, mehrere Beamte machten Fotos, andere telefonierten, wieder andere unterhielten sich in kleinen Gruppen. In einem der Büros umarmte Bobbos Mutter ihren Sohn, der, einen tropfenden Pinsel in der Hand, sich in ihrem Griff wand, um weitermalen zu können.

Der Polizist brachte uns zu seiner Chefin, einer hochgewachsenen Frau mit abweisendem Gesichtsausdruck. Wahrscheinlich dachte sie, dass wir uns wichtigmachen wollten mit irgendwelchen kindischen Aussagen. Aber das würde sich gleich ändern.

Wir stellten uns im Halbkreis um sie herum auf und mussten wie das Modell für eine strenge Lehrerin und ihre reuevollen Schüler ausgesehen haben.

»Wir haben Bobbo entführt«, begann ich unvermittelt und wunderte mich über meinen Mut. Ich sah schnell zu den anderen und es war okay, dass ich das Wort ergriffen hatte. Selbst Koko machte keinerlei Anstalten, unsere Geschichte zu erzählen.

»Wir sind da in was reingeraten, das wir nicht mehr kontrollieren konnten«, redete ich weiter.

Das Gesicht der Polizistin verhärtete sich noch mehr, falls das anatomisch überhaupt möglich war. Ich konnte ihr vernichtendes Urteil über uns regelrecht spüren und sah mich selbst mit ihren Augen: asoziale Kids aus der Arme-Leute-Siedlung, die auf der Jagd nach dem großen Geld behinderte Kinder entführen. Kleine Gangster am Anfang ihrer Karriere. Und gleich sackte mein Selbstvertrauen in den Keller. Was war ich für ein Drecksack? Was hatte ich meiner Familie eigentlich damit angetan?

Ich spürte den kalten Stahl der Handschellen, die sie uns gleich anlegen würde, schon förmlich um meine Handgelenke. Und dann war ich doch ein ganz klein wenig enttäuscht, als sie genervt ausatmete, einem ihrer Leute winkte und uns in eines der Büros führte.

»Das ist mir jetzt alles zu unübersichtlich. Ich muss hier die Ermittlungen leiten. Der Kollege hier wird mal eure Personalien aufnehmen und dann könnt ihr ihm erzählen, was ihr wisst, und dann sehen wir weiter.« Damit verschwand sie.

Wir saßen dem Polizisten gegenüber, der uns aufmunternd ansah. »Ihr wisst also, was passiert ist?«

»Ja«, sagten wir zerknirscht und dann legte ich los. Erst hatte ich vorgehabt, unsere Rolle kleiner und Heiners größer zu machen, aber während der Erzählung merkte ich, dass ich das nicht konnte. Ich wäre mir schäbig vorgekommen. Ripwinkel dazu: Die Ehrlichkeit erhebt den Sprecher über das Normalmaß und er wächst daran.

Ich blieb zwar gleich groß, aber ich fühlte mich besser damit und den anderen ging es genauso. Wir waren keine schlechten Menschen, auch wenn die Presse uns später dazu machen wollte und uns »Monster« nannte und »Babygang« und so was. Wir waren normale Kids, die nicht nachgedacht hatten und aus

Angst, Abenteuerlust und Dummheit in diese Geschichte geraten waren. Die Augen des Polizisten wurden größer und größer, und als ich am Ende unserer Geschichte angelangt war, saß er wie versteinert da und blickte uns hilflos an. Damit hatte er nicht gerechnet.

»Äh, ihr bleibt bitte hier, ich hole mal eben meine Chefin.«

Wir beobachteten die beiden durch die Glaswand, wie sie miteinander redeten, wobei sie immer wieder zu uns rübersahen, die Köpfe schüttelten oder abwechselnd auf uns zeigten. Dann kam die Polizistin mit schnellen kleinen Schritten zu uns hereingestürmt.

»Ihr wisst, dass eine Falschaussage euch in Teufels Küche bringen kann«, begann sie, wobei sie aufgeregt hin und her lief. Scheinbar war sie sauer auf sich selbst, weil ihre Polizistennase uns für harmlose Wichtigtuer gehalten hatte. »Wenn ihr hier die Polizeiarbeit behindert, mache ich euch fertig. Das kann ich nicht gebrauchen.« Immer wieder stach sie mit ihrem Zeigefinger in unsere Richtung. »Noch könnt ihr euch überlegen, zu gehen, aber wenn wir eure Aussagen aufnehmen, ist es amtlich und dann gibt es kein Zurück.«

Wir nickten feierlich. »Wir haben Bobbo entführt und versteckt gehalten«, sagte ich ernst. »Das können Sie auch in unsere Aussagen schreiben.«

Die Polizistin kaute auf ihrer Unterlippe, scheinbar unschlüssig, ob sie uns glauben sollte. Vielleicht würde sie ja dank uns den Fall lösen und befördert werden, aber wenn wir nur irgendwelche kleinen Spinner wären …

»Wehe, ihr verscheißert mich«, sagte sie schließlich. »Wir rufen jetzt eure Eltern an, bringen euch aufs Revier und dann macht ihr in Anwesenheit eurer Erziehungsberechtigten eure Aussagen. Aber wehe …« Der letzte Satz verhallte wie ein böses Echo.

Auf dem Revier saßen wir auf einer Bank im Flur und warteten auf unsere Eltern. Meine kamen recht schnell. Wir umarmten uns und dann warteten wir gemeinsam. Schweigend, denn meine Eltern waren kluge Menschen und wussten, dass Vorwürfe in so einer Situation sinnlos waren. Als Nächster erschien Kokos Vater, der mir zuzwinkerte, bevor er Koko in den Arm nahm. Dann trafen gemeinsam mit Scholles auch Tomis Eltern ein. Sie sahen ihre Kinder böse an, bereit die Stimmen zu erheben, aber sie trauten sich nicht recht angesichts der hin und her eilenden Polizisten. Doch redeten sie leise und eindringlich auf Tomi und Scholle ein.

Bettys Eltern kamen nicht, weswegen die Beamten auch immer wieder telefonierten, bis schließlich ihre große Schwester erschien. Eine ziemlich furchterregende Person, vor der selbst die Polizisten Respekt hatten. Sie hatte drei schwarze Punkte an der rechten Hand zwischen Daumen und Zeigefinger tätowiert. Eine Knastmarkierung.

Sie quetschte sich atemlos neben Betty, redete und schimpfte augenblicklich los, wobei es gegen uns alle ging. »Ihr dämlichen Loser! Lasst euch mit diesem Heiner ein! Diesem Freak!«

Die anderen Erwachsenen nahmen uns in Schutz und bildeten eine Front gegen Bettys Schwester, die von da an beleidigt schwieg und sich darauf verlegte, böse zu gucken. Aber das konnte sie echt gut.

Die anderen Erwachsenen tauschten Tipps über Rechtsanwälte aus, bis wir nach und nach aufgerufen wurden.

In einem Zimmer warteten bereits zwei Polizisten auf mich und meine Eltern. Während der eine Beamte am Computer rumtippte, stellte der andere Fragen. Vor dem Gespräch hatten sie mich darauf hingewiesen, dass ich die Aussage verweigern könnte, aber ich beschloss, die Wahrheit zu sagen. Das hatte ich mit den anderen so abgemacht.

»Das habe ich nicht ganz verstanden«, sagte der eine Beamte, nachdem ich ihm erzählt hatte, dass wir Bobbo entführt hatten, weil seine Mutter uns bei der Verwaltung angezeigt hatte. »Aber dieser Reiner hat euch doch schließlich gezwungen?«

»Heiner«, verbesserte ich ihn und fügte hinzu: »Was ist eigentlich mit dem?«

»Ach, dem geht es gut«, sagte der Polizist.

»Nur das Bein«, sagte der andere.

»Ja, das ist ab«, sagte der Erste jetzt wieder, als seien einbeinige Verbrecher das Normalste auf der Welt oder als sei es die einzig gerechte Strafe.

»Also noch mal«, wiederholte der Polizist. »Dieser Heiner hat euch also gezwungen.«

Ich war drauf und dran einfach Ja zu sagen, dann in Tränen auszubrechen und auf Mitleid zu machen. Aber was sollte das Gejammer? Man kann ja im Leben nicht immer nur den Rahm von der Sahne schöpfen.

Wir selbst hatten entschieden, bei Bobbos Entführung mitzumachen. Heiner war nur der Auslöser gewesen. Und genauso erzählte ich das den Polizisten, worauf meine Eltern mich wieder besorgt ansahen. Oh Mann, da war er wieder: dieser typische Elternblick, der vor Besorgnis geradezu triefte. Eltern kapierten einfach nicht, dass wir eigenständige Wesen waren, die eigene Entscheidungen fällten. Und dass sie uns nicht dauernd beschützen mussten. Aber das waren eh nur die Hormone. Am liebsten würden wir Menschen uns nach der Geburt unseres Nachwuchses davonmachen und ihn sich selbst überlassen. Wie Krokodile. Hatte Ripwinkel jedenfalls mal gesagt. Wir waren im Grunde genommen nur etwas verfeinerte Reptilien.

Dreimal erzählte ich unsere Geschichte, bis sie endlich zufrieden waren. Der eine Polizist erklärte uns dann, dass ich wohl nichts zu befürchten hätte, da ich ja noch strafunmündig sei. Allerdings würde garantiert das Jugendamt bei uns vorbeischauen, so eine Entführung sei ja schließlich nichts Alltägliches, da müsse man schon was unternehmen, damit so etwas nicht noch einmal vorkomme. Als ob ich als Berufswunsch jetzt Entführer hätte.

Draußen im Flur trafen wir auf Koko und ihren Vater und nach und nach erschienen auch Tomi, Scholle und Betty mit ihren Angehörigen. Betty hatte geweint. Wir scharrten uns um sie und redeten tröstend auf sie ein.

»Ihr seid ein schlechter Einfluss auf sie«, motzte ihre Schwester. »Ihr habt sie da mit reingezogen.«

Bettys Schwester war bekannt dafür, Fakten gegenüber nicht besonders zugänglich zu sein.

Dann fuhren wir alle mit der Straßenbahn nach Hause.

Meine Eltern machten mir keine Vorwürfe, sie waren einfach verwirrt und überfordert. Und wer wusste schon, wie sie in unserer Situation reagiert hätten. Sie waren eben auch nur große Kinder.

Kapitel 19

Koko und ich saßen vor Eis-Asche, wo wir uns einen großen Schokoladenshake teilten.

»Eine Tante vom Jugendamt war da«, sagte sie beiläufig zwischen zwei Zügen aus dem Strohhalm.

»Und?«, fragte ich. »Was hat sie gesagt.«

»Wird nicht ganz so schlimm, meinte sie. Kann sein, dass ich eine Weile wegmuss. In so eine Art betreutes Wohnen.« Sie sah mich an. »Knast light sozusagen. Aber das ist okay. Es könnte schlimmer kommen und hey: Wir wussten, dass wir nicht unbeschadet aus der Geschichte rauskommen.«

Ich nickte. Klar wussten wir das, aber bislang waren diese Bedrohungen eher abstrakt gewesen. Jetzt klopften sie an unsere Türen und wollten in unsere Leben eingelassen werden. Aber so war das wohl, dieser Zustand, den man Erwachsenwerden nannte.

Die Tage nach unserem Geständnis lebten wir in einer Art Zwischenwelt. Es war unklar, wie es mit uns weitergehen würde. Aber was uns andere besonders freute: Betty und Scholle hatten sich schließlich doch gefunden. Scholle hatte ihr seine Liebe gestanden. Er wäre schon immer in sie verknallt gewesen, erzählte er uns, hätte sich nur nie getraut, es ihr zu sagen. Wie auch immer, Scholle war ein Romantiker und verklärte da sicher einiges. Egal. Die beiden liefen Händchen haltend herum, gaben sich schüchterne Küsse und mussten sich dafür den Spott von Tomi anhören.

»Da haben sich ja die Richtigen gefunden«, ätzte er. »Betty wird die Schweine mit der bloßen Faust tothauen und Scholle wird sie verwursten. Da entsteht eine neue Fleischerdynastie.«

Doch die beiden waren schlau genug, nicht darauf einzugehen, zumal Tomis Witze schon besser gewesen waren.

Aber nicht nur sein Humor hatte sich verändert, auch zwischen uns hatte es das. Wir hatten uns verändert. Wenn man so eine Schuld mit sich rumschleppt, geht zwangsläufig eine Menge von dem kindlichen Blick verloren, mit dem man anfangs durchs Leben schlendert. Aber es hatte auch was Positives, weil man seine eigenen Stärken und Schwächen besser kannte. Extreme Erfahrungen lassen den Geist reifen, hatte Ripwinkel gesagt. Ich fühlte mich jedenfalls reifer. Und das bezog sich auch auf unsere Freundschaft. Selbst Heiner hatte da keinen wirklichen Schaden anrichten können. Ich fühlte mich den anderen verbunden und war mir sicher, dass das so bleiben würde, auch wenn wir nicht mehr in der Siedlung leben würden. Und das würden wir bald nicht mehr.

Unabhängig voneinander hatten unsere Eltern beschlossen wegzuziehen. Wir alle hatten Morddrohungen bekommen und im Netz gab es einen regelrechten Shitstorm. Die Zeitungen hatten über uns berichtet, Fernsehen usw. Ein paar Leute aus der Siedlung hatten eine Whatsapp-Gruppe eingerichtet, in der sie über uns herzogen und davon fantasierten, wie sie uns gern bestrafen würden. Ziemlich übel. Man konnte schon Angst vor seinen Mitmenschen bekommen. Vor allem, weil man nicht wusste, wer dahintersteckte. Es hätte jeder sein können.

Unsere gemeinsamen Tage in der Siedlung waren also gezählt und das war auch besser so. Eines Morgens war ich Bobbos Mutter in die Arme gelaufen. Sie hatte vor mir ausgespuckt und ich hatte Angst gehabt, dass sie anfängt rumzuschreien. Hatte sie aber nicht, sie war wortlos und mit roten Flecken im Gesicht weitergerauscht Richtung Eisenwerk.

Bobbo war von einem Arzt und einer Psychologin untersucht worden und beide hatten festgestellt, dass er keinen Schaden genommen hatte. Außer dass er – durch die Schokolade – zwei Kilo zugenommen hatte. Aber für Bobbo hatte die Sache schließlich auch sein Gutes. Er war jetzt ein richtiger Maler. Ein berühmter Kunstprofessor hatte seine Werke begutachtet und entschieden, dass Bobbo ein Genie sei. Die Medien hatten über ihn berichtet. Experten sprachen bereits von einer neuen Kunstrichtung, der *Neuen Phantastik,* und prophezeiten Bobbo eine glänzende Zukunft.

Und jetzt pilgerten – vor allem an den Wochenenden – scharenweise Menschen zum Eisenwerk, um sich seine Bilder anzusehen. Der Besitzer der alten Fabrik hatte zusammen mit Bobbos Mutter eine Art Museum dort aufgemacht. Selbst überregionale Zeitungen berichteten über ihn und er sollte sogar eine Ausstellung in Japan mit seinen Bildern machen. Er hatte bei seiner Mutter auch durchgesetzt, dass sie ihn nicht mehr so kleinkindhaft behandelte. Er durfte sich wieder frei bewegen und musste auch nicht mehr so früh zu Hause sein. Auch Bobbo hatte sich also verändert.

Zwei Tage nach der Geschichte hatte ich ihn von Weitem gesehen. Er winkte mir fröhlich zu, als wäre alles klar zwischen uns, als hätte er mir verziehen. Das hatte mir viel bedeutet.

Heiners Anwalt hatte uns angerufen. Er wollte seine Verteidigung mit uns abstimmen. Wir sollten uns schuldig bekennen, den armen Heiner in unsere kriminellen Machenschaften reingezogen zu haben. Der arme Junge hätte schon genug bezahlt mit seinem Bein, sagte der Anwalt. Mein Vater legte während des Gesprächs auf und sagte verwundert und eher zu sich selbst: »Leute gibt's.«

Eine Frau vom Jugendamt tauchte bei uns auf. Sie war ganz nett, sah sich in der Wohnung um, unterhielt sich lange mit mir und setzte sich schließlich mit uns ins Wohnzimmer.

»So, ich habe den Eindruck, dass Ihr Sohn seine Tat gut aufgearbeitet hat. Da ist sehr viel Selbstreflexion zu erkennen. Also ich habe da ein positives Gefühl. Meine Beurteilung wird dementsprechend ausfallen. Sie müssen sich als Familie einfach wieder neu aufstellen. Auf Wiedersehen.« Und das war es.

Bei Scholle war es genauso verlaufen. Bei Tomi hatte der Sozialarbeiter Zweifel gehabt, ob er jemals einen geraden Lebensweg einschlagen würde. Mit anderen Worten: Tomi würde ein astreiner Krimineller werden. Der Sozialarbeiter hatte seine Einschätzung aber nur so lange beibehalten, bis Tomis sehr wütender Vater ihn als Rassisten bezeichnet hatte, der Vorurteile gegen Menschen vom Balkan hätte. Der Sozialarbeiter war daraufhin tiefrot angelaufen – Tomi hatte die Szene für uns sehr anschaulich nachgespielt –, hatte sich entschuldigt und war ohne ein weiteres Wort gegangen. Kurz darauf hatte die Familie einen Brief vom Amt erhalten, in dem stand, dass die Geschichte so weit erledigt wäre.

Dann kam der Tag der Verhandlung gegen Betty und Koko. Wir waren alle zusammen zum Gericht gefahren. Kaum hatten wir das Gebäude betreten, blitzte die alte Koko wieder auf, indem sie einem der Wachleute ihre Vorladung vor die Nase hielt und fragte: »Älterer Mann mit Teeniefrisur und ernstem Gesicht, wo bitte schön geht es zum Gerichtssaal, der hier auf dieser Urkunde ausgewiesen ist?«

Der Wärter war etwas verwirrt, gleichzeitig musste er vor seinem Kollegen, der sich das Lachen verkniff, das strenge Gesicht wahren und so bellte er: »Die Treppe hoch, Flur links, dann geradeaus.«

Koko bedankte sich artig und bald standen wir vor einer riesigen geöffneten Flügeltür, wohinter sich ein langer holzgetäfelter Raum erstreckte.

Betty und Scholle standen Hand in Hand da, ängstlich wie zwei ausgesetzte Kinder.

Ich nahm mit meinen Eltern in der ersten Reihe Platz, während Koko und Betty am Tisch für die Angeklagten sitzen mussten. Neben mir saß Kokos Vater. »Wenn das hier vorbei ist, dann müssen wir beide uns mal ernsthaft unterhalten«, sagte er.

Ich schluckte.

»Ich will, dass du mein Cheftexter wirst«, fuhr er fort. »Du denkst dir weitere Sprüche aus, die wir in die Kapseln stecken. Die erste Auflage ist schon verkauft und wir haben gute Kritiken dafür bekommen.« Er strahlte. Ich auch ein bisschen.

Bobbo und seine Mutter blieben der Verhandlung fern. Sie waren durch ihren Anwalt vertreten, der ankam, als die Verhandlung schon im Gang war, sich umständlich eine Robe anzog, um dann eher durch Teilnahmslosigkeit aufzufallen.

Am Ende sprach die Richterin Koko frei, weil sie sich gegen Heiner gestellt hatte und von ihm sogar bedroht worden war.

Allerdings bekam Koko so eine Art Aufpasser vom Jugendamt. Der sollte mehrmals in der Woche vorbeischauen, um zu sehen, dass sie auch keine weiteren Entführungen plante oder irgendwelche Dinger drehte. Das war eine gute Lösung.

Bei Betty lief es nicht so glimpflich ab. Ihre Bewährung wurde aufgehoben und sie sollte die Zeit absitzen. Ein ganzes Jahr. Allerdings bekam sie wegen Bobbos Entführung keine weitere Strafe aufgebrummt, weil die Richterin anerkannte, genau wie bei Koko, dass sie am Ende versucht hatte, Heiner zu stoppen. Und auch dass Betty, Scholle und Tomi die Polizei informiert hatten, die dann am Bahndamm aufgetaucht war, wirkte sich positiv aus.

Die Verhandlung gegen Heiner sollte erst stattfinden, wenn er gesundheitlich wieder auf den Beinen war. Also eher auf einem Bein. Bettys Anwalt hatte uns erzählt, dass Heiner sich nicht würde herausreden können und dass er als der Haupttäter galt. Vermutlich würde er mindestens sechs Jahre sitzen müssen.

Auf der einen Seite waren wir nach der Verhandlung niedergeschlagen, weil Betty ins Gefängnis musste, auf der anderen Seite waren wir glücklich, so glimpflich davongekommen zu sein.

Während unsere Eltern schwatzend hinter uns liefen, hatten wir uns eingehakt, gingen den Weg zur Wendeplatte hoch und rappten: »*Da drüben in unserem Garten, da werd ich auf dich warten – da im letzten Sonnenschein – da möcht ich mit dir sein – da drehen wir uns im Kreise, kleine Bitch, und begeben uns auf eine Reise.*«

Das hatte Tomi gedichtet, als wir unseren Garten noch hatten.

Unsere traurigen Stimmen verklangen mit dem Schein der untergehenden Sonne.

Kapitel 20

Es waren die letzten Minuten mit Koko. Wir saßen schweigend auf dem verrosteten Kletterpilz, der wahrscheinlich ursprünglich für irgendeinen russischen Gulag als Folterinstrument vorgesehen, dann aber irrtümlich bei uns gelandet war.

Koko würde mit ihrem Vater wieder nach Berlin gehen. Sie hatten sowieso nie wirklich hierhergepasst in unsere kleine Welt.

Außerdem warf der Verkauf der Schokokapseln inzwischen genug Geld ab, dass sie sich einen Umzug leisten konnten. Und da die Geschichte mit Bobbo in den Zeitungen gestanden hatte und im Fernsehen gekommen war, hatten sie dazu noch jede Menge Gratiswerbung bekommen. Auf Facebook hatte Kokos Vater jetzt schon eine Million Likes.

Der Möbelwagen wartete bereits mit laufendem Motor, während Kokos Vater und ein Helfer die letzten Kisten einluden.

In den Tagen davor hatte ich Koko kaum gesehen, auch die anderen nicht. Es fühlte sich ein bisschen so an, als hätten wir einen Teil unseres Weges hinter uns gelassen, um neue Pfade zu entdecken. Allein und auch zusammen, wenn es darauf ankam. Unsere Freundschaft würde nie mehr so konzentriert sein wie zu unserer Kinderzeit, aber wir waren bereit für die Wirklichkeit.

»Ich finde das Leben manchmal gespenstisch«, sagte ich in das Schweigen, das uns umhüllte. »Man denkt, dass man irgendwie Bescheid wüsste, aber dann passiert was und alles ist infrage gestellt. Dann ist man wie ein Geist. Man irrt rum, auf der Suche nach Gewissheiten, an die man sich klammern kann. Aber die gibt es nicht mehr.«

»Du bist so ein Idiot«, sagte Koko zu mir. »Das ist doch nur pseudophilosophischer Quark.«

»Moment mal«, protestierte ich und musste lachen.

Auch Koko lachte. »Echt mal«, sagte sie und schlug mir auf die Schulter. »Benutze das bloß nie für eins deiner Bücher. Rede nicht um den heißen Brei rum, sondern komm zur Sache.«

Sie hatte ja recht. Manchmal nahm ich Umwege, um etwas auszudrücken. Dann hatte ich das Gefühl, meine klaren Gedanken würden im Wartezimmer meines Hinterkopfes sitzen, Karten spielen und ihre etwas verwirrten Verwandten auf meine Zunge schicken.

Als Koko bereits im Wagen saß, winkte sie mich heran, beugte sich aus dem Fenster zu mir runter und presste ihre trockenen, weichen Lippen auf meine. »Wir sehen uns, Spargel«, sagte sie anschließend und gab mir noch einen Klaps auf den Kopf.

»Eines Tages werden wir wie durch eine sauber polierte Linse zurückblicken und uns wundern, wer wir einmal waren«, gab ich zurück, worauf Koko lachte und die Augen verdrehte. Im Sonnenlicht umschwebten Staubflocken ihren Kopf wie einen Heiligenschein.

»Und denk dir ein paar neue Sprüche für unser gemeinsames Geschäft aus und mail sie mir bald«, sagte Kokos Vater, während der Wagen schon anfuhr. Dann waren sie weg und ich stand noch eine ganze Weile still da und sah ihnen nach. Ich leckte mir über die Lippen, wo ich noch immer Kokos Kuss spüren konnte.

Wir hatten ausgemacht, dass Tomi, Scholle und ich sie in den Herbstferien besuchen kamen. Nur Betty würde nicht dabei sein. Sie hatte zwei Tage zuvor ihre Strafe angetreten. Wir anderen hatten sie bis zum Gefängnistor gebracht.

»*Du bist 'ne Knasttante*«, rappte Tomi zum Abschied, »*so 'ne richtige harte Kante – alle haben vor dir Schiss – wir sind stolz auf dich, Sis'.*»

Betty rappte zurück: »*Du kleiner Balkanese – das ist doch alles Käse – außer unserer …*«

»*… außer unserer Gang*«, übernahm Scholle, »*wir sind fünf Freunde und wir stehen zusammen wie 'ne Faust.*«

»Das reimt sich ja gar nicht, Scholle«, sagte Tomi empört.

»Muss es ja auch nicht«, gab Scholle zurück.

»Doch«, sagte Tomi. »Muss es wohl, Schnitzelflittchen.«

»Ach halt doch deine Klappe, du Schmierlappen«, sagte Betty jetzt und drohte Tomi mit der Faust.

Koko und ich zwinkerten uns lächelnd zu.

Dann hatten wir noch rumgewitzelt, dass wir Betty einen Kuchen mit einer Feile drin schicken würden, sie umarmt und uns schon mal verdrückt, damit sie und Scholle noch ein paar Minuten allein hatten.

In diesem Moment klingelte mein Handy. Es war Frau Pfirsch von der Bibliothek. »Ich warte seit Tagen, dass du dich meldest«, sagte sie aufgeregt. »Ich meine, ich warte jetzt schon seit Tagen darauf, dass du endlich dieses Gartenbuch zurückbringst. Ich habe es öfter verlängert, als ich eigentlich dürfte. Das tue ich nur, weil ich weiß, dass du sonst zuverlässig bist.«

»Ja«, sagte ich. »Das tut mir auch echt leid, Frau Pfirsch. Aber ich glaube, ich habe das Buch verloren. Ich finde es einfach nicht mehr. Aber meine Eltern haben schon gesagt, dass wir es bezahlen. Ich bringe Ihnen das Geld morgen vorbei.« Eine kurze Pause entstand, in der Frau Pfirsch nachzudenken schien.

»Hm«, machte sie schließlich. »Du brauchst das Buch nicht zu bezahlen. Ich werde es abschreiben. Manchmal werden Bücher eben aussortiert, weil sie nicht genutzt werden. Und das olle Buch wurde sowieso kaum ausgeliehen. Ich glaube, du warst der Erste seit drei Jahren. Also mach dir keine Gedanken.«

Wir legten auf und ich war beruhigt, dass wir jetzt wieder Freunde waren. Ehrlich mal, mit Bibliothekaren musste man sich gut stellen. Sie waren so etwas wie die Hüter des Wissens.

Hätte ich Frau Pfirsch die Wahrheit erzählen sollen? Nämlich dass Tomi das Buch in unserem Garten verbuddelt hatte, weil er gehofft hatte, davon würde irgendeine Energie ausstrahlen und das Wachstum beeinflussen? Er hatte das heimlich gemacht, um sich Scholles Spott nicht auszusetzen, wie er mir gestern verriet, und mich zum Schweigen verpflichtet. Meine Freunde!

Auf dem Weg nach Hause stand plötzlich Freddy vor mir. Er hatte zwei so kleine fies aussehende Hunde dabei. Statt meine Begrüßung zu erwidern, versetzte er mir zwei schnelle Ohrfeigen, dass meine Brille in hohem Bogen durch die Luft segelte.

»Tut mir leid«, murmelte er anschließend. »War so 'ne Art Reflex.«

»Schon gut«, nickte ich. »Kann ja mal vorkommen.«

»Nee, darf's aber nicht. Ich bin doch jetzt beim Anti-Aggressionstraining. Obwohl, wegen Bobbo hast du das eigentlich verdient. Den armen Jungen da festzuhalten, war echt Scheiße.«

»Ja«, sagte ich kleinlaut. Da hatte Freddy recht.

»Aber ich hab gehört, dass Heiner euch erpresst hat.«

Ich nickte.

»Wie findest du die?«, fragte Freddy auf die Tiere zeigend. »Hab ich mir gestern zugelegt.«

»Großartig«, sagte ich.

»Sie heißen Köter und Fass«, sagte Freddy stolz. »Erst wollte ich sie Platz und Sitz nennen, aber die anderen Namen gefallen mir besser.«

»Auch nicht schlecht«, sagte ich. »Du hättest sie auch Arsch und Tritt nennen können.« Ich rechnete fast mit weiteren Schellen, doch Freddy warf stattdessen den Kopf in den Nacken und wieherte los.

»Arsch und Tritt«, schrie er mehrmals, wobei er sich die Lachtränen aus den Augenwinkeln wischte. »Warum bin ich da nicht draufgekommen?«

»Du könntest sie noch umbenennen«, schlug ich vor.

»Geht nicht, das sind Rassehunde und die Namen sind schon eingetragen.« Lachend ging er weiter, wobei er die sich sträubenden Hunde hinter sich herzerrte.

Ich sah ihm nach und überlegte, ob ich die Siedlung vermissen würde. Ja, würde ich. Und ich würde sogar Freddy vermissen. Das alles war schließlich mein Leben. Allerdings konnte ich auch gut mit der Vergangenheit abschließen und nach vorne gucken. Andere meinten, ich wäre eher so ein Typ, der schnell aufgibt. Das stimmte aber nicht. Ich hielt eben nicht krampfhaft am Vergangenen fest. Ich machte weiter und sparte meine Kräfte für zukünftige Herausforderungen. Ripwinkel hatte dazu mal einen bahnbrechenden Aufsatz veröffentlicht. Demnach wäre … Ach, scheiß drauf. Schluss jetzt.

Anmerkung: Wie seine Protagonisten wuchs auch der Autor selbst in einer Sozialbausiedlung am Rande der Stadt H. auf. Und wie in seiner Geschichte kultivierte auch er mit seinen Freunden ein kleines Fleckchen Erde hinter den Garagen. Und genau wie dort, gab es die fiese Nachbarin, die sie bei der Verwaltung verpetzte. Der Rest ist Geschichte.

Anhang

Folgende Sätze von Friedrich Nietzsche zitiert Heiner:

»Es kommt die Zeit des verächtlichsten Menschen,
der sich selbst nicht mehr verachten kann.«
aus *Also sprach Zarathustra*

»Ich liebe den, der freien Geistes und freien Herzens ist.«
aus *Also sprach Zarathustra*

»Es ist die Sache der Wenigsten, unabhängig zu sein –
es ist ein Vorrecht der Starken.«
aus *Jenseits von Gut und Böse*

Katje van Ripwinkel ist eine fiktive Figur. Nichtsdestoweniger hätte sich der Autor für seine Jugendjahre, mit all ihren Untiefen und Strudeln, solch eine kluge Ratgeberin wie sie an die Seite gewünscht. Wäre diese Anthropologin ein wirklicher Mensch, dann hätte sie folgende Biografie:

1954 in Rotterdam geboren. Mit sechzehn Jahren ging Katje mit ihrem Vater, dem bekannten Ethnologen Henk van Ripwinkel, nach Surinam, um ihm dort zu assistieren. Zurück in den Niederlanden studierte Katje van Ripwinkel Anthropologie. Nach ihrer Promotion unternahm sie mehrere Forschungsreisen nach Afrika, Malaysia und auch wiederholt nach Surinam. Von dort aus startete sie mehrere Expeditionen nach Brasilien zu dem damals noch weitgehend unerforschten und isoliert lebendem Stamm der Assuroro im Amazonasgebiet. Nach ihrer Rückkehr nach Rotterdam lehrte sie an der dortigen Universität und schrieb ihr Standardwerk (auf das sich Spargel immer wieder beruft) »Van de Mensen« (deutsch: Vom Menschen, Mühlenverlag, 1988).

Zehn Jahre später brach sie zu einer erneuten Expedition in das brasilianische Amazonasgebiet auf. Am 12. April startete Ripwinkel vom Basislager aus mit vier Begleitern, um die Spuren eines lange verloren geglaubten indigenen Stammes zu verfolgen, der von sich behauptete, das absolute Glück gefunden zu haben. Kurz danach verlor sich Ripwinkels Spur. Ihr letztes verbürgtes Lebenszeichen war eine Postkarte an ihre Freundin, die sie kurz zuvor geschrieben hatte und die mit den Worten endete: »Ich weiß jetzt, wie es läuft. Kuss, Katje!«

Tino Schrödl
Die Regeln des Schweigens

288 Seiten
Hardcover
ISBN 978-3-7641-7042-4

ebook **Auch als E-Book erhältlich!**

Sind deine Geheimnisse wirklich sicher?

Als Phils Schwarm Mona ihn ihren Freunden, den Mitgliedern eines »Geheimclubs« vorstellt, beginnt für Phil eine aufregende Zeit. Die Clique bietet Phil an, dem Club beizutreten, vorausgesetzt er gibt den anderen ein Geheimnis von sich preis, das bisher noch niemand kannte. Denn der Club sammelt und verwaltet die Geheimnisse anderer Menschen, um so die Welt besser verstehen zu können. Doch als Matt, eines der Mitglieder, immer größere Machtfantasien entwickelt und die Geheimnisse für seine Zwecke zu missbrauchen versucht, droht das Ganze außer Kontrolle zu geraten. Und warum wird Phil das Gefühl nicht los, dass die Clubmitglieder etwas vor ihm verbergen?

www.ueberreuter.de
www.facebook.com/UeberreuterBerlin